LES FILLES DU NOUVEAU MONDE

Titre original : *Bride of New France*

Traduit de l'anglais par Lori Saint-Martin et Paul Gagné
Publié avec l'accord de Transatlantic Literary Agency Inc.

Ce titre a déjà été publié au Québec sous le titre *La Fiancée de Nouvelle-France.*

10, place des Cinq-Martyrs-du-Lycée-Buffon
75015 Paris – France
www.editionscharleston.fr

ISBN : 978-2-36812-908-1

Maquette : Patrick Leleux PAO

Pour suivre notre actualité, rejoignez-nous sur Facebook (Éditions. Charleston), sur Twitter (@LillyCharleston) et sur Instagram (LillyCharleston) !

Charleston s'engage pour une fabrication écoresponsable ! Amoureux des livres, nous sommes soucieux de l'impact de notre passion et choisissons nos imprimeurs avec la plus grande attention pour que nos ouvrages soient imprimés sur du papier issu de forêts gérées durablement.

Suzanne Desrochers

LES FILLES DU NOUVEAU MONDE

Roman

Traduit de l'anglais
par Lori Saint-Martin et Paul Gagné

CHARLESTON

Pour Rod et notre fils, Julien

Mais que te dire des migrations
quand dans ce ciel vide les fantômes
précis des oiseaux disparus de l'été
tracent encore des signes anciens ?

Leonard Cohen, « The Sparrows »,
Let Us Compare Mythologies

PROLOGUE

Le bruit des sabots résonne sur les pavés et rejoint la famille blottie sous la pluie. L'homme, acteur et saltimbanque, chante :

— *Un campagnard bon ménager, trouvant que son cheval faisait trop de dépenses, entreprit – quelle extravagance ! – de l'instruire à ne point manger.*

Mais, au fur et à mesure que l'équipage se rapproche de la cachette de sa famille, les mots meurent dans sa gorge. Il entraîne sa fille contre sa poitrine et la serre fort comme il le fait parfois pour la taquiner. Seulement, cette fois, il ne la libère pas, ne relâche pas son étreinte. Il enveloppe plutôt la frêle silhouette de la petite dans sa grande cape, cherche à la faire disparaître de la même façon que ses mots, un instant plus tôt, se sont évaporés dans l'air.

L'enfant gigote un peu, laisse entendre une plainte en tournant la tête pour respirer. Elle est trop jeune pour se rendre compte que la cape en laine de son père exhale une odeur aigre, repoussante. Elle accepte le contact du tissu rêche contre sa peau aussi facilement qu'elle s'endort quand son ventre vide l'empêche de rester éveillée. Elle ignore encore que cet homme, qui la soulève avec aisance au-dessus de sa tête et remplit son univers de mélodies, ne peut la protéger de tous les dangers.

La mère de la fillette, emmaillotée dans une couverture à côté d'eux, ne chante pas. L'expression de son visage indique qu'elle a déjà commencé à se retirer du monde. Ses joues sont creusées et sombres. Le bruit des sabots se rapproche, une voix effrayante éperonne les chevaux. Ce soir, les archers fouillent dans les moindres recoins, déterminés à les trouver tous, même ceux qui, normalement, se terrent dans les ruelles. Trois années se sont écoulées depuis l'édit de 1656, qui visait à nettoyer les rues, et il y a toujours trop de mendiants à Paris. Trop de spectacles gênants pour le jeune roi et ses régents.

La femme, aux traits marqués par la colère et déjà vieillis, lève les yeux sur son mari. C'est ainsi qu'elle le regarde chaque fois qu'elle fait rôtir le cadavre d'un rat pour nourrir sa fille, qui n'a jamais rien connu de mieux. Le martèlement des sabots s'est tu et ils voient, juste devant eux, le souffle chaud des chevaux.

« Voilà où nous en sommes, dit la femme à son mari sans ouvrir la bouche. Exactement comme je l'avais prédit. »

Lorsque le premier archer, puis deux autres, arrivent à la hauteur de la famille, les questions fusent tandis que les chevaux protestent contre cet arrêt brusque.

— Vous ignorez donc les ordres du roi ? Les mendiants ne sont plus tolérés dans les rues de Paris.

— Je ne suis pas un mendiant, monsieur. Je suis un saltimbanque.

— Et les spectateurs, alors ?

De sa main gantée, l'archer balaie les ténèbres, que seule éclaire la lueur de sa lanterne.

— Ils sont rentrés chez eux.

— Et vous auriez dû faire de même. Pour un paysan, rester si longtemps caché en ville, c'est faire preuve d'une grande débrouillardise.

Le pauvre homme reçoit l'ordre de se lever. Plus moyen de dissimuler la petite fille. À force de se tortiller, elle s'échappe de son manteau. Remarquant l'enfant, l'archer met pied à terre.

Le royaume a besoin d'enfants, ceux des gueux y compris. L'archer approche la lanterne de la joue pâle de la petite et elle cligne des yeux pour se protéger de son éclat, puis blottit son visage contre la poitrine de son père.

La mère se lève.

— Vous avez raison. Cet homme est un mendiant. Emmenez-le. Laissez-moi avec ma fille et nous allons rentrer dans notre ferme, en Picardie. Demain matin, à la première heure. Vous ne nous reverrez plus jamais en ville.

L'archer, tout à son examen de la fillette, ne fait aucun cas de la femme, bien que l'un de ses compagnons s'intéresse à sa voix juvénile, aux derniers vestiges de sa beauté.

— Que feras-tu lorsque nous t'aurons débarrassée de ton mari ? demande le deuxième archer. Une femme qui voyage seule court de graves dangers.

Il descend de cheval à son tour et rejoint son compagnon auprès du père et de sa fille. Le troisième archer reste sur sa monture, mais il ne quitte pas l'homme et la petite des yeux.

— N'aie pas peur, dit le premier archer à l'enfant en tendant la main pour lui caresser les cheveux.

La petite se met à pleurer, comme si elle avait enfin compris. Ses sanglots incontrôlables s'intensifient lorsque l'archer la détache de la poitrine de son père. Pendant qu'elle est enlevée de force, l'un des chevaux hennit doucement et piaffe sur les pavés humides. Tenant l'enfant, l'archer se remet en selle. Les deux autres retiennent les parents. Dans la nuit tranquille, les cris de la petite qu'on emmène portent loin.

Avant d'entreprendre le long trajet jusqu'aux portes de Paris, d'où les parents seront bannis, les deux autres archers attendent que la voix de l'enfant et le bruit des sabots ne soient plus qu'un écho distant, un son imaginé.

***

Pendant qu'elle parcourt la ville dans les bras de l'inconnu en uniforme, l'odeur du corps de son père persiste dans ses narines. La tiédeur de la poitrine de son père, les paroles de ses chansons : elle essaie de s'y accrocher pendant qu'ils s'éloignent.

Le lendemain matin, elle est confiée aux femmes de l'hôpital de la Salpêtrière. Comme celle des autres enfants trouvés, sa tête est tondue, puis elle est lavée, épouillée, vêtue d'une robe en lin rêche et conduite au dortoir de l'Enfant-Jésus. On lui demande si elle sait prier, si elle connaît Dieu. En compagnie des autres enfants, elle entend de drôles d'incantations. Les plus vieilles répètent les mots d'une voix monotone. Rien à voir avec les chansons de son père. Elle tente de se souvenir des paroles, et une voix forte résonne au-dessus de sa tête : *Charmé d'une pensée et si rare et si fine, petit à petit il réduit sa bête à jeûner jour et nuit.* C'est peine perdue. Ces moments, qui s'enlisent de plus en plus profondément dans le passé, se sont écrasés contre les murs de pierre qui l'enferment.

PREMIÈRE PARTIE

La Salpêtrière fut […] ce qu'elle avait toujours été : une
espèce d'enfer féminin, une città dolorosa,
quatre mille femmes, incurables ou folles, encloses là.
Un cauchemar dans Paris […]

Georges Didi-Huberman, *Invention de l'hystérie :*
Charcot et l'iconographie photographique de la Salpêtrière

1

L'AGITATION DE LA COUR parvient aux oreilles de Laure dès qu'elle entre dans le dortoir de Sainte-Claire en compagnie de Madeleine. Seule Mireille est allongée dans la longue salle où s'alignent les lits faits avec précision. Exceptionnellement, la gouvernante du dortoir leur a donné la permission de venir passer un moment avec leur amie malade avant de retourner à leurs leçons de couture. Laure, qui refuse de croire que Mireille est mal en point, ne lui manifeste aucune compassion. Elle sait que Mireille cherche simplement à échapper à son dernier mois à l'ouvroir. Une semaine plus tôt, la jeune fille a appris qu'elle allait devenir l'épouse d'un officier en poste au Canada. C'est un beau jeune homme, si fortuné que Mireille ne remettra plus jamais les pieds à la Salpêtrière. Pendant que Laure s'échinait à apprendre le point de France, Mireille faisait semblant d'être indisposée, le médaillon du lointain soldat caché sous son oreiller. Pourtant, Laure est heureuse d'avoir un prétexte pour venir dans le dortoir désert. Il n'y a pas d'officières dans les parages et elle peut parler librement sans qu'on lui ordonne de se taire ou de réciter le *Notre Père.*

Madeleine passe devant la fenêtre et court vers le lit de Mireille, au bout de la pièce. Elle a apporté, dans la poche de sa robe, une once de beurre salé dont elle s'est privée à midi. Elle sort la boulette fondante et la porte aux lèvres de Mireille.

— Pourquoi lui donnes-tu ta nourriture ? Avec sa pension, elle a déjà de la viande et du vin.

Laure ne supporte pas les petits soins que Madeleine a pour Mireille, comme s'il s'agissait d'un chaton aveugle en manque de lait. Au nom de quoi aurait-elle droit à toutes ces attentions, elle qui en a déjà bien plus que sa part ? Laure s'avance vers la fenêtre et observe les dizaines de personnes réunies dans la cour de la Maison de la Force. Elles sont venues assister à l'arrivée des prostituées à la Salpêtrière.

Sous peine de punitions, on interdit aux filles du dortoir de Sainte-Claire de regarder ces femmes, et même de faire allusion à elles. Les administrateurs affirment qu'un seul regard à ces femmes déchues entacherait la moralité des *Bijoux** et risquerait d'anéantir les années qu'ils ont consacrées au façonnement de ces orphelines triées sur le volet. La supérieure elle-même leur a dit que leur voix mélodieuse chantant l'*Ave Maris Stella* et le *Veni Creator* serait gâchée et que les points semblables à la dentelle vénitienne que leurs doigts ont appris à réaliser se déferaient au contact vulgaire des *filles de mauvaise vie**.

Laure sait bien qu'elle ne résiderait pas au dortoir de Sainte-Claire sans les années qu'elle a passées à se

* Les mots ou expressions en italique suivis d'un astérisque sont en français dans le texte original.

perfectionner chez Mme d'Aulnay. À la vue des prostituées rassemblées par les archers et des badauds venus les conspuer, Laure se dit que même le dortoir des *Bijoux**, où l'on parfait l'éducation des filles, fait partie de la Salpêtrière, l'institution la plus cruelle de tout le royaume. Pour qui n'est pas cloîtré à l'intérieur de ses murs, la Salpêtrière n'est rien de plus qu'un lieu où on enferme les femmes les plus misérables de France.

— La moitié de Paris est dans la cour, Madeleine. Nous allons enfin pouvoir assister à l'arrivée des prostituées.

La voix douce de Madeleine s'interrompt au milieu du *Notre Père.* Laure attend, mais, au bout d'un moment, la fille reprend la prière depuis le début. Si Laure est considérée comme un *Bijou** en raison de la rapidité de ses doigts et de la vivacité de son intelligence, Madeleine compte parmi les favorites de l'hôpital parce qu'elle est gracieuse et aimable. Les officières doivent avoir Laure à l'œil, mais elles affirment que Madeleine est un exemple pour les âmes en peine et les femmes déchues de l'hôpital. La fille minuscule a beau être un mouton, les officières s'efforcent de faire d'elle une bergère. Elles lui demandent de lire des passages du livre de prières géant posé à l'entrée du dortoir. Sa voix est semblable au faible murmure d'un ange lointain, et les filles retiennent leur souffle pour mieux l'entendre. Laure connaît Madeleine, sa seule amie parmi les filles de Sainte-Claire, depuis son retour à la Salpêtrière, à ses quatorze ans, au lendemain de son séjour chez Mme d'Aulnay.

Lorsque Laure avait dix ans, Mme d'Aulnay vint au dortoir de l'Enfant-Jésus, en quête d'une jeune servante. Les enfants avaient l'habitude de voir des femmes riches déambuler entre leurs lits pour inspecter la *marchandise** dans l'espoir de trouver une fille capable de laver le linge, de raccommoder les vêtements, d'astiquer les parquets et de récurer les casseroles. Ayant entendu parler de certaines maîtresses qui battaient leurs servantes à coups de bâton, Laure avait peur, mais elle espérait quand même être choisie. Elle rêvait de partir en compagnie d'une de ces femmes fortunées, voyager à cheval et voir la ville qui s'étalait au-delà des murs de l'hôpital. Mme d'Aulnay, qui portait du fard brillant à ses joues et des plumes à son chapeau, s'arrêta devant le lit de Laure et s'écria que c'était la gamine qu'elle voulait. Jusqu'à son appartement, au milieu de la ville crasseuse et fascinante, Mme d'Aulnay parla à n'en plus finir du teint clair et des cheveux foncés de Laure, des choses qu'elle lui ferait voir dans le monde. Laure avait l'impression que sa poitrine allait exploser. Peu de temps après, Mme d'Aulnay acheta un *abécédaire** à l'une des habituées de son salon, dont les enfants étaient déjà grands. Mme d'Aulnay déclara que Laure devait apprendre à lire pour pouvoir un jour enseigner la lecture à ses propres enfants. Laure, qui venait tout juste d'avoir onze ans, ne songeait ni à avoir des enfants ni à tomber amoureuse. Mais ces deux questions – trouver l'amour et avoir des petits – étaient au centre des préoccupations de Mme d'Aulnay, bien qu'elle-même soit célibataire et trop vieille pour enfanter. Laure ne se formalisait pas de tous ces bavardages concernant les maris et les bébés, à condition qu'on lui permette d'apprendre les symboles, appelés lettres, brodés sur l'*abécédaire**.

Laure eut tôt fait de mémoriser toutes les lettres. Elles n'étaient pas si différentes des motifs – les papillons, les fleurs, les oiseaux, les branches et les feuilles – qu'on lui avait appris à coudre au dortoir. Bien vite, elle assimila le contour précis de chacune. Peu de temps après, elle passa aux syllabes et, bientôt, elle déchiffrait des prières et des hymnes familiers en latin.

Les invitées traitaient Laure comme une poupée. Avec un teint pareil, disaient-elles, quel dommage qu'elle soit issue des bas-fonds de la société. Un jour, une des femmes déclara que le monde était ainsi fait : les filles les plus jolies, toujours pauvres, se fanent vite, tandis que les femmes fortunées, celles qui ont les moyens de s'offrir des poudres et des parfums, de beaux vêtements et *une vie aisée**, héritent de traits quelconques. Les femmes allaient jusqu'à parer Laure des tenues de Mme d'Aulnay, mais, sous les lourdes étoffes, elle finissait toujours par avoir l'air d'un chiot. Et, bien sûr, certaines habituées du mercredi, en particulier celles qui avaient des filles moins jolies, désapprouvaient de tels jeux avec une simple servante.

Lorsque Laure sut lire, Mme d'Aulnay lui apprit à écrire, art que Laure trouva beaucoup plus difficile à maîtriser. Mme d'Aulnay affirma que c'étaient surtout les hommes qui écrivaient. À certains carrefours, expliqua-t-elle, des hommes pauvres faisaient des comptes ou rédigeaient des lettres pour ceux qui en avaient besoin. La couture et les travaux d'aiguille étaient beaucoup plus utiles pour les filles, mais Laure connaissait plus de motifs et était plus rapide que la plupart des servantes de onze ans, si bien que Madame se dit qu'il n'y avait pas de mal à lui enseigner à écrire quelques mots.

Laure s'exerça d'abord à tracer des lettres dans une boîte de sable, jusqu'au jour où Mme d'Aulnay la jugea prête à les écrire à l'encre sur du papier. Elle installa Laure devant son écritoire et en sortit les objets dont elle aurait besoin pour écrire : une épaisse feuille de papier de lin, une grosse plume d'oie, un petit couteau pour en tailler la pointe, un flacon d'encre, un instrument servant à effacer les erreurs en les grattant et du sable pour faire sécher l'encre. Laure apprit d'abord à signer son nom et, lorsqu'elle eut maîtrisé cette tâche, Mme d'Aulnay lui dit qu'elle en savait déjà plus que la plupart des Françaises.

À présent, ces temps heureux et riches de promesses sont depuis longtemps révolus. Si Mme d'Aulnay n'était pas morte trois ans plus tôt, Laure serait sans doute encore chez elle. Le décès de la maîtresse de maison fut un cruel coup du sort qui la força à rentrer à la Salpêtrière. Ni sa place dans le dortoir de Sainte-Claire ni la rencontre de Madeleine, sa première et seule amie à l'hôpital, ne purent compenser pareille perte. Depuis la disparition de Mme d'Aulnay, Laure, vêtue de l'étoffe grise et grossière de l'hôpital, a la sensation de purger une peine d'emprisonnement.

— Ne me dis pas que tu vas rester là à te morfondre et rater notre chance d'assister à ce spectacle ! Et pourquoi ne proposerais-tu pas à Mireille de venir jeter un coup d'œil ? Elle apprendra peut-être quelque chose sur son nouveau prince au Canada.

Madeleine ne répond pas. Laure se tourne à nouveau vers la fenêtre et la scène qui se joue en bas.

La supérieure a raison de se faire du souci pour la moralité des filles de Sainte-Claire. Car la Salpêtrière abrite toutes sortes de femmes différentes. Laure a même entendu dire qu'une dame de la cour est emprisonnée dans une pièce particulière en vertu d'une *lettre de cachet** signée par le roi. Il y a aussi des protestantes et, mêlées aux autres, quelques étrangères, des Irlandaises, des Portugaises et des Marocaines. Laure n'est pas certaine de connaître toutes les parties de l'hôpital. Tout ce qu'elle sait, c'est qu'il contient une quarantaine de dortoirs. Les bébés sont installés dans une *crèche**, les garçons et les filles un peu plus âgés dans des dortoirs séparés. Il existe d'autres sections, une pour les filles qui s'occupent de la confection et du blanchissage des vêtements, une pour les femmes enceintes, une autre pour celles qui allaitent et pour leurs bébés, quelques-unes pour les folles, jeunes et moins jeunes, et d'autres pour les infirmes comme les aveugles et les épileptiques. On y trouve aussi quelques dortoirs pour les vieilles et un autre pour les maris et les femmes de plus de soixante-dix ans. À la Salpêtrière, on ne voit pas d'hommes de onze à soixante-dix ans, à l'exception des archers et des domestiques.

En grappes, les badauds réunis dans la cour de la Maison de la Force échangent des nouvelles et des ragots. Ils parlent fort et leurs propos sont ponctués d'éclats de rire. À l'occasion, l'un d'eux jette un coup d'œil à la porte, impatient de voir arriver les prostituées. Laure constate que ces personnes sont habillées de haillons et parlent aussi vulgairement que certaines pensionnaires de la Salpêtrière. Parfois, une voix se hisse au-dessus des autres et communique une information. Laure apprend des choses que les officières ne disent pas aux pensionnaires. Les administrateurs tentent d'éviter les rapports entre les différentes catégories de femmes. Évidemment, il arrive que des histoires franchissent les murs des dortoirs, que des fragments de récits soient chuchotés pendant les services religieux, embellis au long des interminables journées de travail et transmis jusqu'à devenir des légendes. Certaines femmes, disparues depuis longtemps, sont pourtant connues de toutes. Les sœurs Baudet, qui ont séduit le cardinal dans son antichambre. Jeanne LaVaux, qui a repris le métier d'empoisonneur de son père. Mary, une Irlandaise de douze ans qui se prostituait depuis qu'elle en avait six.

Laure est avide de telles histoires. Elle tient à tout savoir sur l'hôpital, à la fois son chez-soi et sa prison. Elle entend un homme, en bas, beugler comme un vendeur à la criée que les prostituées sont conduites à la Salpêtrière une fois par mois. Des gardiens de la paix les recueillent dans les rues et les enferment dans une prison plus petite, rue Saint-Martin, jusqu'à leur transfert à la Salpêtrière. L'homme qui hurle ces renseignements est bientôt encerclé et interrogé par les autres, désireux d'en savoir le plus possible sur les captives avant leur arrivée. De toute évidence, il s'agit d'une forme de divertissement pour les Parisiens qui n'ont pas les moyens d'aller à l'opéra. Et aux yeux de l'administration de l'Hôpital général, l'humiliation publique constitue le premier châtiment de ces femmes.

Depuis l'autre bout de la pièce, Madeleine, toujours assise à côté de Mireille, lance :

— Tu ne devrais pas regarder.

Mais Laure ne souhaite pas s'arracher à la fenêtre. Surtout pas pour écouter Madeleine faire tout un plat du petit malaise de Mireille. Laure a appris que les prostituées vivent en ville, ensemble, dans une maison qui ressemble à la Salpêtrière, mais beaucoup plus petite. Tandis que le pouvoir royal célèbre la Salpêtrière et fait admirer l'hôpital aux princes et aux autorités religieuses, les lieux où vivent les prostituées doivent rester secrets. À l'intérieur, il y a de nombreuses petites pièces, mais, contrairement à la Salpêtrière, des hommes sont invités à y entrer. Laure imagine les prostituées parées de multiples couches de vêtements voyants, la qualité du tissu étant fonction de la qualité des hommes à qui elles prodiguent leurs services, de leur beauté et de la maison à laquelle elles appartiennent. Dans l'esprit de Laure, de lourds rideaux de velours et de soie séparent les chambres des filles. Leur peau sent le parfum, leurs cheveux sont bouclés et bouffants. Comme les dames de la cour, elles sont les reines de leur domaine.

Laure sait qu'avoir de telles pensées au sujet des prostituées est un blasphème, en particulier pour un *Bijou**.

En bas, la foule s'anime à la vue de quelque chose qui échappe à Laure. Deux archers entrent dans la cour et repoussent les badauds de la pointe de leurs arcs.

— Dégagez, au nom de Sa Majesté !

L'assistance s'ouvre devant les archers, puis ses rangs se referment aussitôt derrière eux, chacun jouant des coudes pour mieux voir. Quelques secondes plus tard, Laure entend un hurlement haut perché, semblable à celui d'un animal blessé, suivi de lamentations sonores qui dominent les voix du public. Un homme pousse des hourras, puis un silence excité s'installe.

— Laure, je t'en prie, éloigne-toi de cette fenêtre. Tu fais peur à Mireille.

Dans l'espoir d'étouffer les bruits du dehors, Madeleine se met à prier plus fort.

Laure continue de regarder en bas.

— Pourquoi pries-tu ? Il ne se passe rien. Ces cris ont uniquement pour but d'éloigner la foule.

Laure ne voit pas encore les femmes, mais tout indique qu'elles sont nombreuses.

Un nouveau groupe d'archers entre dans la cour. Comme les autres, ces hommes sont vêtus de bleu et de blanc, et portent des bas rouges. Sous le soleil, les boutons dorés de leurs uniformes immaculés font une forte impression sur les spectateurs. Certains de ces soldats ont été recrutés parmi les orphelins les plus doués.

— Dégagez, au nom de Sa Majesté le roi Louis XIV et du directeur de l'Hôpital général de Paris. Poussez-vous ! Vite !

L'assemblée, en s'ouvrant de nouveau, forme un cercle au centre duquel se massent les archers et les condamnées dont ils ont la charge. Sur la charrette tirée par des chevaux s'entassent des femmes, une quarantaine en tout. Debout dans de la paille, elles sont retenues par des barreaux de fer. Certaines se couvrent le visage, tandis que d'autres balaient la foule des yeux. Laure est déçue par leur mise débraillée. Seules quelques-unes arborent une chevelure lustrée et une robe colorée. La plupart ont couvert leur tête d'une longue cape sombre et ont sur le visage des coupures et des bleus, comme si on les avait battues.

— Elles ne correspondent pas à l'idée que je m'en étais faite. Elles me font plutôt penser aux mendiantes du dortoir des Saintes.

Laure a du mal à imaginer le genre d'hommes disposés à s'acheter une nuit avec de telles femmes.

Malgré l'aspect plutôt miteux des femmes réunies dans la charrette, les badauds hurlent et crient, agrippent leurs robes à travers les barreaux. L'une d'elles crache sur la foule. Avant que l'homme qu'elle a atteint puisse riposter, deux archers la font descendre. Elle crie et ils la maîtrisent avec difficulté.

— Viens voir celle-là, Madeleine ! Deux archers arrivent à peine à la contenir.

Aux mains de ses geôliers, la femme siffle comme un serpent, et Laure rit.

— Avec elle, les officières n'ont qu'à bien se tenir.

Devant les portes de la Maison de la Force, les archers font descendre les autres femmes de la charrette et les poussent vers l'immeuble, où ils les obligent à s'aligner contre le mur. Le médecin de l'hôpital arrive. Deux officières tiennent une couverture devant chacune des femmes à tour de rôle, tandis que le médecin s'agenouille pour l'examiner.

On met à l'écart celles qu'il soupçonne de porter une maladie. Laure se demande sur quels symptômes il se fonde.

— Tu ne devrais pas regarder, dit Madeleine depuis l'autre bout de la pièce. Nous devons être des exemples pour les femmes d'ici.

Par moments, Laure, comme Madeleine, croit qu'elles sont différentes des femmes des autres dortoirs. Il est possible que les *Bijoux** soient appelés à de plus grandes choses. Les autres pensionnaires de la Salpêtrière savent que les filles de Sainte-Claire sont les premières à recevoir des *douceurs** de la part de généreux donateurs, des fruits ou des légumes de saison, par exemple. On leur accorde parfois un doigt de vin en sus de leurs rations d'eau. Si les bijoux font l'envie des autres, toutefois, c'est moins en raison de ces cadeaux convoités que parce qu'on prépare leur avenir.

Laure ne s'intéresse pas tellement aux autres possibilités offertes aux pensionnaires de la Salpêtrière. De temps à autre, l'hôpital arrange une union entre un *Bijou** et un ouvrier, un cordonnier ou un aubergiste qui ose braver l'opinion publique en choisissant sa femme dans un lieu où les hommes envoient, dans le dessein de les punir, les épouses qui les ont déshonorés. Laure a entendu dire que certains de ces mariages finissent mal. Souvent, l'homme qui est entré à l'hôpital son chapeau à la main se met à boire et à maltraiter son épouse dès qu'il l'a pour lui tout seul. Laure n'a aucune envie de courir le risque d'un mariage arrangé. Si elle réussit à se faire engager par une couturière, elle aura bien des occasions de rencontrer des hommes qui achètent des rubans pour leurs sœurs ou leur mère. Elle aura le temps d'apprendre à les connaître avant d'arrêter son choix.

Certaines filles de Sainte-Claire deviennent officières à l'hôpital. Elles assument la responsabilité de la *toilette** matinale des pensionnaires d'un dortoir, de la distribution des rations de nourriture et de la lecture de *L'Imitation de Jésus-Christ.* Laure n'a aucune envie de devenir officière. Elle ne s'imagine pas porter pour le restant de ses jours la robe et le bonnet noirs sinistres des sœurs de la Charité, ni dire à l'oreille des filles de rue, indignes de prier et de chanter des hymnes, de réajuster leur robe et de peigner leurs cheveux. D'ailleurs, les officières n'ont droit qu'à trente minutes au parloir avec des invités de l'extérieur et à une journée par mois en ville, à condition d'être accompagnées par un chaperon par-dessus le marché. La supérieure doit lire les lettres qu'elles envoient. Madeleine, qui rêve de se joindre à l'ordre des Ursulines, mais n'a pas de dot à lui verser, espère au moins un poste d'officière dans l'un des dortoirs. Elle souhaite apprendre aux autres à prier.

Pendant que le médecin poursuit ses examens, un autre groupe se présente dans la cour. Quelques archers s'approchent des voitures tirées par des chevaux à la robe sombre. Laure ne voit pas bien les passagères. L'un des archers a glissé sa tête entre les rideaux de la première charrette et en ressort quelques moments plus tard avec une poignée de pièces de monnaie qu'il tend au représentant de l'hôpital chargé de superviser le transfert. Puis, tous les archers s'assemblent autour des voitures. L'un d'eux fait taire la foule d'un coup de trompette avant d'annoncer que le spectacle est terminé et que les curieux doivent se disperser conformément aux ordres du roi et du directeur de l'hôpital. Quelques plaintes se font entendre, mais les gens commencent à s'en aller.

Une fois les badauds partis, la porte de la première voiture s'ouvre, et des femmes en descendent. Elles sont plus âgées et mieux habillées que les prostituées arrivées en charrette. À la vue de leur corsage bien serré et de leurs cheveux bouclés, Laure se dit qu'elles font le même métier. Les patronnes des maisons closes, sans doute. L'une des femmes sort son sac et tend d'autres pièces aux archers, après quoi on les fait rapidement entrer dans la bâtisse.

— Vous vous souvenez de la cure contre le mal de Naples ? demande Laure en s'avançant vers le fond du dortoir, où Madeleine, assise au bord du lit de Mireille, éponge le front de cette dernière avec un linge. Je suppose qu'elles auront d'abord droit à quelques bons coups de fouet. Ici, c'est le remède à tous les maux.

— Pourquoi dis-tu des choses pareilles, Laure ? Mireille ne se sent pas bien. Elle a perdu une dent.

Laure est surprise par la nouvelle et par le sang qu'elle remarque sur le linge. Elle se demande de quelle dent il s'agit. Depuis qu'elle est revenue de chez Mme d'Aulnay, Laure a perdu deux des siennes.

Si c'est tout ce qu'elle a perdu, elle n'a pas à se plaindre. Laure est heureuse de constater que Mireille a effectivement très mauvaise mine. À force de simuler et de faire une tête d'enterrement, elle a peut-être fini par se rendre un peu malade. Quand on crie au loup… Mireille cherche partout de la sympathie, mais ce sont surtout Mme du Clos, qui enseigne les travaux d'aiguille, et Madeleine qui la plaignent. Parce que son père était officier, Mireille croit qu'elle n'a rien à faire en ce lieu et que tous devraient la prendre en pitié.

— Je pense que son mal se soigne avec du mercure et de la rhubarbe. Nous ne la verrons pas à l'atelier cet après-midi, j'imagine. Elle a bien choisi son moment. Quand je pense à tous les *points de France** qu'il nous reste à faire ! À la fin de la journée, je vois à peine mes doigts et encore moins l'aiguille.

— Elle travaillerait si elle en était capable, dit Madeleine en pliant le linge en quatre pour cacher la tache de sang avant de le poser de nouveau sur le front de Mireille.

— Qu'est-ce que ça peut lui faire ? Elle a un mari qui l'attend au Canada. Elle se moque bien de trouver du travail à Paris.

Depuis que Mireille est arrivée à la Salpêtrière, l'année précédente, Laure ne s'est jamais adressée directement à elle.

— Où est ta compassion, Laure ? Il faut que Mireille se rétablisse, qu'elle soit forte pour entreprendre son voyage.

— Et nous ? demande Laure. Abandonnées dans ce repaire de mendiantes et de malades trouvées dans la rue ? Pourquoi faudrait-il que j'aie pitié d'elle, puisque c'est elle qui va partir d'ici ?

Quand Madeleine se lève pour sortir, Mireille tire sur sa manche. Mais Laure attrape son bras et le repousse. Elle s'étonne de la facilité avec laquelle le membre léger lâche prise.

2

LES JEUNES FILLES viennent tout juste d'enfiler leur chemise de nuit lorsque le médecin entre dans le dortoir. Laure reconnaît en lui l'homme qui, un peu plus tôt, a examiné les prostituées. Ce soir, il porte une longue robe et des gants. Sur ses talons se tient la supérieure, enveloppée dans sa cape noire. Leur arrivée a mis un terme à l'habituel bavardage des pensionnaires à l'heure du coucher. Les filles suivent des yeux les impressionnantes silhouettes qui traversent la pièce en direction du lit de Mireille. Jamais Laure n'a vu de si près la supérieure de l'Hôpital général.

Cette femme de petite taille, sous ses épaisses couches d'étoffe noire, préside leur destinée à toutes. Elle commande les centaines d'officières, de gouvernantes et de servantes, à qui elle répète que leur devoir consiste à se dévouer corps et âme aux soins des pensionnaires. Plus encore, seule la supérieure a le pouvoir de décider si l'une d'elles est libre de quitter la Salpêtrière ; elle doit autoriser chaque départ. Laure a entendu dire que les appartements de la supérieure sont aussi somptueux que ceux d'une dame de la cour du roi. Qu'elle a à sa disposition une voiture et un cocher, des valets de pied et des serviteurs, un jardin privé et un poulailler.

Laure se demande pourquoi la supérieure a emmené le médecin au dortoir. Elle a envie de leur dire que Mireille cherche simplement à attirer l'attention, à s'épargner quelques semaines de travaux d'aiguille avant de partir pour de bon. D'ailleurs, ils s'en apercevront d'eux-mêmes dès que le médecin aura terminé son examen. Mireille devra travailler, pense Laure, et tant mieux. Pour prix de sa supercherie, elle devra peut-être faire la lessive ou balayer le dortoir. Dans la lumière déclinante, Laure plisse les yeux pour voir ce qui se passe dans le lit voisin.

Le médecin examine Mireille pendant un moment, puis, d'une main gantée, il soulève les doigts de la jeune fille. Mireille gémit. Laure cligne des yeux. On dirait que Mireille a du sang autour des ongles. Le médecin les inspecte attentivement avant de remettre la main sous la couverture. Après avoir enlevé son gant, il tend la main vers la bouche de Mireille et remonte sa lèvre. En ayant assez vu, apparemment, pour établir un diagnostic, il se tourne vers la supérieure en hochant la tête. Il a terminé. Dans la pénombre, la supérieure a l'air d'un corbeau. De ses yeux vifs, elle regarde le mur au-dessus de Mireille et note le numéro du lit ; elle jette ensuite un bref coup d'œil aux autres filles, qui baissent la tête pour éviter son regard.

— Allons voir s'il y a lieu de sortir quelqu'un de Saint-Jacques.

Elle se retourne et sa lourde jupe frôle le sol. Le médecin sort sur ses talons.

***

Laure est tirée du sommeil par la voix de Mireille. Son premier réflexe est de se montrer irritée. Elle éprouve le même dédain que quand Mireille commence à bavarder avec Madeleine du ton posé et prudent qui la caractérise. Cette fois, cependant, les sons qui s'échappent de sa bouche ne sont ni posés ni prudents. Laure ouvre les yeux et, en se retournant, constate que Mireille, tout éveillée, est assise sur son lit.

— Ne soyez pas fâché, mon père... Je ne peux pas vous épouser.

Laure parcourt la pièce des yeux. Personne d'autre ne bouge. Laure perçoit seulement les respirations profondes des filles qui, en longues rangées, les entourent. Mireille avait-elle l'intention de la réveiller ? Cette fille est prête à tout pour échapper à son devoir, mais là, elle exagère.

— J'ai peur, Papa. Il y a tant d'eau partout.

Mireille lève les mains et les agite devant elle, comme si elle s'asphyxiait. Elle cherche sûrement à se faire remarquer. Pourtant, aucune autre pensionnaire ne semble l'entendre.

— Je ne veux pas me noyer avant mon mariage. C'est trop douloureux.

Mireille baisse les bras et se met à pleurer. La poitrine de Laure se gonfle d'une chaleur excessive. Le son est pitoyable, aussi faible que les pleurs des petits orphelins affamés de la *crèche**. Chaque jour, Laure passe devant cet endroit pour rejoindre l'atelier de couture et elle presse le pas. Elle se demande si, plus tôt, les doigts de Mireille saignaient pour de vrai. Elle a peut-être perdu une autre dent. À force de s'apitoyer sur son sort, cette idiote a dû finir par se faire du mal.

Laure se souvient du jour où Mireille Langlois est arrivée à l'atelier de couture du sous-sol, accompagnée de Mme du Clos, la directrice de l'ouvroir. Elle était entrée dans la pièce à la façon d'un chat posant une patte dans l'eau d'une rivière. Mireille portait des gants blancs qui lui allaient jusqu'aux coudes et serrait contre sa poitrine un sac à main rond orné de métal. Sa robe jaune pâle était garnie de ce qui avait toute l'apparence de la dentelle de Venise, dont l'importation était interdite en France. Laure se dit que Mireille était la fille ou la veuve de quelque riche bienfaiteur, en visite dans l'établissement. Chaque semaine, les filles voyaient un certain nombre de ces femmes qui, d'habitude, étaient moins jeunes et arboraient comme preuve de leur piété la même cape noire que la supérieure. Mais Mireille ne sourit pas à la vue des tables sur lesquelles s'empilaient, dans la pièce sombre, les commandes prêtes à être livrées, comme le faisaient toutes les visiteuses. Laure se força à détourner les yeux de la fille riche et continua de découper le motif en dentelle auquel elle travaillait.

En regardant Laure dans les yeux, Mme du Clos annonça avec sévérité :

— Je vous présente Mireille. Elle va s'installer dans le dortoir de Sainte-Claire.

Sous l'effet de la surprise, Laure écarquilla les yeux, mais elle tint sa langue.

— Et Mireille, à compter de ce jour, sera dentellière.

Mme du Clos demanda à Laure de se pousser pour faire une place entre elle et Madeleine sur le banc. La nouvelle hocha la tête en guise de remerciements, sourit à Laure et posa les mains sur ses genoux. Laure se déplaça de quelques pouces et Madeleine se serra dans le coin pour permettre à Mireille de s'asseoir. Peu de temps après, Mme du Clos vint prendre le petit sac à la mode de Mireille et lui remettre une bobine de fil de soie ainsi que des aiguilles. Elle indiqua à Laure de donner à Mireille un motif à reproduire.

Madeleine sourit.

— Tu sais faire de la dentelle ?

La question ne trahissait aucune rancune.

— Oui, ma mère m'a appris. J'ai fait celle de ma robe.

Mireille souleva les bras pour montrer ses manchettes. Du coin de l'œil, Laure chercha à voir si les points étaient aussi fins que les siens. Ce jour-là, elle décida qu'elle n'adresserait jamais la parole à la nouvelle qui savait déjà faire de la dentelle.

Après la journée de travail, au moment où elles se mettaient en rang pour sortir de l'atelier, Laure demanda à Madeleine pourquoi elle avait décidé de se montrer si aimable avec une fille qui ne ferait que les empêcher de trouver un prétendant ou d'entrer au service d'une couturière ou d'un tailleur. Madeleine répondit qu'elle ne se sentait pas menacée de la sorte et que Mireille n'était qu'une fille triste qui avait besoin d'amitié.

Ce soir-là, dans le dortoir, Laure fut heureuse de voir la nouvelle dépouillée de ses oripeaux et réduite à la simple chemise de nuit en lin, bien qu'on l'ait autorisée à garder ses épaisses boucles blondes. L'officière, insensible aux privilèges et aux distinctions de naissance, mit Mireille dans un lit avec deux filles récemment arrivées de Picardie à bord d'une charrette tirée par des bœufs, porteuses d'une lettre du curé de leur village. La peau grise, elles étaient infestées de bestioles. Avec satisfaction, Laure entendit la nouvelle pleurer, tandis que ses compagnes de lit ronflaient à côté d'elle. Le lendemain matin, la gouvernante chassa les Picardes du dortoir de Sainte-Claire, mais Mireille resta.

Le matin, Mireille avait le teint blême, toutefois elle ne se plaignit pas et, pendant la longue journée de travail et de prières, elle se montra docile. Elle savait déjà par cœur l'*Ave*, le *Notre Père* et le *Credo*, en latin et en français, et pouvait lire dans les livres de prières. On n'avait pas grand-chose à apprendre à ce nouveau bijou, qui en savait déjà plus que la plupart des officières. Promise à un bel avenir, Mireille ne s'éterniserait pas à la Salpêtrière. Et Laure ne comprenait pas ce qui l'empêchait de finir les quelques semaines qui lui restaient avant de partir rejoindre son futur mari officier. Il faudrait bien qu'elle renonce à jouer les malades imaginaires à seule fin d'attirer l'attention.

Dans les ténèbres du dortoir, les pleurs de Mireille se transforment en gémissements, et elle commence à prier. Au milieu de tout ce théâtre, Laure s'efforce de reconnaître la prononciation latine soignée de Mireille. Mais la voix qui monte du lit voisin appartient à une autre : on dirait un animal qui se noie. Les mots sont un mélange de français et de latin, un méli-mélo confus de prières :

— *Sancta Maria mater Dei, ora pro nobis peccatoribus, nunc, et in hora mortis nostrae.*

Les oreilles de Laure bourdonnent. Pourquoi est-elle seule à entendre ce charabia ? Elle voudrait dire quelque chose à Mireille, l'obliger à s'arrêter. Mais elle s'est promis de ne jamais lui adresser la parole. De ne pas gaspiller sa salive en parlant à une fille qui, malgré la pension que lui a laissée son père fortuné, a encore le culot de se plaindre. De toute façon, Laure ne saurait quoi dire à Mireille, quels mots seraient susceptibles de lui clouer le bec. Laure songe à réveiller Madeleine, allongée près d'elle, mais elle n'arrive pas à détacher ses yeux de Mireille.

— Prends ma main.

Mireille la regarde à présent, tend vers elle des doigts enflés.

— Fais quelque chose. Toi seule en es capable.

Laure cligne des yeux, scrute les ténèbres qui l'enveloppent. En elle monte une prière dans laquelle elle implore Dieu de tout arrêter. Elle repousse la prière et ferme les yeux.

Lorsque le silence se fait enfin dans le lit voisin, Laure ne parvient pas à se rendormir. Elle observe Mireille, ombre pâle retombée dans le sommeil, et attend l'aube. Laure est sûre d'avoir imaginé les supplications de Mireille ; à moins que la fille ne soit encore plus rusée qu'elle ne l'avait cru et qu'elle n'ait feint le désespoir à seule fin de l'émouvoir. Quoi qu'il en soit, elle sera fixée dès le lever du jour. Avec l'aube vient la clarté.

3

L'IMPOSANT HÔPITAL DE PIERRE est derrière Laure. Mais à quoi bon s'évader de prison quand le monde extérieur est encore plus dangereux ? En particulier pour une fille qui marche seule, vêtue d'une robe de travail élimée. Le matin même, Madeleine a demandé à Laure pourquoi elle acceptait de courir de tels risques pour Mireille, qu'elle n'aime pas. Laure a juré qu'elle ne se ferait pas prendre, à condition que Mme du Clos, de l'atelier de couture, la croie encore dans le dortoir. En fait, Laure en avait assez d'entendre les rumeurs que les autres filles de Sainte-Claire colportaient à voix basse ; elle voulait savoir une fois pour toutes si Mireille se portait bien et cherchait simplement un moyen d'échapper au travail. Laure ne la laisserait pas se défiler aussi facilement. Peut-être aussi Laure se rendait-elle à l'Hôtel-Dieu pour apaiser la sensation que, dans la nuit, elle avait senti naître en elle. La crainte que Madeleine ait raison et que Mireille soit réellement malade.

La maladie n'était pas inconnue à la Salpêtrière. La *gale**, la teigne, les pustules et d'autres lésions cutanées étaient répandues, en particulier chez les enfants. Certaines femmes y mouraient en couches en laissant derrière elles des bébés malingres dont les voix spectrales remplissaient le couloir de suppliques affamées. L'année précédente, l'hôpital avait même été victime d'une petite épidémie de *peste**. Le médecin était venu, le visage couvert d'un masque au long nez bourré d'épices pour prévenir la contagion. Pendant deux nuits, les pensionnaires de Sainte-Claire avaient été logées dans d'autres dortoirs. Malgré cela, Laure n'aurait jamais cru que Mireille puisse tomber malade. Après tout, elle n'était pas arrivée à moitié morte de faim à cause des pénuries qui sévissaient dans les campagnes, déjà touchée par un mal quelconque, ou enceinte.

L'aube répand une pâle lumière sur le sentier qui longe le fleuve. Laure n'a qu'à le suivre pour arriver à l'Hôtel-Dieu. Devant elle, des hommes déchargent des tonneaux entassés sur des péniches en se criant des recommandations. Leurs voix balaient les derniers lambeaux de la nuit. Laure craint que les hommes ne reconnaissent la robe grise de l'hôpital, qu'elle s'est efforcée de camoufler sous un châle foncé. Même s'ils ne remarquent pas la robe, les marins risquent de deviner d'où elle vient. Au contraire des paysannes qui transportent des fruits et des miches de pain pour les vendre en ville, Laure a les mains vides. Ils sauront qu'elle s'est échappée de la Salpêtrière. Au moins, elle ne voit pas de membres de la police des pauvres, ces hommes chargés de parcourir les rues à la recherche d'indigents et de les conduire à l'Hôpital général.

Tôt le matin, Laure n'eut aucun mal à échapper à la vigilance des servantes qui balayaient le long couloir devant le dortoir. Elle descendit les marches qui conduisaient à l'entrée principale et sortit dans la cour

Mazarine. Là, même si le soleil se levait à peine, des hommes en bas blancs et en manteau de velours encerclaient un vieillard. Ces hommes semblaient importants, et Laure craignit qu'ils ne la dénoncent et ne la renvoient d'où elle venait.

— Elle est bien bonne, celle-là, monsieur Le Vau ! entendit-elle dire l'un d'eux. Les fenêtres de la nouvelle église seront belles et hautes. Ainsi, ces créatures auront une idée de la distance qui les sépare de la lumière divine.

Tous les hommes éclatèrent de rire, à l'exception du vieillard, qui regardait Laure.

— Oui, de l'art de faire entrer la lumière de Dieu dans une prison.

— Et que faites-vous, plus tard ? lui demanda l'un des hommes. Vous avez le temps de boire un verre ? Un autre grand monument à la gloire du roi s'achève. Il faut fêter ça.

Inquiète, Laure se demanda si le vieillard allait alerter les archers.

Mais il continua de l'observer sans rien dire.

Laure fut heureuse de constater que seul Luc Aubin montait la garde devant la porte de l'hôpital. Il avait un an de moins qu'elle, et elle l'avait connu à l'époque où, petits, ils dormaient dans le dortoir de l'Enfant-Jésus. Il tenta bien de l'empêcher de sortir. Mais elle réussit à l'amadouer, de la même façon que sa voix chantante avait autrefois enterré les murmures puérils du petit garçon de l'Enfant-Jésus. Il finit par la laisser partir sans autorisation. Il accepta l'histoire de Laure selon laquelle les filles qui connaissaient le *point de France** travaillaient pour le roi et ses ministres et, à ce titre, pouvaient aller et venir à leur guise. Laure voyait bien qu'il n'y croyait pas vraiment, mais il devrait attendre d'avoir quelques années de plus pour confirmer ses soupçons.

Lorsque Laure parvient à l'endroit où les hommes déchargent les péniches, un homme l'interpelle. Elle n'entend pas ce qu'il dit, sinon qu'elle est trop jeune pour s'habiller en noir. Un autre homme unit sa voix à celle du premier, invite Laure à s'approcher. Elle baisse la tête et presse le pas jusqu'à ce que le silence se fasse derrière elle.

Tandis qu'elle marche, le soleil se fait plus insistant. La peau de ses joues se met à piquer. Sous l'effet de cette clarté inhabituelle, ses yeux se mouillent. Sur sa droite, le fleuve lèche la rive ; lorsqu'elle tente d'accélérer la cadence, les lourds sabots fournis par l'hôpital glissent dans la boue. Elle songe au pain qu'elle a mangé au déjeuner. À la vitesse à laquelle il a disparu de son estomac aussitôt qu'elle a mis le nez dehors, telle la rosée du matin s'évaporant sous les rayons du soleil. Elle ne serait pas de retour à la Salpêtrière à temps pour le dîner, et le souper ne serait servi que dans douze heures. À l'ouvroir, Laure veille à rester immobile, seuls ses doigts guident l'aiguille au travers des points minuscules. Ainsi, la faim grandit moins vite.

Plus loin, un vieil homme regarde deux moutons en train de paître. Il adresse un signe de tête à Laure et retourne à ses animaux. Il y a des gardes devant le Jardin du roi, et Laure se rapproche d'une famille qui pousse une charrette chargée de bois. Ici, la foule est plus dense. Elle voit des hommes à cheval et même une voiture tirée par deux chevaux. Mais, pour l'essentiel, la route est encombrée par une lente procession d'hommes et de femmes qui viennent vendre en ville les produits des terres environnantes. L'odeur des animaux se mêle à celle de la sueur de leurs propriétaires et des pommes que transporte une petite fille.

Laure sait que ses talents de couturière et sa capacité à écrire la hisseront un jour au-dessus de la condition de ces marchands ambulants. Rien ne l'obligera à marcher parmi eux, à entendre leurs voix qui s'enrouent à force de crier le prix des articles qu'ils proposent à la vente. Pour le moment, cependant, ses jambes grêles la portent au milieu d'eux. Laure est plus mince et plus débraillée que les épouses des marchands de campagne les plus prospères, qui arborent un tablier blanc sur leur robe. La robe grise de Laure est faite de la même étoffe que les linceuls. D'un point de vue pratique, il est raisonnable d'habiller ainsi les pensionnaires de la Salpêtrière, car, le mois précédent, quatre-vingts sont mortes. Pourtant, Laure voit arriver en ville des gens beaucoup plus à plaindre qu'elle. Elle dépasse un homme qui, penché sur ses béquilles, arbore une jambe sans pied. Quelques mendiants se risquent parmi les chiens miteux : ils s'inclinent devant les passants dans l'espoir de recevoir un bout de pain. Ou d'être saisis par les archers et emmenés dans un des hôpitaux de la ville.

Après l'avoir vue se rapprocher depuis une demi-heure, Laure parvient enfin à la cathédrale voisine de l'Hôtel-Dieu. Sur le *parvis** de Notre-Dame, la foule, plus dense, comprend notamment une procession de prêtres. Laure lève les yeux sur les tours. Elle se demande s'il existe effectivement des esprits si avides de vies humaines qu'il faille sculpter dans la pierre des créatures effrayantes destinées à les tenir à distance. Notre-Dame jaillit de la crasse telle une amulette protégeant la ville. Contre quoi, au juste ? Laure ne saurait le dire avec exactitude. Le *parvis** est exposé au soleil et la poussière enveloppe ceux qui s'y pressent. Il y a quelque chose de désespéré dans leur attitude, dans leurs bras animés de secousses ; on dirait qu'ils marchandent quelque bien ou attendent l'arrivée d'un médecin. Avant d'entrer à leur tour dans le sanctuaire, certains prient en petits groupes.

Après Notre-Dame, Laure se rend compte que l'Hôtel-Dieu, en raison de sa taille, éclipse l'église, qui pourrait passer pour une petite dépendance. Hormis ses dimensions, la construction n'a rien de particulièrement remarquable. Comment retrouvera-t-elle Mireille là-dedans ? Elle fait le tour de la bâtisse, à la recherche d'un portier à la mine sympathique ou lascive, d'un homme assez beau pour se montrer un peu aimable en la laissant entrer malgré sa robe miteuse. Près de l'une des portes, elle aperçoit enfin un garçon à peine plus âgé que Luc Aubin. Il est captivé par l'approche de sœurs hospitalières qui, toutes de blanc vêtues, remontent du fleuve où elles sont allées laver leurs draps.

Jusqu'à la nuit dernière, Laure croyait dur comme fer que Mireille Langlois feignait d'être malade pour se donner de l'importance. C'était tout à fait son genre. Laure ne parlait à Mireille que par l'entremise de Madeleine, et encore là, le moins possible. Aux yeux de Laure, Mireille, qui avait beaucoup de chance, ne méritait ni l'attention ni l'amitié de Madeleine. Le père de Mireille avait été un soldat en vue de l'armée royale, et non un saltimbanque honni par les autorités.

Pour gagner sa place parmi la poignée de privilégiées de l'établissement, où s'entassaient des milliers de femmes, Laure, elle, a dû, pendant des années, observer un comportement exemplaire, mémoriser les prières en latin et chanter les hymnes d'une voix claire. Parce qu'elle avait appris la couture et les prières chez son père, Mireille Langlois est entrée à Sainte-Claire le jour même de son arrivée, sans avoir à passer des semaines ou des mois dans l'une des salles moins salubres de la Salpêtrière. De quel droit osait-elle pleurer comme si on venait de la jeter dans l'un des plus sombres cachots de la Maison de la Force ? L'année précédente, une fille ainsi traitée fut mordue à mort par des rats.

Laure se glisse dans l'Hôtel-Dieu à la suite des sœurs hospitalières, sans que le portier dise un mot. Elle espère que Luc Aubin sera encore de faction lorsqu'elle rentrera l'après-midi. Laure est enfin décidée à parler à Mireille. Depuis leur première rencontre, elle tient à lui dire un certain nombre de choses. Elle espère que Mireille a été un peu indisposée par cet endroit effrayant, ou encore que l'odeur fétide et les gémissements des malades ont eu un effet salutaire sur cette enfant gâtée. Après tout, Madeleine a raison : Laure risque gros en quittant l'hôpital pour venir jusqu'ici. Si elle est prise, c'est sans doute la Maison de la Force qui l'attend.

Dans la cour de l'Hôtel-Dieu, Laure demande à l'une des jeunes religieuses où se trouvent les patients admis depuis peu. On l'envoie au bout du couloir, dans une pièce plus grande que le dortoir de Sainte-Claire. Là sont alignées trois rangées de lits en bois surmontés de baldaquins blancs. Deux allées permettent d'aller et venir entre eux. Autour des lits, bon nombre de rideaux sont tirés. Derrière ceux qui sont ouverts, Laure aperçoit des hommes et des femmes malades, entassés à plusieurs par lit. L'air est encore plus putride qu'à la Salpêtrière. À l'odeur de pauvreté et de promiscuité que dégagent ces êtres serrés les uns contre les autres s'ajoutent la puanteur de la maladie – les excrétions des corps malsains – et, en arrière-fond, celle des médicaments astringents. Les immondes exhalaisons de la chair pourrissante et des excréments ont clairement raison des herbes et des concoctions mises au point par les médecins pour chasser la maladie. Une jeune novice balaie le sol sous les pieds de Laure. Des infirmières en tenue immaculée s'occupent des malades entassés dans la trentaine de lits. Quelques-unes apportent des bassines à des patients. L'une des religieuses plus âgées remarque Laure et lui demande ce qu'elle fait là.

— Je cherche Mireille Langlois. Elle est arrivée de la Salpêtrière ce matin avec de la fièvre.

Laure baisse la tête.

— C'est ma sœur.

La femme reconnaît sans mal la tunique grise. Elle écarquille un peu les yeux.

— Je n'ai pas le pouvoir d'autoriser les visites. Tu vas devoir…

— Je veux juste savoir où elle est.

Si Laure ne parvient pas à tromper cette femme, elle sera à coup sûr renvoyée par la supérieure, ou pire encore. Elle parcourt la salle du regard.

— Je ne peux pas repartir sans l'avoir vue.

— C'est défendu. Je risque des ennuis, moi aussi. Comment s'appelle-t-elle, déjà ?

— Mireille Langlois. C'est la fille d'un officier. Depuis, évidemment, sa fortune a…

— Je sais tout ce qu'il y a à savoir sur les revers de fortune et les plaies qui se rouvrent.

L'infirmière est une femme mince aux lèvres pincées. Un profond sillon se creuse entre ses sourcils. Mais Laure croit y déceler un soupçon de tendresse. Elle a l'habitude d'épier les yeux des femmes plus âgées, à la recherche de signes de compassion.

— À force d'aller et venir entre ces lits, j'ai les jambes en compote. Dans cette salle, j'ai entendu toute la triste histoire du royaume. La solution, c'est toujours de construire un nouvel hôpital. Un pour les enfants, un pour les soldats, un autre pour les femmes âgées. Une fois tous ces nouveaux hôpitaux remplis, restera-t-il des gens dans les rues ? C'est ce que j'aimerais savoir.

Elle passe devant Laure et se dirige vers une table, au fond de la salle. Comme elle a une hanche plus haute que l'autre, elle boite dans l'allée. Voyant que Laure ne la suit pas, elle se retourne.

— Allez, viens. Qui cherches-tu, déjà ?

Laure presse le pas en répétant le nom de Mireille.

L'infirmière consulte un registre noir qui occupe toute la surface d'un pupitre dans un coin de la salle. Après avoir trouvé le nom de Mireille, l'infirmière rejoint un lit dans la deuxième rangée et tire le rideau. Un vieillard, surpris par l'interruption, lève la tête vers elle. L'infirmière jette un coup d'œil à Laure et referme le rideau, puis elle reste un instant immobile. Elle se tourne vers Laure en plissant le front.

Laure observe à nouveau la salle. Comment peut-on suivre à la trace les constantes allées et venues des malades ? On a sans doute attribué un autre lit à Mireille. Elle est sûrement assise quelque part, en train de boire une tasse de bouillon. Mais Laure guette l'infirmière, qui se dirige vers la pièce voisine où, sur un écriteau, figurent les mots *Salle des morts**.

À l'intérieur, Laure se couvre aussitôt le nez avec son écharpe. Malgré tout, l'odeur lui soulève le cœur. Dans la pièce sans fenêtres, elle distingue le contour de quelques brancards en bois recouverts de draps foncés sur lesquels sont brodées des croix blanches.

Laure entend un cri dans sa tête, ses oreilles bourdonnent, mais elle est incapable d'ouvrir la bouche pour le laisser sortir. Aucun son n'est assez fort. Elle ne peut ni fracasser les fenêtres ni réduire les pierres en miettes. Elle voudrait pousser un cri capable d'aller au-delà de l'Hôtel-Dieu et des tours de la cathédrale voisine, de longer le fleuve jusqu'à la Salpêtrière et de s'élever vers les cieux sourds. À la place, silencieuse, elle regarde l'infirmière soulever le drap gris et révéler le visage blême de Mireille.

— C'est la fille que tu es venue voir ?

L'infirmière se relève, redresse son habit blanc.

La gorge de Laure se noue. Elle hoche la tête. La nuit dernière, dans le dortoir, Mireille lui a tendu la main. Elle n'a pas pu lui parler. Si elle avait su que Mireille se mourait, elle aurait dit quelque chose. Pour lui procurer le réconfort qu'elle réclamait, elle aurait réveillé Madeleine. Mireille aurait aimé entendre les prières de Madeleine. L'esprit de Laure s'emballe. Comment a-t-elle pu ne pas comprendre que Mireille était vraiment malade, alors que Madeleine le savait depuis le début ?

— C'était ton amie ? demande l'infirmière.

— Ma sœur.

Laure ignore pourquoi elle persiste dans ce mensonge. Qu'importe ce qu'elle raconte à cette vieille infirmière qui, depuis des décennies, voit des orphelins, des veuves et des soldats finir de la même façon, ici, dans cette pièce ? Laure s'accroupit près du cadavre. Là où le drap a été tiré, elle aperçoit le col de la robe de Mireille. Laure porte la même. Peut-être, en un sens, sont-elles effectivement des sœurs. Comme elle a eu tort de croire Mireille privilégiée ! La douceur et la lumière que Laure enviait ont disparu. Dans l'ouvroir sombre et humide, les doigts gracieux de Mireille lui semblaient dorés, toujours un peu plus rapides, un peu plus précis que les siens. À présent, les cheveux blonds de Mireille tombent sur son visage, pareils à des ficelles noires, l'entraînent vers le sol dallé. Ses joues sont déjà celles d'un squelette.

Lorsque Laure se relève, une infirmière plus jeune entre dans la pièce. Ses mots envahissent l'air fétide.

— Nous étions sûres qu'elle allait s'en tirer. Elle parlait si clairement. Elle nous a dit que son père, un soldat, viendrait la voir dans l'après-midi.

— Son père est mort, dit Laure en souhaitant que la nouvelle venue s'en aille.

La nuit dernière, elle aurait dû sortir du lit et, au moins, écouter Mireille. Si elle l'avait réconfortée, peut-être les choses auraient-elles tourné autrement. Comment annoncera-t-elle la nouvelle à Madeleine ?

— Puis la pauvre petite a cru qu'elle était sur l'eau. En mer ! Nous avons tenté de lui faire comprendre qu'il n'y avait pas de bateau. Elle a dû penser qu'elle était venue de la Salpêtrière par la Seine.

— Elle devait partir au Canada pour se marier.

Laure se demande si le médaillon se trouve toujours sous l'oreiller de Mireille dans le dortoir. Que cet objet paraît futile, à présent ! Et qu'adviendra-t-il du soldat qui l'attend là-bas ?

— Au Canada ? Eh bien, dans ce cas, mieux vaut encore qu'elle soit morte.

La jeune infirmière détourne les yeux du cadavre de Mireille.

— C'est terrible. Nous avons beau ne pas savoir que faire d'elles, ici, elles ne méritent pas d'aller mourir de froid dans la forêt.

Elle remonte le drap sur le visage de Mireille et dit à Laure :

— Il vaut mieux les laisser couverts.

Laure passe vite devant les malades alités et suit le long corridor de l'Hôtel-Dieu jusqu'à la rue. Le portier l'interpelle, mais elle ne répond pas. Elle n'a qu'une idée en tête : respirer, respirer autre chose que l'odeur de la mort. Dehors, la vie suit son cours. Il y a même des gens qui dansent devant la cathédrale malgré leur indigence. Seul un mendiant, les épaules enveloppées dans une couverture, reflète les sentiments de Laure. Elle fixe le vieil homme. À en juger par sa réaction de surprise, Laure se dit que personne ne l'a regardé depuis des jours, sans parler de laisser tomber une pièce dans sa sébile en fer-blanc. En la voyant s'approcher, il tressaille.

« Qu'attendez-vous ? veut-elle lui demander. Qu'on vous protège ? Qu'on vous sauve ? Que votre situation s'améliore ? » Sous les yeux courroucés de la jeune femme, il a un mouvement de recul, se recroqueville dans la poussière. Laure secoue la tête et poursuit son chemin.

L'église est vieille, mais moins que l'hôpital. Pour se repaître, les créatures sculptées des siècles passés dévorent les cadavres, tirent leur force des esprits éteints. « Tu as été élevée par des fantômes, soignée par des fantômes. Tu n'es qu'une voleuse. » Devant la splendeur indifférente de Notre-Dame, les pensées de Laure sont pleines de rage. Comment le vieux mendiant et la foule réunie autour de la cathédrale peuvent-ils ignorer que, tout compte fait, c'est l'horreur ? Ils ne connaissent sans doute pas l'existence de cette terrible salle silencieuse derrière les murs épais de l'immeuble à côté duquel ils dansent. Ils ne savent pas que l'église qu'ils aiment tant n'est que le prolongement de l'infirmière fatiguée et de ses rangées de malades, qu'elle n'est d'aucun secours. Laure est insensible à l'animation du *parvis**. Elle fonce au milieu des cris et des marchandages. Au sommet des murs de la cathédrale, les délicates rosaces absorbent le soleil, mais ne reflètent que la pierre dure.

Laure marche vers la Salpêtrière en longeant la Seine. Où aller, sinon ? Ses sabots, ses pieds et même ses jambes sont couverts de boue. Elle s'arrête pour boire dans le fleuve, tel un cheval. L'eau, au fond de son estomac, lui fait mal. Elle ne craint pas le courroux de la supérieure, n'a même pas peur d'être envoyée à la Maison de la Force. Tout ce qui la préoccupe, c'est son refus de parler à Mireille pendant son agonie. À présent, il est trop tard. Le Dieu de la Salpêtrière, de Notre-Dame et de l'Hôtel-Dieu lui a dérobé cette chance.

4

DEVANT LA SALPÊTRIÈRE, Laure trouve un portier différent, dont elle n'espère aucune pitié. Elle a sous-estimé tant de choses : la longueur du trajet à accomplir à jeun, la boue du chemin qui macule jusqu'à ses joues et fait d'elle, aux yeux des passants, une mendiante dépenaillée. À la vue du *Bijou** décédé, la force qui l'aurait aidée à plaider sa cause auprès de Luc Aubin ou d'un autre s'est évanouie.

Le portier jette un coup d'œil à la robe d'hôpital toute souillée et demande à Laure à quel dortoir elle appartient. Devant son refus de répondre, l'homme l'escorte jusqu'au bureau de la supérieure, situé au bout d'un long couloir au plafond haut et aux murs ornés de portraits de dignitaires de l'hôpital. La pièce, spacieuse, est dotée de grandes fenêtres qui s'ouvrent sur un vaste jardin. Des oiseaux gazouillent et l'air est frais. La supérieure, perspicace reine mère en robe noire, trône sur une chaise au dossier très haut. Son expression est impitoyable. Laure n'imagine pas de mots capables d'adoucir de tels yeux. La supérieure examine le visage et la robe en désordre de Laure, occupée, dirait-on, à réfléchir au châtiment adéquat.

Laure se retourne au moment où Mme Gage, gouvernante du dortoir, entre à son tour dans le bureau de son pas traînant. Son gros visage déborde de compassion, et Laure sait qu'elle fera de son mieux pour défendre sa pupille. Dans l'attente d'une histoire qu'elle a déjà entendue cent fois, du prétexte ridicule qu'on invoquera pour la persuader de faire une entorse au règlement de l'hôpital pour le bien d'une pauvre fille, la supérieure arque les sourcils. Les yeux baissés, Mme Gage murmure que les *Bijoux** ont moins l'habitude de la maladie que les autres. À cause du mal de Mireille, la fille, éperdue de chagrin, a perdu la tête. « Si seulement c'était vrai », songe Laure. La supérieure rappelle à Mme Gage que le dortoir de Sainte-Claire n'est pas fait pour les filles qui ont perdu la tête. On réserve à celles-là d'autres endroits. Quelles sont les qualités de ce *Bijou**, hormis sa capacité à enjôler les gardes pour aller batifoler dans les rues ? Devant le ton moqueur que prend la supérieure pour la traiter de *Bijou**, comme si elle était une fille facile du simple fait qu'elle a passé une journée en dehors des murs de cette prison pour pauvres, Laure sent la colère gonfler sa poitrine.

En apprenant que Laure appartient à l'atelier de couture, la supérieure ordonne à Mme Gage d'aller chercher Mme du Clos. Pendant qu'elles l'attendent, la supérieure se dirige vers sa table de travail et commence à remplir des documents sans dire un mot à Laure, qui reste debout à côté de la chaise libérée par Mme Gage. Une servante apporte un plateau de gâteaux, que la supérieure, absorbée, ignore. Mme du Clos arrive enfin du sous-sol. La supérieure désigne la chaise, et Mme du Clos s'assoit, en proie à une vive agitation. Ses mains nerveuses voltigent, rectifient la position de son bonnet, réajustent sa robe, et ses doigts se tortillent comme si elle faisait des nœuds.

Laure ne voit pas comment Mme du Clos, dont les joues sont rouge vif, pourrait l'aider. Elle a apporté un échantillon du travail de Laure. La dentelle *point de France**, la plus belle réussite de Laure jusque-là, est destinée à orner le col de l'habit d'un noble. Elle exige davantage de temps que la dentelle aux fuseaux plus grossière que fabriquent les filles moins douées, mais elle ne s'effilochera pas si l'un des rangs se brise. Seule une fille possédant une imagination fertile et des doigts de fée peut créer un ouvrage aussi complexe à l'aide d'une aiguille, de ciseaux et de fil. Mme du Clos brandit l'objet dans la lumière et sa voix tremble. Laure sait que la bande de dentelle à laquelle elle travaille depuis l'automne dernier est l'une des plus belles jamais produites par l'ouvroir de Mme du Clos, mais elle ne voit pas à quoi cela peut-il servir de le montrer ainsi. De ses deux mains, Mme du Clos tend la bande à la supérieure.

— La dentelle doit rester au sous-sol, dit-elle. Sinon, la couleur risque de se gâcher. Il faudra bientôt que je la rapporte.

La supérieure tient le bout de tissu au-dessus de sa tête pour l'examiner. Elle étudie les points, les tourbillons du feuillage et les minuscules fils de soie qui relient les fleurs entre elles. Ses doigts suivent les motifs, comme pour compter les nombreuses ramifications. Laure observe le visage de la supérieure, dont les doigts poursuivent leur exploration, et croit déceler une lueur d'émotion dans ses yeux. Puis la femme se tourne vers Laure.

— As-tu une idée de la valeur de ce bout de dentelle ?

Laure secoue la tête.

— Il vaut mieux que les pauvres ne soient pas au courant. Leur art en souffrirait, dit Mme du Clos.

— Eh bien, la valeur de la dentelle dépend des mains qui l'ont créée. Et aussi de la réputation de l'artisane.

La supérieure se tourne de nouveau vers la fenêtre.

— Le mois dernier, des bandits ont attaqué neuf voitures sur la route de Versailles. Tu le savais ? Tu as une idée de ce que les voleurs cherchaient ? En fait, ils ont ourdi ce complot pour subtiliser quinze coiffes faites d'une dentelle similaire à celle-ci.

Laure hoche la tête. L'histoire des coiffes volées leur est parvenue durant une messe. Les filles ont trouvé cette image amusante : dans leur dos, des cavaliers fondent sur des dames qui font route vers Paris et cueillent leur chapeau sur leur tête. Laure a ri en pensant à de telles folles. Comment voudrait-on qu'une fille vêtue d'une robe de lin gris qui passe ses journées dans un atelier souterrain éprouve de la sympathie pour des femmes voyageant en carrosse, parées de leurs plus beaux atours ?

— Tu savais que certaines victimes de ce crime vivent aujourd'hui dans l'indigence ?

La supérieure caresse l'œuvre de Laure.

— Si tu es intelligente et que tu jouis d'une bonne réputation, une personne te donnera peut-être un jour toute sa fortune en échange d'un article comme celui-ci, à l'exemple de ces femmes.

Elle rend la bande de dentelle à Mme du Clos et fait volte-face vers son jardin.

— Je compte sur Mme Gage et sur vous pour avoir cette jeune personne à l'œil. Les filles les plus douées sont toujours les plus dissipées. On ne sait jamais comment elles vont tourner.

La supérieure informe alors Mme du Clos que Laure sera privée de repas, ce soir-là.

— Si j'entends dire qu'elle a eu droit ne serait-ce qu'à une miette de pain ou à une goutte d'eau, cette fugitive finira dans un état plus lamentable qu'à son arrivée parmi nous.

La supérieure s'adresse ensuite à Laure :

— On conseille désormais aux femmes qui voyagent en carrosse de s'asseoir dos aux chevaux. Ainsi, elles voient les brigands venir derrière elles.

C'est à la dentelle *point de France** que Laure doit de ne pas avoir été transférée dans un autre dortoir, enfermée dans un cachot ou jetée à la rue. Elle sent un tremblement dans ses jambes. Est-il causé par la voix effrayante de la supérieure ou par la faim qui fait gronder tout son corps ? Elle ne saurait le dire. Ou peut-être aussi s'explique-t-il par l'horreur qu'elle ressent à l'idée que Mireille Langlois est bel et bien morte. Par les couloirs de l'hôpital, Laure rentre au dortoir au bras de Mme Gage, qui est revenue la chercher et l'assure que les choses auraient pu plus mal tourner. La supérieure n'a pas la réputation d'être indulgente. C'est elle, après tout, qui condamne des filles à croupir dans les cellules humides du donjon. Laure, cependant, ne voit pas comment elle pourrait se sentir plus mal. L'odeur de l'Hôtel-Dieu imprègne toujours sa peau, et elle est soulagée malgré tout de ne pas avoir à manger.

À son entrée dans le dortoir, les autres filles de Sainte-Claire, qui peignent leurs cheveux et ajustent leur tenue en prévision du repas du soir, se taisent d'un seul coup. Madeleine court jusqu'à Laure et l'aide à se mettre au lit. Bientôt, elle est seule dans le dortoir et le bruit des talons s'estompe dans le couloir. Laure remonte ses genoux tremblants jusqu'à son menton. Comment a-t-elle pu se tromper à ce point sur Mireille ? Comment la plus belle et la plus favorisée d'entre elles peut-elle être morte ? Toute la nuit, les tremblements persistent.

***

Lorsque Mme Gage annonce la mort de Mireille, le lendemain matin, Laure est toujours au lit. Entre le *Veni Creator* et la lecture de *L'Imitation de Jésus-Christ*, la gouvernante précise, d'une voix douce, que Mireille a reçu tous les sacrements à l'Hôtel-Dieu, y compris la confession, la dernière eucharistie et l'extrême-onction. Certaines filles continuent de parler, de se coiffer, d'enfiler leur bonnet, comme s'il était question de leurs affectations ou de l'horaire des célébrations religieuses.

Après la messe habituelle, une petite cérémonie funèbre se tiendra dans la chapelle de la Salpêtrière. Mme Gage déclare alors que Mme du Clos a libéré Madeleine et Laure de leurs obligations à l'atelier de couture afin de leur permettre d'y assister et que, par la suite, elles resteront au dortoir. Laure doute que la supérieure soit au courant. Ce privilège soulève des murmures indignés. Mme Gage ignore la dissension, presse les filles de finir leur *toilette** et de se mettre en rang pour la messe. Elle s'avance vers Madeleine et lui tend deux lys pour la cérémonie. Les autres filles fixent les fleurs avec convoitise, comme s'il s'agissait de bonbons ou de bouts de fromage.

Même si Laure se sent faible à cause du manque de nourriture, elle se lève à la vue des fleurs. Elle craint un instant de s'écrouler, puis elle se stabilise et s'avance vers la tablette où Madeleine a rangé le châle noir que, la veille, Laure a abandonné en boule au pied de son lit. Laure prend aussi son peigne, mais elle n'a pas la force de le passer dans ses boucles foncées. Au lieu de nouer ses cheveux, elle les laisse détachés sous son bonnet. La pratique est interdite. Les autres filles murmurent de plus belle et regardent Laure comme si elle était une sorcière de campagne, mais elle s'en moque. Ses longs cheveux embroussaillés forment une cape ayant justement pour fonction de les tenir à distance.

Mme Gage sourit en voyant Laure debout à côté de son lit. Elle lui tend un gobelet d'eau mêlée de quelques gouttes de vin. Laure y boit une gorgée et le lui rend. Madeleine veut l'aider à mettre ses cheveux sous son bonnet, mais Laure la repousse d'un geste et prend les fleurs posées sur le lit. En les tenant par les tiges, elle les porte à son nez. Laure n'en sera pas à ses premières funérailles. Lorsque Mme d'Aulnay est morte, trois ans plus tôt, elle portait la même cape sur une robe bleue prêtée par une cousine de Mme d'Aulnay. Après les funérailles, la cousine a renvoyé Laure à la Salpêtrière en affirmant n'avoir plus besoin d'une servante. Et dire que Laure avait cru être la fille d'une femme fortunée ! Elle n'aurait jamais cette chance.

Pour Mireille, Laure n'a pas de robe particulière à porter. Cette fois, elle a l'impression d'assister à ses propres funérailles. Elle n'a toujours pas faim. Après avoir vu le visage sans vie de Mireille Langlois à l'Hôtel-Dieu, Laure a la sensation d'être trop légère pour le monde qui l'entoure.

***

La chapelle est bondée ; les filles disent pour plaisanter que ses murs risquent de s'effondrer dès qu'elles se mettront à chanter. Et, pour cette raison, elles chantent plus fort. Bientôt, on entreprendra la construction de l'église Saint-Louis, à propos de laquelle Laure, lorsqu'elle est sortie pour rendre visite à Mireille, a vu les hommes et l'architecte en train de conférer. Le lieu de culte sera assez grand pour accueillir à la messe du matin toutes les nouvelles femmes que la Salpêtrière reçoit chaque jour. Il y aura aussi plus de place pour les pensionnaires qui ont encore quelques sous et souhaitent être inhumés dans l'église. Ces vieux couples sont ceux qui fréquentent les étals de la cour Saint-Louis de la Salpêtrière. En attendant, la chapelle Saint-Denis déborde tous les matins, et l'odeur des corps pourris de tous les pensionnaires qui ont assez d'argent pour s'y faire enterrer l'a envahie. Ni les fleurs ni l'encens ne peuvent camoufler la puanteur des morts.

Pour Laure, la messe est le moment le plus terrifiant de la journée. Heureusement, elle a lieu à six heures quinze du matin et, après, elle peut oublier. La seule chose qui l'intéresse à l'église, c'est la possibilité d'entendre une bonne histoire. Si elle murmure quelque prière dans la petite bâtisse mal aérée, c'est pour que la cérémonie se termine au plus vite et qu'elle puisse sortir avec les autres filles de Sainte-Claire. Ainsi, pendant le court trajet jusqu'au dortoir, elle peut respirer un peu d'air frais sous le soleil avant d'entreprendre la journée de travail.

Mais aujourd'hui, Laure se réjouit d'être enfermée dans la chapelle. Les chuchotements en latin du prêtre épousent à la perfection les murmures de son esprit. En s'avançant dans l'allée, elle voit les corps enveloppés dans des linceuls. Il y en a trois, mais Mireille n'est pas du nombre, car on craint que sa maladie soit contagieuse, ce que Laure juge ridicule puisque, en réalité, Mireille est morte de faim. Mais les administrateurs de l'hôpital ont très peur des pensionnaires pauvres et de leurs maladies. L'avant-veille, on n'a compté qu'un seul mort. Pendant la messe, Mme Gage se tient à côté de Laure et de Madeleine.

Laure sait qu'on va gloser sans fin sur la vie de Mireille Langlois. « Son père était un prince, dira une lavandière. C'est sa mère qui ne tolérait pas de la voir. Elle était si jolie ! Après la mort de son père, elle n'en a plus voulu. Plus moyen, avec elle à la maison, de se trouver un nouveau mari. Elle a dû se débarrasser d'elle. » D'habitude, Laure prend plaisir à ces récits inventés, extravagants. Elle entend les rumeurs qui tourbillonnent dans sa tête, y ajoute de nouveaux détails, tandis que, dans le sous-sol, ses doigts exécutent des centaines de points minuscules. Pourtant, aujourd'hui, Laure voudrait passer un savon à toutes ces filles indifférentes, avides des divertissements usuels. Sans savoir qu'un jour, peut-être plus tôt qu'elles ne le croient, leur cadavre sera à son tour allongé près de l'autel, couvert et silencieux. Quel genre de récits voudraient-elles laisser derrière elles ? Leurs mensonges dégoûtent Laure.

On enterre Mireille en même temps que deux autres femmes et un garçon. Le prêtre donne à la douzaine de personnes réunies l'assurance que l'un des monticules puants a connu une mort paisible, dans son vieil âge. Une mort idéale. L'autre femme est morte en couches. Rien au sujet du bébé. Sans doute a-t-il survécu et lutte-t-il pour sa vie aux côtés d'autres petits paquets connus sous le nom d'enfants trouvés. Si quelques enfants de la *crèche** survivent à leur première année, c'est parce qu'ils ont droit à une part plus grande du lait d'une femme mal nourrie. En échange de la fleur qu'on lui fait en la laissant accoucher en secret, la nouvelle mère doit faire profiter quelques nourrissons de son lait. Une partie de celui des vaches du pré de la Salpêtrière est également destinée à la *crèche**, mais il est tellement coupé de farine et d'eau que seuls les bébés les plus déterminés survivent à un tel régime.

Quelques femmes enchaînées de la Maison de la Force assistent aux funérailles, et elles se lamentent sans retenue lorsqu'on bénit pour la dernière fois la mère morte. Pour avoir rempli l'église de plaintes si profanes, les filles d'autres dortoirs auraient été punies. Le deuil, comme tout le reste, se vit en silence. Après tout, ces femmes n'ont rien à perdre. On leur donnera peut-être quelques coups de fouet, ou encore on les privera d'un repas, mais c'est prévisible, c'est leur lot quotidien. Pleurer bruyamment la mort d'une amie vaut bien une punition supplémentaire. Laure se joindrait volontiers à elles. La dernière âme conduite à son ultime repos est celle d'un petit garçon arrivé une semaine plus tôt, en proie, comme beaucoup de ceux qui vivent dans la rue, à une forte toux. Son père, un paysan en haillons, se tient à l'avant de l'église, son chapeau à la main. Laure se couvre le nez de son écharpe. À condition de bien s'appliquer, elle sent encore le parfum à la lavande de Mme d'Aulnay.

Quelques semaines plus tôt, avant que Mireille tombe malade, les filles s'étaient attroupées autour de la malle dont l'hôpital lui avait fait cadeau. Elle était remplie des articles dont a besoin une épouse au Canada. Laure n'avait encore jamais vu autant d'objets de luxe destinés à une seule et même jeune fille. Il y avait un fichu en taffetas, un ruban à chaussures, cent aiguilles, un peigne, du fil blanc, une paire de bas, une paire de gants, des ciseaux, deux couteaux, mille épingles, un bonnet, quatre lacets et deux livres en argent. Autant d'articles fournis par le roi. Mireille avait aussi mis dans la malle quelques objets personnels, dont la robe jaune qu'elle portait le jour de son arrivée à la Salpêtrière et le médaillon qu'elle cachait sous son oreiller, celui de l'officier du régiment de Carignan-Salières qu'elle allait épouser. Mireille leur dit qu'elle recevrait aussi une dot de cent livres ainsi qu'une place gratuite à bord d'un navire à destination du Canada. Dans l'attente du départ, Mme du Clos gardait dans l'atelier la malle flambant neuve et son contenu.

C'était l'image du jeune militaire dans le médaillon qui avait le plus attisé la jalousie de Laure. Toutes les filles s'étaient agglutinées pour voir le minuscule portrait. Le garçon s'appelait Frédéric, et il commandait une armée chargée de combattre les « sauvages » du Canada. Selon Mireille, ces sauvages étaient si féroces qu'ils dévoraient le cœur des hommes.

— Demande-lui s'ils mangent aussi le cœur des femmes.

Madeleine répéta la question de Laure à Mireille.

— Eh bien, en général, ils se limitent à celui des hommes qu'ils jugent courageux, répondit Mireille, mais ils ne dédaignent peut-être pas celui des femmes. En fait, dis à Laure qu'ils mangent surtout celui des prêtres.

Laure enviait tant de choses chez Mireille : les doigts élégants, la belle robe, le médaillon du soldat, les mots raffinés, la voix limpide. Mais Laure n'aurait pas voulu aller au Canada. Encore moins depuis qu'elle connaît l'existence des sauvages. La jeune fille sait qu'elle a le cœur intrépide. La veille, après la visite chez la supérieure, Mme Gage lui a même dit qu'elle était une *fille courageuse** en remontant la couverture jusqu'à son cou.

Au souvenir de ce que Mireille a dit au sujet des sauvages, Laure est portée à regarder par-dessus son épaule. Devant l'autel, le prêtre récite une prière pour délivrer l'esprit de Mireille de cette prison de poussière et de privation, l'élever au-delà des gargouilles de Notre-Dame, jusqu'aux nuages. Laure veut se retourner et voir si le prêtre a l'air courageux, si les sauvages du Canada ont envie de lui manger le cœur.

Finalement, le prêtre se tait. Mme Gage tire Laure par la manche, mais les pieds de celle-ci restent ancrés dans le sol de la chapelle. Dans sa main, la fleur a commencé à faner.

Le plus beau fleuron de la Salpêtrière, une fille bénie par la vie, avec des doigts à la grâce confiante et un futur mari qui l'attendait outre-mer, sera incinérée, telle une saleté pestilentielle, son corps jugé trop corrompu pour le cimetière qui déborde. Laure ne veut pas partir. Elle ne veut pas savoir que, en dehors des murs de la chapelle, le soleil s'est levé. Elle aura plus d'espace sur son banc de couture. À présent, elle est la dentellière la plus douée de l'ouvroir.

5

DE RETOUR DANS LE DORTOIR DE SAINTE-CLAIRE, Laure s'assied sur le lit de Mireille. On a déjà installé une autre fille à la place de la défunte. Après les funérailles, Mme Gage l'a présentée aux autres pensionnaires. Elle s'appelle Jeanne, elle est grande avec un gros visage sans charme et des cheveux qui grisonnent, bien qu'elle ne soit pas vieille. On la considère comme un *Bijou** parce qu'elle sait lire et broder. Pour l'heure, les autres sont à l'ouvroir, et Laure est seule dans la pièce avec Madeleine, qui porte dans ses bras la robe jaune de Mireille. Après les funérailles, Mme du Clos a monté la robe de l'atelier de couture et l'a tendue à Madeleine. Elle conservera le médaillon de Frédéric en attendant de trouver une jeune fille convenable en partance pour le Canada, à qui elle demandera de le rendre à son propriétaire. Elle a également précisé que l'hôpital s'était approprié la malle offerte par le roi de même que le trousseau de Mireille.

— Nous ne devrions pas nous asseoir sur ce lit, dit Madeleine en se levant, le torse caché par l'encombrante robe qu'elle tient toujours. C'est celui de Jeanne, désormais.

— Je pensais que tu étais l'amie de Mireille, dit Laure. On croirait entendre la supérieure qui introduit une nouvelle fille avant même que l'ancienne soit inhumée.

— Tu viens dîner ? demande Madeleine en se rasseyant à côté de Laure.

Celle-ci ne répond pas, et Madeleine dépose la robe entre elles. Laure la contemple. Le corsage est particulièrement impressionnant. Renforcé par des baleines, il a des manches courtes et se termine en pointe sur l'abdomen.

— Allons, Laure, tu ne vas quand même pas monter la garde sur ce lit comme un chien. À présent, Mireille se moque de savoir qui y dort.

Madeleine tire la robe sur ses genoux.

— Je crois qu'elle t'irait bien, cette robe. Pour ma part, je ne saurais qu'en faire.

Elle pose le corsage contre la poitrine de Laure. Laure touche la robe et la repousse.

— Quand aurais-je l'occasion de porter un tel vêtement ? D'ailleurs, je suis trop décharnée, désormais, pour être élégante dans une belle robe.

Laure n'a qu'à lever ses épaules vers ses oreilles pour sentir ses os. Le fait que, depuis deux jours, elle n'ait pas touché à ses maigres rations n'arrange rien. Elle se penche vers l'avant, le front dans les mains.

— L'atelier de couture. Tu en auras besoin quand on viendra t'engager. Tu ne parles que de ça.

Laure a l'impression que des années se sont écoulées depuis qu'elle a évoqué pour la dernière fois la possibilité de trouver du travail et, à terme, un riche prétendant dans le secteur du vêtement des Halles. L'image de Mireille tendant vers elle sa main ensanglantée, ainsi que l'odeur de l'hôpital et de la chapelle, ont étouffé son rêve de devenir couturière.

— Et toi ? C'est à toi que Mme du Clos a donné la robe.

Madeleine est le chouchou de Mme du Clos. C'est la favorite de tous.

— Seulement parce qu'elle me va.

Laure arque le sourcil, car elles savent l'une et l'autre que c'est faux. Madeleine hausse les épaules.

— Si j'ai un jour besoin d'une robe, je suis sûre que j'en trouverai une. Celle-ci est pour toi. Une fois en apprentissage, tu pourras commencer à gagner de l'argent tout de suite, sans t'endetter.

Il faut parfois des années pour rembourser une robe comme celle que tient Madeleine, indispensable pour celle qui veut devenir couturière. Mais Laure ne peut se résoudre à accueillir avec enthousiasme l'offre généreuse de Madeleine.

— Elles cherchent simplement à nous faire croire que nous sommes différentes des prostituées en nous qualifiant de *Bijoux**. Tu crois que les gens qui ont poussé des acclamations comme s'ils assistaient à une exécution publique savent qu'il y a ici des filles qui maîtrisent le *point de France** aussi bien que les artisanes de Venise ou d'Alençon ?

— Qu'importe ce qu'ils pensent.

Madeleine sourit et tend le bras vers Laure. Sentant la main de son amie sur son épaule, Laure se dégage.

— Tu ne comprends donc pas ? C'est de *ça* qu'on nous a sorties. Ces gens qui se réunissent sous nos fenêtres. C'est leur divertissement mensuel. Les femmes comme la supérieure, qui vivent dans de beaux appartements, se servent de nous pour faire étalage de leur générosité.

Pour une fois, Laure est convaincue de ce qu'elle avance.

— Oui, Laure, il est certain qu'il y a dans les œuvres de bienfaisance des hommes et des femmes qui ne sont pas uniquement mus par leur bon cœur, mais à quoi sert de se préoccuper d'eux ? Pense plutôt à Mme du Clos et à Mme Gage, qui veulent le bien de leurs pupilles. Nous avons de la chance, Laure, d'être ici, dans ce dortoir. À cultiver nos talents, avec d'autres filles qui travaillent.

— Mais quand les utiliserons-nous, ces talents ? Après notre mort ? Après qu'on nous aura tuées avec de la soupe à l'eau et des miettes de pain ?

— On nous en donnera encore moins si nous nous plaignons. Allons. Rangeons ta robe. Tu sais, Laure, je ne mange pas beaucoup. En fait, je trouve les portions parfois trop généreuses. Demain, tu pourras prendre mon beurre et après-demain mes haricots. Après, la robe t'ira comme un gant.

Laure regarde Madeleine, avec son corps d'enfant, plier avec soin la robe volumineuse. Elle remarque que les mains de Madeleine tremblent. Laure l'a effrayée en lui disant qu'elles étaient semblables à des prostituées. Elle voudrait pouvoir la rassurer. Lui dire qu'elle deviendra couturière l'année prochaine, qu'elle rencontrera un duc dans la boutique, qu'elle sera heureuse avec lui et ses enfants, ses beaux vêtements et son carrosse. Mais Laure n'y croit plus. Depuis que Mireille Langlois est morte, c'est fini. Quel espoir peut-il bien y avoir pour une enfant pieuse et naïve et pour la fille d'un saltimbanque ?

***

Finalement, Laure accepte de réintégrer l'ouvroir à condition que Mme du Clos l'aide à composer une lettre destinée au roi. La jeune fille a décidé qu'il était inutile d'effrayer Madeleine en lui faisant part des réflexions amères que lui inspire leur situation. Elle doit agir. Mme du Clos dit douter que le roi lise la lettre. Son royaume lui cause déjà beaucoup de soucis : il doit par exemple étendre son règne aux Pays-Bas espagnols, détruire les églises des protestants et construire de nouveaux navires. Néanmoins, Mme du Clos veut bien aider Laure à écrire la lettre.

La directrice de l'ouvroir n'est pas autorisée à apprendre aux filles à lire et à écrire, car elle n'est ni une *maîtresse** ni une officière de l'hôpital. Elle-même a de la difficulté à lire. Elle dit que c'est parce que ses yeux lui font trop mal à la fin de la journée, mais Laure doute qu'elle soit plus douée le matin. En fait, le jour où Mme du Clos a appris que Laure savait lire et écrire, elle lui a demandé de l'aider à tenir ses livres de comptes.

Chaque mercredi, en fin de journée, Laure attend ce moment avec impatience. Les autres filles sont jalouses, car elle finit une demi-heure plus tôt et se retire dans l'arrière-salle. La petite pièce est encore plus sombre que l'atelier proprement dit, et l'air y empeste l'encre et le papier. Les livres de comptes sont rangés sur une tablette au fond de la pièce. Laure doit grimper sur un tabouret et s'y prendre à deux mains pour descendre les lourds objets qui contiennent des documents concernant l'atelier depuis 1663. Dans chacun, on détaille avec précision la production annuelle, c'est-à-dire les activités des filles de l'ouvroir : couture, tricot, broderie et dentelle. Le relevé des nappes, des serviettes de table, des mouchoirs, des bas et des draps qu'elles ont produits.

Les lettres des administrateurs sur l'atelier figurent dans un autre livre. Laure sait qu'elle ne doit pas les lire. Mais, les jours où elle finit ses comptes de bonne heure, elle se hâte de les descendre. Elle a du mal à déchiffrer la calligraphie et ne comprend pas toujours les mots employés. La plupart des textes ont trait aux prix des fournitures utilisées par l'ouvroir. Mais il y a aussi une lettre écrite par un certain Jean-Baptiste Colbert, l'un des ministres de Sa Majesté, qui se plaint à la supérieure de la qualité des travaux d'aiguille des filles.

Après avoir lu les premiers mots de cet homme, Laure est en colère. Mais elle se servira des doléances du roi pour lui faire part de ses propres griefs. Laure expliquera pourquoi les broderies et les dentelles produites par le sous-sol de l'hôpital ne peuvent pas concurrencer celles des autres femmes du royaume. Mme du Clos a dit à Laure que des milliers de femmes vivaient à la Salpêtrière et qu'il en arrivait chaque jour de nouvelles. Peut-être le roi n'est-il pas au courant de l'insuffisance des rations d'eau et de nourriture. Laure est bien consciente qu'il serait futile de se plaindre à la supérieure. Cette dernière se contenterait de parler aux pensionnaires de la force morale et de l'importance de la prière.

Laure met deux semaines à composer la lettre qu'elle destine au roi. Quand les cloches qui signalent la fin de la journée de travail résonnent dans tout l'hôpital, elle se précipite vers l'arrière-salle de l'ouvroir, où elle transcrit les deux ou trois phrases qu'elle a élaborées dans sa tête pendant toute la journée. Puis elle rentre seule par le couloir sombre du sous-sol, suit à tâtons le mur froid en tendant l'oreille pour déceler, devant elle, la rumeur des autres filles. Elle gravit prestement les deux longues volées de marches, passe devant les bébés de la *crèche** et arrive au dortoir de Sainte-Claire à temps pour le souper.

Mme du Clos a promis de sceller la lettre de son cachet de cire rouge. Mais Laure tient d'abord à faire lire la missive à Madeleine. Maintenant qu'elle a fini, elle veut surprendre son amie. Lorsque la jeune fille débarque, impatiente, dans le dortoir, la lettre achevée glissée sous sa manche, Madeleine est agenouillée à côté de son lit. Depuis la mort de Mireille, Mme Gage accorde à Madeleine des privilèges particuliers. La gouvernante l'autorise à prier dans le calme du dortoir, tandis que, dans la pièce adjacente, les autres filles attendent la soupe du soir.

— J'ai écrit une lettre. Une lettre au roi, chuchote Laure. Je vais te la lire.

Madeleine se tourne vers Laure, les yeux vitreux.

— Au roi ?

— Une fois qu'il l'aura lue et qu'il sera au courant de nos conditions de vie, nous aurons droit à des repas comme on en servait chez Mme d'Aulnay. Des faisans et des perdrix, des fruits confits, du vin.

Trois ans plus tard, Laure peut sentir l'arôme de ces plats, comme s'ils venaient tout juste de sortir du four.

Madeleine se signe et embrasse le bout de ses doigts. Elle se lève et se tourne pour s'asseoir par terre à côté de Laure, dos au lit. Laure lui montre les lignes noires sur l'épais papier du livre de comptes de Mme du Clos, puis elle lit la lettre à voix basse.

Mars 1669, la Salpêtrière, section pour femmes de l'Hôpital général de Paris

Mes salutations au Grand Roi,

Cette humble lettre adressée à Sa Majesté est l'œuvre d'une fille enfermée à la Salpêtrière, section pour femmes de l'Hôpital général de Paris. Je vis ici en compagnie de toutes sortes d'infirmes, de malades et de folles, dont certaines sont en plus violentes et dissipées. J'ai cru qu'il était de mon devoir de vous informer des véritables conditions de vie qui ont cours au sein de l'hôpital. J'espère que vous accepterez de m'entendre, malgré mon humble naissance et mon rang modeste.

Je dois d'abord vous dire comment il se fait que, malgré mes dix-sept ans, je sois toujours ici. J'ai vécu pendant quelques années chez Mme d'Aulnay, rue de la Chapelle. Là, on m'a appris à préparer de somptueux repas, à coudre et à lire. Mon ancienne maîtresse, veuve sans enfants, était très bonne. Elle me traitait presque comme sa fille. Auparavant, j'avais passé quelques années au dortoir de l'Enfant-Jésus de la Salpêtrière. Mais Mme d'Aulnay, qui était âgée, est morte il y a trois ans. Comme je n'étais pas vraiment sa fille, je n'ai rien reçu à son trépas. On m'a donc ramenée à la Salpêtrière, où je réside parmi les Bijoux du dortoir de Sainte-Claire. Au fur et à mesure que les mois passent, je me demande si j'aurai la chance de trouver une autre bienfaitrice. J'ai beau n'avoir que dix-sept ans, déjà je me rends compte qu'une femme, en vieillissant, a de moins en moins de choix.*

Pourtant, je m'efforce de rester optimiste. À l'école, j'ai reçu, avec un certain nombre d'autres filles, des leçons de tapisserie à l'aiguille. J'excelle dans cet art et j'espère faire mon apprentissage chez une des couturières de la ville. Si je travaille avec acharnement et que j'utilise à bon escient mes connaissances de la lecture et de l'écriture, j'aurai peut-être un jour mon propre atelier.

Cependant, je dois porter une question à votre attention. Je sais que Sa Majesté a beaucoup à faire, avec des guerres à mener et toutes sortes de soucis. Mais je suis sûre qu'Elle se fera un devoir de pallier le problème que je Lui expose maintenant, car il affecte les nombreuses filles et femmes qui résident à la Salpêtrière. Nos rations de nourriture sont insuffisantes. Nous n'avons droit qu'à une pinte de bouillon et à cinq quarterons de pain par jour. Quelques fois la semaine, on ajoute des haricots et du beurre salé au bouillon. Comment, avec si peu, pourrions-nous nous acquitter de nos obligations ?

Ce printemps, une des filles du dortoir, Mireille Langlois, est morte du scorbut. Son père a été officier pendant la guerre d'Espagne. Depuis, on m'a fait cadeau de l'une des robes de Mireille, même si elle n'est pas aussi jolie que celles que vous voyez tous les jours à la cour. Cette robe, lorsque mon traitement sera meilleur, soit lorsque j'aurai un peu de viande et de fromage pour accompagner mon bouillon et mon pain, fera ressortir l'éclat d'onyx de mon regard et de ma chevelure. Dans l'état actuel des choses, mes yeux et mes cheveux sont ternes, et la robe trop grande.

Je suis persuadée que cette situation déplorable s'explique par une simple omission, Sa Majesté Très Chrétienne étant préoccupée par d'autres questions d'une grande importance pour Son royaume. Au sujet de nos rations, l'attention royale aurait pour effet d'améliorer rapidement les conditions abjectes dans lesquelles nous vivons.

Votre humble servante, Laure Beauséjour

Je prie Sa Majesté de bien vouloir accepter un ruban de la robe et une mèche de mes cheveux.

6

MME DU CLOS ACCEPTE D'AIDER LAURE à faire porter sa lettre au roi. Elle répète qu'elle ferait n'importe quoi pour ses filles. Au contraire de la plupart des officières de l'hôpital, Mme du Clos a été engagée à contrat en raison de ses connaissances en dentellerie. Et à la différence de la majorité des officières et des *maîtresses**, elle ne tient pas particulièrement à rester au service de l'hôpital jusqu'à la fin de ses jours ; elle est donc moins attachée à la stricte application de ses règles. Elle habite en ville avec sa sœur veuve et n'a pas besoin de ses gages pour survivre.

Pour que la lettre parvienne à son destinataire, Mme du Clos a promis d'emmener Laure dans le quartier des couturiers de Paris, dès vendredi. Elle dit connaître le messager tout désigné. Mais d'abord, elle tient à ce que la robe de Mireille soit ajustée pour Laure, qui devra la porter le jour où elles rencontreront l'homme en question. Selon Mme du Clos, la lettre aura de meilleures chances de parvenir à destination si Laure enfile la robe. Laure déteste que Mme du Clos la qualifie de

« pauvre âme » en lui tapotant le dos, mais, cette fois-ci, elle laisse faire la femme un peu folle sans protester.

À la fin de chaque journée de travail, Laure se fait une joie de mettre sa dentelle de côté pour travailler à la robe. Heureusement, Mireille était de la même taille qu'elle, si bien que la longueur est parfaite, mais il faut rétrécir le corsage, car Mireille, à son arrivée à l'hôpital, était bien nourrie et donc légèrement dodue. Mme du Clos a aussi encouragé Laure à apporter quelques modifications à la robe afin de l'adapter au goût du jour. Maintenant que les retouches sont terminées, Laure a moins hâte de l'essayer. Si elle n'a qu'une envie, passer la robe et être aussi élégante que Mireille, elle a peur qu'elle ne lui aille pas bien malgré toutes les retouches et craint d'avoir l'air d'une pauvrette déguisée en princesse. Elle doit aussi avouer qu'elle a un peu peur d'enfiler un vêtement au-dessus de sa condition. Quand Mme d'Aulnay l'affublait d'un chapeau de soie, de longs gants et d'un éventail, tous trop grands pour elle, Laure n'était encore qu'une enfant. Les femmes qui fréquentaient le salon de Mme d'Aulnay avaient beau ne pas approuver que l'on habille une pauvre fillette de vêtements magnifiques, ce n'était qu'un jeu, aussi inoffensif que de parer une poupée des atours d'une reine.

Ce soir-là, la jeune fille récupère, sous la table à ouvrage, la boîte dans laquelle se trouve la robe et suit jusqu'à l'arrière-salle Mme du Clos, qui traîne deux rubans dorés derrière elle. Celle-ci éloigne la robe de ses yeux faibles.

— Pas mal, vu que nous ne disposions que de mousseline et de fausses pierres.

— C'est une robe digne de la cour du roi, s'enorgueillit Laure, qui a déjà retiré sa tenue de travail.

— Pas tout à fait, pauvre âme, réplique Mme du Clos. À la cour, les robes sont faites de taffetas et décorées de pierres précieuses. Et elles coûtent dix fois plus cher que celle-ci.

Laure est incapable d'imaginer une robe dix fois plus belle. Mme du Clos lui a fait cadeau d'une petite quantité de fil d'argent à coudre dans le corsage ainsi que de petites perles couleur rubis et turquoise pour les garnitures. Elle a suggéré à Laure d'abaisser le bord du corsage. Pas trop, car il ne faudrait pas qu'on prenne Laure pour l'une des viles créatures qui se vendent dans la rue en échange de quelques piécettes, mais juste assez pour donner un aperçu de sa douce poitrine. Elle lui a également offert un lacet en cuir pour resserrer le corset à baleines ainsi que deux rubans pour ses cheveux.

Mme du Clos serre le corset d'un coup sec. Laure sent ses poumons se comprimer sous ses côtes. Elle exhale et n'arrive plus à inspirer. Le peu de graisse qu'elle a sur les os est rentré dans sa poitrine. Elle lève les mains. La panique lui noue la gorge.

— Tu as du mal à respirer ? dit Mme du Clos en riant. Respirer, c'est bon pour les paysannes avec leurs moutons dans les champs. Toi, tu as choisi une autre vie.

La voix de Mme du Clos ravive la foi de Laure en l'avenir. Dans le sous-sol sombre de l'hôpital, ancienne fabrique de munitions où des folles de tous âges hurlent et se font entendre jusqu'en haut, les rations sont mesurées avec soin, mais Mme du Clos, elle, sert des mots tendres.

— Dans les cercles élégants, les femmes ne respirent pas. Elles volent l'air de ceux qui les entourent. Bon, à présent, rentre le ventre et redresse ta poitrine.

— Si seulement je pouvais…

Mme du Clos serre un peu plus les lacets du corset, et Laure a de nouveau le souffle coupé. Comment, accoutrée de la sorte, pourra-t-elle faire de la couture toute la journée ?

— Oui, tant pis, tu seras charmante. Avec le temps, on s'y fait. D'ailleurs, ajoute Mme du Clos, son visage joufflu s'illuminant d'un sourire, il faut souffrir pour être belle. Bon, rentre le ventre, je te dis, et redresse ta poitrine.

Lorsqu'elle émerge enfin de l'arrière-salle, Laure a les joues rougies par tous ces efforts vestimentaires. Mme du Clos lui a prêté pour la journée un collier rouge brillant. Laure baisse les yeux sur les pierres qui reposent sur sa poitrine pâle.

— Regarde ces rubans dans tes cheveux, dit Mme du Clos.

Laure tend la main pour toucher le tissu soyeux.

— Tu l'emporterais facilement sur des tas de femmes vêtues de tenues beaucoup plus recherchées et coûteuses.

Mme du Clos pousse Laure dans le dos et la fait avancer jusque dans l'ouvroir. À voir les regards qu'on porte sur elle, Laure s'aperçoit que Mme du Clos n'exagérait pas.

Pendant que la directrice de l'ouvroir décrit au profit des autres les ajustements effectués à la robe, un homme entre dans l'atelier. Les filles s'immobilisent et Mme du Clos se tourne vers lui en s'inclinant.

— Bonjour, monsieur le directeur.

C'est le directeur de tout l'hôpital, y compris de la section des hommes. Quelques fois l'an, il vient vérifier l'état de la production. Normalement, il trouve les filles à leur poste qui travaillent dans un silence absolu. Cette fois-ci, il s'agit d'une visite surprise.

— Bonsoir, madame, mesdemoiselles.

Les mots sont polis, mais le directeur ne retire pas son chapeau pendant qu'il balaie des yeux l'atelier en pleine agitation et les filles réunies en cercle autour de Laure.

Il appartient à la Compagnie du Saint-Sacrement. Un jour, la supérieure a expliqué aux filles que les membres de la Compagnie étaient des hommes bons qui s'efforçaient de construire Jérusalem en plein cœur de Babylone. Incertaine du sens de ces paroles, Laure s'était tournée vers Madeleine, plus versée qu'elle en citations et références bibliques, car elle avait passé un moment avec les Sulpiciens avant d'aboutir à la Salpêtrière, mais celle-ci s'était contentée de dire que les hommes du Saint-Sacrement s'efforçaient d'améliorer les conditions de vie à la Salpêtrière. On ne sait pas grand-chose de la Compagnie, qui est un regroupement secret de religieux.

— Vous avez une cliente avec vous ?

Le directeur semble dérouté. D'habitude, les ateliers de la Salpêtrière n'accueillent personne.

— On dirait bien que vous êtes en train de transformer cette pièce en véritable entreprise commerciale.

Ses semelles de bois résonnent sur le sol tandis qu'il passe devant chacun des postes de travail.

Mme du Clos hoche la tête, les yeux baissés.

— Certains pensent que le commerce est le but de l'existence, poursuit le directeur. Ils utilisent toutes les mains à leur disposition, y compris celles des pauvres, pour satisfaire leur avidité.

Les bras croisés sur la poitrine, le directeur longe la table sur laquelle s'entassent les pièces achevées.

— Je suis impuissant à faire échec à cette façon de penser.

Il s'avance vers Laure, examine sa robe. Ses yeux s'arrêtent sur sa poitrine. Il lui murmure à l'oreille :

— *Couvrez ce sein que je ne saurais voir. Par de pareils objets les âmes sont blessées, et cela fait venir de coupables pensées.*

À voix haute, il ajoute :

— Que pensez-vous de ces jeunes femmes, mademoiselle ? Elles ne sont peut-être pas très cultivées, mais elles travaillent avec acharnement.

Laure rougit. Elle regarde Mme du Clos qui, sous l'effet de la peur, a les yeux exorbités. Laure essaie d'inspirer. Elle sent ses joues s'embraser.

— Oui, elles travaillent comme des anges.

— *Très bien**, mademoiselle. Le roi sera heureux d'apprendre que ses buts sont atteints.

Plutôt que de rendre son sourire à Laure, le directeur se tourne vers Mme du Clos.

— Madame, *excusez-moi**, mais, dans la confection de vos robes, vous auriez peut-être intérêt à ne pas perdre de vue les valeurs divines.

Avant de sortir, il jette un dernier coup d'œil à Laure. Dès qu'il s'éloigne, Laure éclate de rire.

— Le directeur de l'hôpital m'a-t-il vraiment prise pour une dame de Paris ? demande-t-elle.

— Oui, Dieu merci, et heureusement pour nous toutes.

Bien que tremblante, Mme du Clos parvient à esquisser un sourire. Puis, très vite, elle aide Laure à retirer sa robe et à enfiler sa tenue de travail.

***

Le lendemain matin, Mme du Clos charge Madeleine de s'occuper de l'ouvroir. Avec Laure et sa lettre, elle se dirige vers la rue Saint-Honoré, dans le nouveau quartier de la mode, voisin de la place des Victoires. Selon Mme du Clos, leur seule chance que la lettre parvienne au roi consiste à l'apporter à la boutique du tailleur Brissault.

Pour les soutenir pendant leur périple en ville, Mme du Clos a apporté du pain et de la viande, qu'elle transporte dans un sac à la mode. Les deux femmes ont revêtu leur plus jolie robe – dans le cas de Laure, c'est aussi la seule – et un bonnet contre le soleil. À la porte de l'hôpital, l'archer leur fait signe de passer d'un ample mouvement du bras. Sur le sentier de la Seine, Laure s'attire des regards envieux de la part des paysannes. La tête haute, elle feint de ne pas se rendre compte qu'on la regarde. Elle tient l'ourlet de sa jupe pour le protéger de la boue ; lorsque Mme du Clos donne quelques sous à un homme qui possède une voiture tirée par un âne pour les conduire au pont Neuf, Laure est à la fois soulagée et impressionnée. De là, Mme du Clos choisit de n'emprunter que des rues pavées et de marcher sur la portion centrale surélevée pour éviter la vase des caniveaux, de part et d'autre.

— Le tailleur Brissault est-il une sorte de duc ou de prince ? demande Laure à l'approche de la boutique. Quel est donc son lien avec la cour du roi ?

— Non, c'est un tailleur. Médiocre par-dessus le marché.

Laure jette un coup d'œil à Mme du Clos, qui poursuit :

— Ses costumes sont médiocres. Mais il fournit une chose que les nobles ont du mal à trouver au Palais : des filles pauvres.

— Mais il y a des filles partout en ville, à tous les carrefours !

L'idée que l'on puisse croire à une pénurie de femmes pauvres à Paris est ridicule. Il y en a de toutes les sortes, des grandes, des petites, des pieuses et des vulgaires. Sur leur chemin, elles ont déjà dû croiser trois douzaines d'indigentes.

— Oui, mais les nobles préfèrent celles que Brissault sélectionne et polit pour eux. Il les appelle ses « aide-couturières ». Mais leurs talents n'ont rien à voir avec la couture.

Laure est étonnée. Pourquoi Mme du Clos la conduit-elle auprès de cet homme qui semble si méprisable ?

Lorsqu'elles entrent dans la boutique, le tailleur est là, accroupi tout près de l'arrière-train d'un noble. Les deux hommes se tournent à l'instant où elles franchissent la porte, et Laure voit le tailleur plisser les yeux dans l'espoir de les reconnaître. D'après ce que Mme du Clos vient de lui apprendre, Brissault évalue sans doute la marchandise. Laure se dit que Mme du Clos a une quarantaine d'années, bien qu'elle n'ait jamais osé l'interroger à ce sujet. Elle est petite et corpulente, avec des traits doux et des yeux gentils, comme une aimable grand-mère. Elle n'a pas du tout le profil des aide-couturières de Brissault, mais sa robe est faite de calicot, un tissu de qualité, même s'il est moins à la mode que celui de la robe de Laure.

— Comment allez-vous aujourd'hui, monsieur Brissault ?

La voix de Mme du Clos est sévère. Elle reste près de la porte.

— Quel bon vent amène une si gente dame chez moi ? Entrez donc que je vous voie mieux.

Laure sent que le dernier commentaire la concerne, bien que l'homme se soit adressé à Mme du Clos. Elle se demande pourquoi celle-ci l'a obligée à se mettre sur son trente et un au bénéfice de cet homme laid. Il a tout d'un énorme félin, jusqu'au ventre rebondi.

La boutique de Brissault est au moins trois fois plus grande que l'ouvroir de la Salpêtrière. Les tablettes et les tables débordent de soies luisantes, de velours pelucheux et de cotons. À ses cintres pendent des costumes pour homme ainsi que des corsets à baleines et des jupes habillées. Des articles que les couturières ne sont pas autorisées à fabriquer. Dans les marchés riverains, les chutes de tissu des boutiques de tailleur sont revendues à des ouvroirs comme celui de Mme du Clos, lesquels en tirent des chapeaux, des sacs à main et des rubans.

Dans l'échoppe, cinq ou six apprentis travaillent, assis en tailleur. Aucun d'eux n'a levé les yeux. Sans doute habitués à voir des personnages de haut rang, ils ne jugent pas les deux femmes intéressantes. Laure reconnaît Gamy, le marchand d'épingles, qui porte la main à son chapeau en voyant Mme du Clos. Assis près de la porte, Gamy attend que Brissault ait terminé avec le duc.

Celui-ci porte une perruque poudrée, des hauts-de-chausses et un veston de velours brodé. Il est encore plus magnifique que les archers en uniforme. Laure est surprise que cet homme à l'aspect intimidant souhaite se procurer un pantalon chez Brissault.

Mme du Clos ne perd pas de temps en politesses superflues.

— J'ai ici une lettre adressée au roi par cette jeune personne.

— Quel genre de lettre ? Il ne s'agit pas d'une pétition écrite au nom des couturières, j'espère. Le roi est très satisfait du mode de production des habits.

Brissault se relève en prenant une profonde inspiration.

— Voilà, monsieur le duc. Je crois que nous y sommes.

Les deux gardes du corps du noble s'avancent, puis, sur un geste du duc, reculent d'un pas.

— Non, rien de tel. Je n'ai nulle intention de m'immiscer dans vos affaires.

Mme du Clos a craché le dernier mot comme si elle avait quelque chose de moisi dans la bouche.

Brissault sourit.

— Vous savez que le roi exige une description détaillée des prostituées de la ville au moment de leur arrestation. Entre deux tâches officielles, il consulte ces rapports. Si le roi lui-même cherche ce genre de divertissement, poursuit Brissault en riant, ma boutique fera fortune. Et pas besoin de coupes fantaisistes.

Le duc s'éclaircit la gorge.

— Une lettre pour le roi, dites-vous ? De la part de cette adorable jeune femme ?

Lorsque le regard de l'homme croise le sien, Laure détourne les yeux.

— Je suppose que seul le roi est digne d'elle. Mais savez-vous, mademoiselle, que Sa Majesté a de nombreuses affaires pressantes à traiter ?

Brissault rigole.

— Sans parler d'un certain nombre de jeunes dames.

Le duc lui lance un regard irrité.

— Je dois me rendre ce soir à la cour, madame. Peut-être puis-je vous servir de messager.

— C'est une lettre flatteuse qui ne manquera pas de mettre Sa Majesté de bonne humeur, assure Mme du Clos, la lettre entre les mains.

Laure n'aime pas la façon qu'a le duc de la fixer, même lorsqu'il s'adresse à Mme du Clos. Elle regrette de porter cette robe, regrette de l'avoir dotée d'un corsage plus plongeant. Elle voudrait rétorquer qu'il ne s'agit pas du tout de ce genre de lettre, qu'elle traite d'un sujet important. Elle voudrait dire à ces hommes que les filles pauvres ne sont pas toutes des prostituées. Elle voudrait que Madeleine soit là.

— Je suppose qu'il n'y a pas de mal à la transmettre. À condition que vous me donniez l'assurance que son contenu plaira à Sa Majesté.

— Oui, mais ce sont des bêtises, bien sûr. La fille, qui a à peine dix-sept ans, a la tête perdue dans les nuages royaux. Elle ne parle que du charme puissant auquel elle succombe chaque fois qu'elle imagine le roi en train de lire sa lettre.

— Je...

Laure se sent trahie. Elle voudrait que Mme du Clos cesse de raconter des mensonges.

— Toutefois Sa Majesté a la réputation d'abhorrer la flagornerie de la part de ses inférieurs.

Le duc hausse le sourcil et sourit à Laure. Il tend la main pour recevoir la lettre.

— Je suis sûre qu'il plaira à Sa Majesté de souffrir quelques commentaires naïfs de la part d'une jeune fille adorable, insiste Mme du Clos en la lui remettant.

— Pourvu qu'elle ne soit pas entièrement innocente.

Le duc sourit toujours en glissant la lettre dans sa poche en velours. Mme du Clos s'incline et, une main sur le dos de Laure, la pousse vers la porte de la boutique, d'où elles sortent à petits pas pressés.

Laure tremble. Elle voudrait déchirer la robe qui empêtre son corps et retrouver le tissu rêche de sa tenue de travail. C'est cette robe qui la ralentit et l'empêche de fuir Brissault, le duc et leurs yeux concupiscents à toutes jambes.

Mme du Clos la saisit par les épaules.

— Je suis désolée, Laure, pauvre âme.

— Pourquoi avez-vous dit que j'avais écrit ce genre de lettre au roi ?

— Si j'avais dit la vérité sur son contenu, le duc l'aurait jetée aussitôt. À présent, elle a peut-être une chance d'arriver à destination. Et je te conseille de ne pas trop t'en faire à propos de ce que des hommes comme Brissault et le duc pensent de toi. Ils n'ont qu'une seule façon de regarder les femmes.

De retour à la Salpêtrière, Laure enfile sa robe de travail grise. Certaines filles ont entendu parler de la lettre et s'informent du succès de la démarche. Elles veulent savoir si elles auront davantage de nourriture au souper. Laure, qui n'a pas envie de parler de son expédition, leur répond qu'elle est fatiguée. Maintenant qu'elle a enlevé la robe, elle peut au moins respirer. Mais, à la pensée des yeux du duc et du tailleur replet sur son corps, elle se sent encore gênée. Elle songe aux prostituées qu'elle a vues dans la cour, le mois dernier. Les filles en robe miteuse, serrées comme des sardines et criant comme des cochons qu'on égorge, et les maquerelles qui les ont suivies dans leurs voitures couvertes. Le duc ou d'autres hommes de la cour sont-ils allés voir ces femmes avant leur départ pour la Salpêtrière ?

***

Quelques jours plus tard, Laure est convoquée chez la supérieure en compagnie de Mme du Clos. Dans les couloirs sombres qui vont de l'ouvroir jusqu'au bureau lumineux de la supérieure, Mme du Clos discute sans fin des travaux d'aiguille de telle ou telle fille. Laure n'en est que plus nerveuse. Elle essaie d'apaiser sa respiration en se concentrant sur le bruit de leurs chaussures. Quand elles entrent dans le bureau, la supérieure est assise, dos à elles. Sans se retourner, elle se lève. Bien qu'elle soit petite et encore plus décharnée que Laure, la vision de la silhouette tout de noir vêtue émergeant de la chaise remplit Laure de terreur.

La supérieure, lorsqu'elle leur fait enfin face, sourit. C'est le sourire le plus cruel que Laure ait jamais vu.

— Malgré tout ce que nous faisons pour venir en aide aux femmes de l'hôpital, il semble que certaines soient impossibles à satisfaire.

Elle s'interrompt, apparemment plongée dans une profonde réflexion.

— C'était un geste inoffensif.

Mme du Clos a déjà commencé à aggraver la situation. La supérieure ne répond pas. Elle continue de fixer Laure.

— Tu te souviens où tu étais avant ton arrivée à la Salpêtrière ?

— J'étais chez Mme d'Aulnay.

Laure parle faiblement, comme une toute petite fille.

— Non. Avant. Tu te souviens d'où tu es venue ?

La lèvre de la supérieure frissonne légèrement.

— J'étais avec mon père et ma mère.

— On t'a recueillie dans la rue, gelée, sale et mouillée comme un rat affamé. Le genre de créature qui disparaît, un soir, et dont personne ne se soucie.

Sous un afflux de sang, le visage de Laure s'embrase.

— À ton avis, que te serait-il arrivé si des archers ne t'avaient pas sauvée quand tu étais toute petite ? Si on ne t'avait pas recueillie, lavée, nourrie et initiée à la prière, quel sort aurais-tu connu ?

— Vous connaissez les enfants, intervient Mme du Clos. Ils se mettent des idées en tête et…

— Nous n'avons pas pour rôle de céder aux caprices des misérables qui ont la folie des grandeurs, aux frais de Son Altesse royale.

La supérieure fait quelques pas vers son pupitre. Elle saisit un petit colis.

— Toi qui possèdes de nombreux talents et connais si bien le monde, pourquoi ne me raconterais-tu pas ce que tu sais du lieu-dit Canada ?

Laure jette un regard en biais à Mme du Clos, qui hausse les épaules. Quel est le rapport avec le Canada ? Mireille devait s'y rendre pour épouser un officier. Laure essaie de réunir tout ce qu'elle sait sur cet endroit.

— Je sais que le Canada se trouve loin de l'autre côté de l'océan et que les sauvages y mangent le cœur des prêtres.

Elle songe à Mireille gisant morte à l'Hôtel-Dieu et aux propos de l'infirmière.

— Et qu'il vaut mieux mourir que d'aller là-bas.

La supérieure arque un sourcil et laisse fuser un rire sans joie.

— Oui, c'est une description assez fidèle de l'endroit, n'est-ce pas ?

Elle regarde Mme du Clos, qui a sorti un mouchoir de sa manche et se tamponne les yeux.

La supérieure baisse les yeux sur le paquet qu'elle tient à la main et tend deux lettres à Laure. Celle-ci reconnaît le cachet de Mme du Clos et le papier de l'ouvroir. C'est sa lettre au roi. L'autre doit être sa réponse.

— Tu peux lire par toi-même, je suppose.

Laure est déçue de constater que ce n'est pas le roi qui lui écrit. La lettre est signée par son ministre, Jean-Baptiste Colbert, celui qui s'était plaint de la qualité des travaux d'aiguille des filles. Laure la lit en silence.

Parlement de Paris, 1669

Nos chers et bienaimés directeurs et administrateurs de l'Hôpital général de notre bonne ville de Paris,

Le roi vous envoie ses salutations et se réjouit des projets d'agrandissement de l'Hôpital général. Il est particulièrement merveilleux que messieurs Le Vau et Le Brun, architectes du roi, s'emploient à remplacer la chapelle Saint-Denis par une magnifique église. Nous demeurons convaincus que la fondation de l'Hôpital général, le plus grand de toute l'Europe, est l'une des entreprises les plus importantes de notre temps. Les jeunes pensionnaires de la Salpêtrière doivent savoir que l'hôpital leur offre une excellente occasion de recevoir une formation. Elles doivent savoir que dans les ruelles de Paris, en dehors des murs de la Salpêtrière, la vie est infiniment plus dure. J'ai été déçu de lire dans votre rapport que la production des ouvroirs laisse à désirer. Je suis persuadé que vous trouverez un moyen d'encourager les femmes à se montrer plus industrieuses. Il est important de saisir l'occasion qui s'offre à nous dans les textiles. J'espère que vous nous aiderez à surpasser la production vénitienne de dentelle grâce à notre nouveau point de France. Il a fait sensation à la cour française et il ne manquera pas de s'imposer à l'étranger aussi.

À propos d'industrie, je tiens à faire la promotion du commerce dans nos colonies, en particulier au Canada. Parce que nos colons ont été mêlés à des guerres avec les Iroquois de là-bas, cependant, nous n'avons pu nous approprier librement les richesses de cet endroit.

On y trouve en abondance des fourrures et du bois pour la construction navale. Le principal problème vient de l'absence d'un peuplement permanent. La colonie compte peu de femmes autres que des religieuses. Cela dit, il n'est pas dans l'intérêt de la France, aux prises avec ses propres luttes continentales, de vider son territoire au profit d'une colonie.

Cependant, un projet vieux de quelques années, qui consiste à envoyer au Canada des orphelines et des veuves, a connu un certain succès. L'intendant Jean Talon m'a appris que, ces derniers temps, le nombre de mariages et de naissances a considérablement augmenté.

À cette fin, j'aimerais, dès ce printemps, envoyer au Canada cent nouvelles pensionnaires de la Salpêtrière. Je vous laisse le soin de choisir les candidates les plus aptes à se lancer dans l'aventure, à condition qu'elles ne soient pas trop désagréables à regarder.

Le ministre du roi,
Jean-Baptiste Colbert

Laure est déboussolée. Dans cette réponse, aucune allusion à sa lettre, qu'on a forcément lue, puisque la voilà de retour à la Salpêtrière, aux mains de la supérieure.

— Avec ta grande intelligence, tu as sans doute compris que tu feras partie du groupe de filles qui quitteront l'hôpital pour le Canada.

La supérieure sourit et son regard trahit une profonde satisfaction.

Mme du Clos tressaille et se serre la poitrine comme si les propos de la supérieure avaient provoqué en elle une crise d'apoplexie. Laure a la sensation que le poids de la Salpêtrière tout entier vient de s'abattre sur ses épaules. Elle ne peut pas partir au Canada. Sa vie est ici. À l'hôpital, dans l'immédiat. Plus tard, elle sera couturière. Qu'adviendra-t-il d'elle si on l'envoie de l'autre côté de l'océan dans un lieu pire que la mort, plus effrayant que l'enfer ? Et Madeleine ? Comment Laure pourrait-elle la laisser ? Le roi est un homme cruel, vraiment cruel. Laure est envahie par une rage bouillante, mais c'est inutile. L'alliée la plus puissante de Laure est Mme du Clos, et celle-ci balbutie des excuses en braillant comme une enfant. Elle ne peut rien pour empêcher la supérieure d'agir à sa guise.

***

Dans les jours qui précèdent son départ, Laure songe aux terribles conséquences de son établissement au Canada : elle ne sera pas couturière aux Halles. Mme du Clos, qui a enfin cessé de pleurer, essaie de la rassurer : en Nouvelle-France, ainsi qu'on désigne également le Canada, il n'y a pas de femmes qui mendient dans les rues. En fait, il n'y a pratiquement pas de femmes : le moment venu de choisir un mari, Laure aura l'embarras du choix, et elle vivra comme une dame de bonne famille.

Comme Laure, qui a dix-sept ans, ne veut pas encore de mari, même s'il s'agit d'un officier comme celui auquel Mireille était destinée, cette promesse n'a aucun effet sur elle. Elle demande à Mme du Clos si elle pourra être couturière en Nouvelle-France. Les femmes de là-bas voudront sans doute être bien mises au profit de tous ces hommes. Mme du Clos répond que c'est possible. Elle approche le tabouret, descend de la tablette de l'ouvroir un lourd rouleau de tissu bleu et en prélève une quantité suffisante pour confectionner une robe neuve. Ce sera son cadeau d'adieu pour son *Bijou** le plus doué. Ce soir-là, Laure s'endort en serrant le tissu contre elle.

7

DEPUIS QU'ON A DÉCIDÉ SON DÉPART pour le Canada, Laure a du mal à se concentrer sur sa bande de dentelle et sur ses autres tâches. L'attention minutieuse qu'elle portait à ses points, l'orgueil qu'elle tirait de ses travaux ont perdu tout leur sens. Elle n'a plus de réputation à soigner pour devenir couturière à Paris, plus de raison de s'échiner. Bien qu'elle soit dotée des doigts les plus agiles de l'atelier, Mme du Clos la laisse produire moins que les autres.

De retour au dortoir, après la journée de travail, Mme Gage leur fait chanter le *Miserere mei Deus,* leur prière du soir habituelle. Après, elle s'adresse à Laure et la prie de réciter l'acte de contrition à voix haute.

— C'est la dernière fois que nous t'entendrons.

La gouvernante se tourne vers les autres et dit :

— La semaine prochaine, Laure Beauséjour prend un bateau à destination du Canada.

Celles qui n'avaient pas eu vent de la rumeur poussent un hoquet de surprise. À voix basse, elles se demandent entre elles ce que Laure a bien pu faire pour mériter un châtiment aussi cruel. Seules les filles de la Force, de la Pitié ou des dortoirs les plus mal famés sont ainsi condamnées. Pour décrire son départ, elles utilisent le mot *bannissement.* Comme Laure a eu tort d'envier à Mireille la promesse d'un mariage dans un lieu aussi terrible !

Laure espère que Mme Gage corrige les filles, dise quelque chose de positif sur la vie qui l'attend. La gouvernante pourrait expliquer que Laure sera bientôt mariée, qu'elle aura sa propre maison et qu'elle pourra ouvrir un atelier de couture de l'autre côté de l'océan, là-bas, en Nouvelle-France. Mais elle leur ordonne seulement de se taire et se contente de regarder Laure.

La jeune fille déglutit avec difficulté et commence sa récitation :

— Mon Dieu, j'ai un extrême regret de vous avoir offensé, parce que vous êtes infiniment bon, infiniment aimable, et que le péché vous déplaît…

On dirait effectivement qu'elle a beaucoup péché. Sinon, pourquoi aurait-elle l'infortune de compter parmi les femmes des dortoirs les plus vils qu'on envoie au Canada ?

Lorsque Laure finit la prière, le dortoir est silencieux. Elle baisse la tête et attend que Mme Gage se retire pour la nuit. Si seulement elle pouvait dire aux autres filles que le Canada n'est pas si horrible ! Après tout, Mireille Langlois devait s'y rendre. Mais, à la Salpêtrière, chacune sait qu'il vaut mieux être confinée en solitaire dans les cellules du sous-sol ou même mourir du scorbut que d'être envoyée au Canada ou dans les îles françaises. Car le bannissement au-delà de la mer équivaut à la mort. En effet, aucune femme n'est jamais revenue à l'hôpital pour relater ses aventures.

Mais Laure est plus avisée et plus savante que ces ignorantes qui ne savent rien du monde. Certaines appellent le Canada le Nouveau Monde et rêvent de cet endroit. Laure ne pourrait-elle pas être du nombre ? Sans doute pas, étant donné qu'elle n'a jamais entendu parler de couturières ou de femmes élégantes ayant trouvé quoi que ce soit au Canada. Puis une inspiration lui vient. Peut-être le Canada ne sera-t-il pas aussi abominable qu'elle le croit.

Tandis que les filles ôtent leur robe de travail pour enfiler leur chemise de nuit, Laure voit bien qu'elles discutent entre elles de son départ pour le Canada. Elle en surprend quelques-unes en train de la dévisager : elles se taisent en croisant son regard. Madeleine tend sa chemise de nuit à Laure et s'agenouille à côté du lit pour dire ses prières.

Ce soir-là, quand elles sont couchées côte à côte, Madeleine prend la main de Laure et lui recommande de ne pas faire attention aux autres.

— Elles ne savent rien du monde, dit-elle.

Néanmoins, Laure sent la main de Madeleine trembler un peu.

En général, c'est pendant ces brefs moments, lorsque les prières et les tâches de la journée sont terminées et que les filles, épuisées, reposent dans leur lit, que Laure entretient Madeleine de l'avenir dont elle rêve pour elles deux. Cet avenir se déploiera forcément en dehors, une fois qu'elles auront été libérées de la Salpêtrière. D'habitude, Laure raconte qu'elles deviendront les meilleures couturières de Paris, qu'elles auront leur propre fabrique de dentelle et leurs propres apprenties, qu'elles deviendront aussi célèbres que les femmes d'Alençon. Lorsqu'elles auront fabriqué pendant quelques années la dentelle royale la plus fine et la plus délicate, deux hommes de la cour viendront les demander en mariage. Grâce à leur nouvelle fortune, elles auront les moyens d'acquérir de la soie et du satin pour leurs créations. Après avoir rencontré le duc dans la boutique du tailleur Brissault, Laure, cependant, omet la partie où il est question de leurs mariages. De toute manière, Madeleine a souvent répété qu'elle ne se marierait jamais.

Chaque fois que Laure termine de raconter leur avenir, Madeleine réagit de la même manière :

— C'est merveilleux, tout ça, Laure. Si tel est notre destin, Dieu y pourvoira.

Laure ne voit pas pourquoi Dieu s'opposerait à ce qu'elles deviennent des couturières de renom. Elle voudrait bien que Madeleine manifeste un peu plus d'enthousiasme pour leur avenir, elle qui semble de plus en plus intéressée par la prière et l'existence terne et dérisoire qu'elles mènent à l'hôpital. Peut-être parce que Madeleine est depuis toujours assujettie à la règle stricte d'un établissement et qu'elle n'a pas l'expérience d'une autre vie, une vie où chaque instant n'est pas régi par la hiérarchie religieuse.

Pourtant, Laure ne s'imagine pas s'éveiller chaque matin dans la lumière blafarde et la puanteur fétide du dortoir sans trouver le doux visage de sa chère amie. L'aspect le plus douloureux de son bannissement par la supérieure, c'est qu'elle ne verra plus Madeleine. Depuis quelques semaines, Laure cherche le moyen de se faire accompagner par elle. Avec Madeleine à ses côtés, elle sait que le voyage sera moins pénible. Ce soir, pendant qu'elle récitait l'acte de contrition pour les autres, Laure a songé à un moyen d'obtenir que Madeleine la suive. Elle a décidé de lui raconter l'unique histoire qu'elle connaît sur le Canada.

Laure attend que la plupart des filles aient fini de chuchoter et que seules de profondes respirations résonnent dans le dortoir. Elle dit alors à Madeleine qu'elle a une histoire très importante à lui transmettre, un récit écrit par une reine. Laure l'a entendu à l'époque où elle était servante chez Mme d'Aulnay. Chaque fois qu'elle fait référence à ces années, Madeleine manifeste la même indifférence paisible. Elle n'envie pas la vie enchantée que Laure, enfant, a menée chez une femme riche de la ville, à l'époque où elle-même n'était qu'une pauvre pensionnaire dans un monastère sulpicien de l'Aunis.

— Quelle existence passionnante tu as eue, Laure ! Parle-moi de cette reine et de ses récits, dit Madeleine, habituée à ces interruptions de ses prières et de son sommeil.

Laure explique à Madeleine qu'il s'agit d'une histoire tirée d'un livre écrit par Marguerite de Navarre. L'une des femmes qui fréquentaient le salon de Mme d'Aulnay, l'après-midi, apportait le livre, et les femmes lisaient les récits.

— Selon Mme d'Aulnay, la reine de Navarre était trop intelligente pour être femme. Un moine vivant à son époque a dit qu'elle aurait dû être mise dans un sac et jetée dans la Seine pour avoir écrit des histoires pareilles, mais la reine était trop aimée pour ça.

Laure, qui prépare ce qu'elle a réellement l'intention de raconter à son amie, sent ses joues s'empourprer. Lorsqu'elle lui demandera de la suivre au Canada, Madeleine, si douce et gentille, risque-t-elle de se mettre en colère ? Aime-t-elle Laure au point de consentir à un aussi grand sacrifice ?

— L'histoire transmise par la reine portait sur une jeune femme nommée Marguerite, partie pour le Canada. Marguerite a fait le voyage il y a longtemps déjà, avant même qu'il y ait là-bas des villages et des soldats. À l'époque, aucune autre Française n'y vivait.

— C'était sûrement encore plus effrayant, commente Madeleine.

— Oui, il n'y avait ni maisons ni églises. Seulement les sauvages et la jungle. Elle a voyagé avec Jacques Cartier, l'aventurier, qui cherchait de l'or et un passage vers la Chine. Mais, tu verras, c'était une femme très courageuse.

Laure s'interrompt en entendant des pas dans le couloir. C'est sans doute Mme Gage ou une autre officière venue voir si les filles dorment. Au loin, dans un autre dortoir, la jeune fille perçoit des hurlements assourdis. De jour comme de nuit, il suffit de tendre l'oreille pour saisir par intermittence les cris étouffés des folles et des infirmes.

— La Marguerite de l'histoire a existé pour de vrai. Elle est allée au Canada avec son mari. Pas comme les filles d'ici, qui sont célibataires.

Madeleine rappelle à Laure qu'elle ne souhaite pas se marier comme la Marguerite du récit.

— Dans cette histoire, le mari n'a pas vraiment d'importance, sauf pour montrer qu'on peut être à la fois fidèle aux hommes et à Dieu.

Madeleine hoche la tête et se prépare à écouter la suite.

— Marguerite suit donc son mari, un artisan, probablement un cordonnier, car Mme du Clos m'a dit que c'est un métier très utile dans les nouvelles contrées où les gens doivent beaucoup marcher avant de trouver un endroit où s'établir. Marguerite prend donc la mer avec son mari cordonnier. À bord, il a des ennuis, car il est dans la nature des hommes d'en avoir quand ils se rendent dans des lieux éloignés.

Madeleine demande à Laure de quel genre d'ennuis il s'agit.

Laure répond qu'elle n'en est pas certaine, mais que le cordonnier a trahi son maître et que sa trahison a quelque chose à voir avec les sauvages.

— Je ne vois pas de quel genre de trahison il peut s'agir, continue-t-elle, sauf qu'il est sûrement mal de faire confiance à des gens qui ne parlent pas français et qui ne sont pas catholiques.

— Les sauvages du Canada sont-ils protestants ? interroge Madeleine. À La Rochelle, il y en a beaucoup.

— Les sauvages du Canada ne sont même pas protestants. Ils sont pires encore, plus proches des sorcières de village avec leurs incantations et leurs mystérieuses potions empoisonnées, explique Laure. Le capitaine du navire, Roberval, a découvert que le cordonnier a trahi son maître et souhaite le pendre. Mais sa femme, Marguerite, le supplie de lui laisser la vie sauve et de les débarquer tous deux sur une île déserte du Canada.

— Il est naturel qu'une femme cherche à éviter la pendaison à son mari, même s'il s'est montré déloyal, admet Madeleine.

Laure raconte ensuite à Madeleine que la femme, avant d'être abandonnée avec son mari sur l'île, a demandé au capitaine de leur donner le strict nécessaire : du vin, du pain, peut-être aussi des graines à semer et une bible. Son mari a aussi tenu à prendre son arquebuse.

— Mais qu'allait-elle faire d'une bible s'il n'y avait pas de prêtre pour lui en faire la lecture ? s'étonne Madeleine.

— Cette femme savait lire la Bible toute seule, répond Laure. Et c'est ainsi que le sieur de Roberval a débarqué le couple sur l'île du Canada. L'homme et la femme ont aussitôt entrepris de construire une hutte dans la jungle.

— Mais je croyais que le Canada était un lieu froid et non une jungle, dit Madeleine.

— La reine ne le savait pas quand elle a écrit son histoire, car elle n'avait jamais mis les pieds au Canada. Lorsque les lions et d'autres animaux veulent les attaquer, l'homme et la femme les repoussent, lui avec son arquebuse, elle avec des pierres. Ils tuent même quelques créatures dans le dessein de les manger. Le soir, à la lueur de leur feu de camp, la femme lit des passages bibliques à son mari. Mais, à cause de ce régime de viande et de l'eau putride du Canada, l'homme faiblit. Il finit par mourir, tout gonflé. Marguerite l'inhume du mieux possible, mais les misérables bêtes de l'île déterrent le cadavre. Dans leurs gueules féroces, elles le promènent devant Marguerite pour ébranler sa foi, maintenant qu'elle est seule, hormis sa bible et le réconfort qu'elle lui procure. Marguerite, cependant, persévère dans les prières et les chants exaltés adressés à Dieu. Elle nourrit son corps des maigres rations de racines et de fruits qu'elle trouve sur l'île, et son esprit avale les effets de ses prières. Au printemps, un navire passe la chercher. On la ramène en France et elle est présentée à la reine.

Laure prend la main de Madeleine dans les siennes.

— La fille de l'histoire, c'est toi. Brave et loyale, elle a cru par-dessus tout que Dieu veillerait sur son mari et elle au moment où ils en avaient le plus besoin.

Lorsque Laure termine son histoire, le silence règne dans l'hôpital. Les folles se sont calmées pour la nuit, les officières et les gouvernantes se sont retirées dans leur chambre. Quelques minutes plus tard, tandis que Laure croit être seule à veiller, Madeleine prend sa main et lui murmure à l'oreille :

— Je serai bannie avec toi. Demain, nous allons demander à Mme Gage et à Mme du Clos si je peux t'accompagner au Canada.

8

À TROIS HEURES DU MATIN, le jour de leur départ, les quelque soixante filles qui quittent Paris pour le Canada entendent la messe dans la chapelle de la Salpêtrière. Laure et Madeleine sont les deux seules candidates du dortoir de Sainte-Claire. Mme Gage est venue les tirer du lit et, à voix basse, leur a dit de la suivre jusqu'à la grande salle, où les autres filles sont réunies. On en a recruté des dizaines dans des dortoirs de moins bonne réputation. Aucune ne semble avoir plus de trente ans, bien que la plupart donnent l'impression d'être plus âgées que Laure et Madeleine. Certaines ont le visage innocent et terne, comme si elles dormaient toujours, tandis que d'autres, aux yeux écarquillés, débordent de la rage des êtres légèrement détraqués. Laure et Madeleine s'efforcent d'éviter leurs regards. Elles redoutent toutes le terrible voyage qui les attend.

À quatre heures, une fois la messe terminée, les femmes silencieuses marchent péniblement dans le sentier du fleuve que Laure a emprunté pour se rendre à l'Hôtel-Dieu. Une brigade d'archers, dont certains à cheval, les suit, et on pourrait croire qu'il s'agit de prisonnières qu'on escorte. Juste au sud du pont de la Bièvre, une trentaine de femmes de la Pitié les rejoignent. Les surveillantes de la Salpêtrière qui les accompagnent leur ont intimé l'ordre de se tenir loin des *filles de mauvaise vie**. Quelques-unes des filles de la Pitié pleurent, mais la plupart attendent, le visage impassible ; elles ne semblent pas si différentes de celles du convoi de la Salpêtrière, bien qu'elles soient enchaînées par la taille, telles des prostituées.

Les hommes mettent beaucoup de temps à apprêter la péniche fluviale qui conduira les femmes jusqu'à Rouen, puis au port du Havre, où elles monteront à bord d'un navire en partance pour le Canada. Ils assurent la cargaison au milieu des cris et des déplacements de marchandises. Tant bien que mal, les hommes transportent du quai à l'embarcation la nourriture dont elles auront besoin pour le voyage et les malles renfermant leur trousseau. On a donné aux filles l'ordre de rester tranquilles.

Laure se demande pourquoi elles partent si tôt, pourquoi leur départ est entouré d'un si grand secret et pourquoi personne ne leur parle de leur voyage au Canada. Les officières de la Salpêtrière et de la Pitié, dont certaines sont pour Laure des inconnues, disent ne rien savoir de la traversée des mers ni de la vie au Canada, que ce sont les hommes et les étrangers qui s'occupent de ces questions. L'une des filles, au visage haineux et aux cheveux en bataille, crache qu'on les condamne à un destin pire que la mort. Un archer lui ordonne de se taire.

Les filles ne montent à bord qu'une bonne heure plus tard. C'est le mois de mai, et il fait encore assez frais avant l'aube, d'autant que la pluie les enveloppe bientôt d'une brume froide. Pendant l'embarquement, les officières de la Salpêtrière leur font entonner le *Veni Creator*. On a divisé la péniche en deux parties, au moyen de hautes bottes de foin : d'un côté, les filles de la Salpêtrière, de l'autre, celles de la Pitié. Leurs coffres ont été déposés au centre de la péniche.

Lorsque Madeleine a accepté de suivre Laure au Canada, elles sont allées trouver Mme du Clos pour lui demander de convaincre Mme Gage et la supérieure de les laisser faire. Mme du Clos a donné à ses supérieures l'assurance que d'autres filles de son ouvroir sauraient remplacer les deux amies et que la productivité exigée par le directeur de l'hôpital ne serait pas compromise malgré leur départ, bien qu'elles soient les plus douées. Mme du Clos a laissé entendre que Madeleine était aussi une fille dissipée, que Laure et elle ne méritaient pas les soins qu'on avait pour elles et qu'elle serait heureuse de s'en débarrasser. Mme Gage savait que c'était faux, que Madeleine était une fille exemplaire et que Mme du Clos les aimait toutes les deux, mais elle a tenu sa langue. Malgré tout, la supérieure s'est opposée au départ de Madeleine. Elle refusait d'envoyer au Canada l'une des meilleures filles d'un hôpital rempli de misérables. Après tout, l'entente conclue avec le roi prévoyait d'y expédier les plus viles créatures de l'établissement. Au bout du compte, c'est Madeleine qui a fait fléchir la supérieure en jurant de faire du grabuge dans le dortoir si on ne la laissait pas partir. La supérieure a déclaré que Madeleine était bien sotte de gâcher sa vie pour plaire à une fauteuse de troubles telle que Laure et convenu que le Canada était effectivement la destination idéale pour elles deux.

Le convoi descend la Seine toute la matinée et jusque tard dans l'après-midi. À la tombée de la nuit, les filles plissent les yeux dans la lueur des torches tenues par les archers pour apercevoir les rives du pays qu'elles s'apprêtent à quitter. Sur leur parcours s'égrènent des villes et des villages : Poissy, Mantes-la-Jolie, Louviers et Elbeuf. Les archers se plaignent, soutiennent qu'ils devraient s'arrêter pour passer la nuit dans l'un de ces endroits, mais les officières rétorquent qu'on n'a pas prévu d'argent à cette fin. Ainsi, elles voyagent pendant presque deux jours sur le fleuve tortueux et arrivent épuisées à Rouen. Un prêtre les accueille sur le rivage et elles passent la nuit dans un monastère. Au matin, une douzaine de filles de Normandie viennent grossir leurs rangs. Recrutées par des prêtres dans des fermes pauvres de la région, elles ont revêtu pour l'occasion leurs plus beaux costumes, mais Laure préfère encore sa tenue de travail à leurs bonnets et à leurs robes lâches. La jeune fille entend le prêtre dire à l'une de ces robustes paysannes, qui regardent avec mépris les filles des hôpitaux, que l'air du grand large débarrassera ces dernières de la crasse des villes.

Plus tard dans l'après-midi, elles parviennent au Havre, où les attend le navire. La ville est petite et moins imposante que Rouen. Mais, au-delà de la vase du rivage, Laure a son premier aperçu de la mer. Il ne reste plus que quelques archers, et une nouvelle venue, Mme Bourdon, du Canada, qui les a rejointes à Rouen et fera la traversée avec elles. Laure se rend subitement compte qu'elle ne verra plus jamais Mme du Clos, Mme Gage, ni les autres femmes de la Salpêtrière. Son passé est derrière elle ; plus moyen de revenir en arrière. Qui l'attend en Nouvelle-France ? Ces gens seront-ils gentils ? Qui sonnera la cloche à l'heure des repas, des prières et du coucher ?

Une petite foule en colère guette la péniche sur le quai. Des hommes et des femmes pauvres, des paysans et des marins armés des outils de leur état, une vingtaine ou une trentaine de personnes en tout. Au moment où l'embarcation entre dans le port, les archers crient aux badauds de s'écarter.

Des hommes et des femmes répondent sur le même ton qu'ils ne laisseront pas leurs filles être bannies vers un pays de glace misérable ou périr en mer. Que le Canada n'est pas un endroit convenable pour des femmes et que le roi ferait mieux de pendre ses criminels plutôt que de les expédier là-bas.

Comme le vent frisquet et les vagues écumantes qui martèlent la ville portuaire, ce groupe de manifestants brutaux effraie les filles. Il règne une grande effervescence dans le port, où des bateaux rentrent de mers lointaines, en général plus chaudes, leurs cales remplies de trésors : café, sucre, coton, tabac et épices. Déjà, ces articles font l'objet d'âpres marchandages et se dispersent le long du fleuve que Laure vient tout juste de laisser derrière elle. Elle ne s'est jamais sentie plus petite ni plus seule de toute sa vie. Pendant presque tout le voyage, Madeleine a égrené son chapelet et conversé avec les autres filles, qui parlent surtout du contenu de leur malle, des rubans et des tissus qu'elles emportent. Madeleine se montre aimable, écoute leurs projets de mariage et de vie meilleure au Canada. Laure voudrait qu'elle cesse.

Au-delà, à une certaine distance, est ancré le bateau qui les conduira au Canada. Laure frissonne, sans savoir si c'est à cause de la brume froide ou de la terreur que lui inspire l'avenir. Contre l'immense toile de fond de l'océan, le bateau, l'un des plus grands de sa catégorie, a pourtant l'air fragile, presque dérisoire. On prétend que le début de l'été est le moment le plus propice pour faire le voyage jusqu'en Nouvelle-France. S'ils partaient un peu trop tôt ou un peu trop tard, leur vaisseau se fracasserait contre les rochers de la côte avant même d'avoir atteint le cœur cruel de l'Atlantique nord.

9

Les passagers pour le Canada sont montés à bord du *Saint-Jean-Baptiste* il y a bientôt trois semaines, mais le vaisseau n'a toujours pas quitté la baie de Seine. Les matelots craignent que l'absence de vent soit de mauvais augure et que le voyage s'éternise. Pendant ces journées de la fin du printemps, Laure et les autres passagers, debout sur le pont, observent le rivage au-delà des eaux calmes. Ils sont trop loin pour nager jusque-là ou interpeller les minuscules silhouettes qui se déplacent sur la terre ferme, trop proches pour avoir le sentiment d'avoir vraiment quitté la France.

À côté, un autre navire, l'*Amitié*, attend aussi que le vent se lève. Sur le pont, Laure en a beaucoup entendu parler. L'*Amitié* mettra le cap sur les plantations de canne à sucre de Saint-Domingue avec, à son bord, trois cents esclaves récemment achetés sur la côte du Dahomey, en Afrique. Le navire négrier est plus gros que le *Saint-Jean-Baptiste.* D'habitude, Laure ne voit que les marins et les soldats qui patrouillent, mais, aujourd'hui, on aboie des commandements et on brandit les armes : les Noirs installés à fond de cale monteront prendre l'air sur le pont.

L'un des marins de l'*Amitié* crie à un soldat de leur navire qu'il est temps d'organiser une petite danse. Depuis quelques jours, les responsables de la traversée du *Saint-Jean-Baptiste* grommellent à la vue de l'*Amitié*. Laure a entendu l'un d'eux dire que le transport au Canada de bonnes sœurs, de prêtres et d'une poignée d'affamées ne rapporte presque rien, que l'argent qu'on leur donne ne suffit pas à nourrir tout le monde.

Selon les membres de l'équipage du *Saint-Jean-Baptiste*, la traite des Noirs est le seul moyen pour un marin de gagner de l'argent. Un matelot particulièrement chétif s'est vanté d'avoir un jour dû mettre un masque de fer à un homme de la taille d'un cheval pour l'empêcher de dévorer la canne à sucre que transportait le vaisseau. Laure a du mal à imaginer que le matelot, dont les poignets sont aussi délicats que les siens, ait été capable d'un tel exploit. Aujourd'hui, cet homme et les autres attendent calmement, avec les autres passagers, de voir la cargaison de l'*Amitié*.

Au bout d'un moment, on amène sur le pont trois esclaves, deux adultes et un enfant. L'un des marins, un homme gras et barbu, se penche pour délier leurs jambes, mais leurs mains restent entravées. Une douzaine de soldats et de marins encerclent les deux Noirs et le négrillon. Devant les quolibets des hommes, les deux adultes lèvent leurs mains pour se voiler le visage. L'enfant, au contraire des deux autres, reste le dos droit, la tête bien haute. Quand les Français leur ordonnent de danser, les trois bougent leurs jambes désenchaînées depuis peu, les plient aux genoux, les soulèvent lentement l'une après l'autre. L'enfant fixe toujours les Français, tourne la tête pour les regarder l'un après l'autre. Lorsque le garçon pose les yeux sur lui, le marin qui a le bâton le brandit. Le petit bouge ses jambes de plus en plus vite, sans quitter le marin des yeux. Quelques minutes plus tard, les trois esclaves sont redescendus à la cale, et trois autres les remplacent.

Devant ce divertissement, les passagers du *Saint-Jean-Baptiste* poussent des acclamations. Mais, en se retournant, Laure constate que Madeleine est déjà redescendue. Mme Bourdon, qui a pour tâche d'escorter les filles jusqu'au Canada, s'approche de Laure et, en la tenant par le coude, l'entraîne vers la cale.

— Tu crois que ce négrillon était le fils d'un des deux hommes ? demande Laure à Madeleine.

— J'ignore qui étaient ses parents avant qu'on l'embarque sur ce bateau. Tout ce que je sais, c'est que, à présent, seul le bon Dieu veille sur lui.

Madeleine est allongée sur la couverture grise remise à chacun de passagers. À l'occasion de traversées précédentes, les rats ont rongé la laine de ces couvertures, qui empestent le vomi. Depuis l'après-midi, Madeleine ne se sent pas bien, et elle remonte la couverture sale jusqu'à son menton. Mme Bourdon pense qu'elle a pris trop de soleil sur le pont.

— Pourquoi passer ton temps à te soucier du sort des prostituées et des négrillons, Laure ? Dieu seul comprend ces choses.

Laure observe le minuscule visage de Madeleine. Ses yeux sont grands ouverts et tristes. Pour avoir le courage qui vient si naturellement à Laure, Madeleine doit prier jour et nuit.

Laure prend les doigts de Madeleine et les serre. Puis elle ferme les yeux et offre deux prières : la première pour le petit esclave qui ne compte plus désormais que sur la miséricorde de Dieu et l'autre pour sa meilleure amie.

***

À la tombée de la nuit, les passagers se réunissent dans la cale pour le souper. Les aide-cuisiniers, chacun cramponné à un bout de la marmite de fer, descendent. L'un des jésuites sort de sa chambre délimitée par un rideau et monte se sustenter à la table du capitaine. Les appartements de ce dernier donnent sur l'eau. Tous les soirs, quelques nobles et membres du clergé, chacun pourvu d'un compartiment isolé par un rideau de la section réservée aux voyageurs ordinaires, montent ainsi partager le repas du capitaine. Dans la cale, outre les quelque trois cents passagers, se trouve le bétail. Les animaux sont séparés des humains par les planches de leurs stalles, mais la paille souillée s'infiltre par les interstices, se mêle à la crasse des bas-fonds du bâtiment, et l'odeur des bêtes imprègne l'air. Quelques moutons, vaches et poulets sont destinés à la colonie, mais la plupart des animaux seront mangés en route. Cependant, les engagés, les soldats ordinaires et les femmes de l'Hôpital général n'y ont pas droit. On a déjà tué un veau pour le premier festin donné dans la cabine du capitaine. En maugréant, les passagers disent qu'ils ont hâte que les notables aient fini de manger les bêtes, car ils en ont assez de dormir au milieu des effluves et des bêlements d'une étable.

Entre la cale où s'entassent les voyageurs, appelée sainte-barbe, et les appartements du capitaine se trouve l'entrepont. C'est là qu'on conserve le courrier de la colonie, y compris les lettres du roi pour l'intendant et le gouverneur. Lestés de boulets de canon, les sacs doivent être jetés par-dessus bord en cas d'abordage. On y trouve aussi des articles religieux destinés aux ordres de la Nouvelle-France, des rouleaux de tissu, des meubles en bois, de la vaisselle, des outils, des livres, du papier, des épices, de la farine, de l'huile et du vin, ainsi que les rations des passagers pour la durée du voyage : des biscuits de marin et du lard dans des tonneaux, des haricots secs, de la morue et du hareng séchés, de l'huile d'olive, du beurre, de la moutarde, du vinaigre, de l'eau et du cidre au cas où l'eau manquerait ou deviendrait si putride qu'on ne pourrait plus la boire. Les passagers qui ont besoin d'autres articles pour la traversée doivent les apporter eux-mêmes. Les filles de la Salpêtrière, elles, n'ont rien d'autre.

Ce soir-là, le plus jeune des deux jésuites sort à son tour de son compartiment, mais, au lieu de monter retrouver son supérieur, il se dirige vers la poupe pour souper dans la cale avec les soldats et les engagés. L'un des hommes l'interpelle :

— Venez partager notre humble pitance, mon père. Si vous vous accoutumez à manger du brouet, vous aurez du succès auprès des sauvages. Autant renoncer dès maintenant au luxe.

Les voyageurs sont assis sur les planches du sol selon la région d'où ils viennent et leurs liens de parenté. Les soldats et les engagés pour une période de trois ans, soit les hommes recrutés pour défricher les terres de la colonie, ont pris place à la proue ; les filles de la Salpêtrière et les autres *filles à marier** de Normandie sont à la poupe, avec les canons du navire. Entre les célibataires, hommes et femmes, sont installés les quatre couples mariés et leurs enfants.

Assis parmi les hommes, le jeune prêtre observe les femmes. Ses yeux s'arrêtent sur Madeleine. Laure reconnaît l'expression de son visage. C'est ainsi que le directeur de l'hôpital et le duc l'ont regardée, elle, à Paris. Seulement, son regard à lui n'a rien de méprisant : il est empreint d'une douce curiosité et d'un brin de tristesse. Laure espère qu'un homme la regardera un jour ainsi. Mais, auprès de sa pieuse amie, les efforts du jeune prêtre seront futiles. Madeleine a les yeux clos. Déjà, elle remercie Dieu pour le contenu tout froid de la marmite du cuistot. Laure est d'avis que la gratitude devrait être proportionnelle à la qualité des divines offrandes. Pour sa part, elle n'arrive pas à se montrer reconnaissante pour la boue qu'on leur sert, aussi grise que les couvertures dans lesquelles elles s'emmitouflent pour dormir.

Les prisonniers *faux-sauniers**, reconnus coupables d'avoir vendu du sel, ont communiqué leurs puces à des soldats et à des engagés. De façon générale, cependant, les petits criminels font tellement pitié avec leur peau mangée par les vers et leurs visages émaciés que les autres les tolèrent plutôt bien. On les a fait monter à bord pendant que le *Saint-Jean-Baptiste* était cloué sur place par des conditions climatiques défavorables. Après avoir attendu le navire pendant quelques jours sur l'île de Ré, d'où ils ne risquaient pas de s'évader, ces hommes ont été enchaînés les uns aux autres. Dès que les soldats qui répondaient d'eux ont regagné le rivage, le capitaine a ordonné qu'on leur enlève les fers. Au cours de la première semaine, on a fait appel à la générosité des passagers de sexe masculin, ce qui a permis d'acheter des vêtements neufs. Les costumes des prisonniers étaient en loques et si mités qu'ils les recouvraient à peine.

Dans la cale au plafond bas, Mme Bourdon interdit aux *filles à marier** d'aller au-delà d'un certain seuil. Elle entend ainsi les tenir éloignées des prisonniers et des plus hardis des hommes en route vers le Canada. Mais il n'y a pas de murs pour empêcher les filles d'écouter les conversations. Bien que surpeuplé, ce dortoir est sans contredit plus intéressant que celui de la Salpêtrière. Mme Bourdon a tenté d'obtenir des quartiers distincts pour les *filles de bonne naissance** destinées à Neuville, où elle vit avec son mari. Ces femmes, des Normandes pour la plupart, bénéficient d'une dot conséquente et épouseront des hommes plus éminents que les orphelines déguenillées. Mais Laure a entendu ces femmes se plaindre. Mme Bourdon les a déçues en leur apprenant que leurs futurs époux sont des métayers analphabètes liés à des seigneuries. Ces femmes réprouvent le traitement qui leur est réservé à bord du bateau. Surtout, elles s'offusquent de la proximité des filles de l'hôpital.

Comme toujours, les aide-cuisiniers servent d'abord les hommes, ensuite les familles de paysans convenables, une louchée de soupe par écuelle. Les hommes gémissent en se rendant compte qu'ils ont droit à la même décoction grise qu'au déjeuner.

— Vous ne pourriez pas la faire chauffer, au moins ? demande l'un d'eux.

Un garçon répond qu'il est interdit d'allumer des feux à l'extérieur de la cabine du capitaine. Les hommes protestent : le vent n'est pas à craindre puisqu'ils n'ont pas bougé depuis des semaines. Ceux qui en ont puisent dans leurs réserves personnelles : une pincée de sel, une gorgée de brandy, une tranche de pomme.

Ce soir, Laure est si affamée que l'odeur des biscuits de marin du cuistot mêlés au bouillon de poisson froid la fait saliver. Tandis que les garçons servent, l'une des filles de la Pitié s'indigne de la taille de la portion. Devant une telle impudence, les autres gardent le silence, et Laure se demande ce qu'il adviendra de celle qui n'a pas appris à tenir sa langue. À la Salpêtrière, toute fille qui se plaignait de la nourriture était privée de repas. Mme Bourdon, cependant, fait celle qui n'a rien entendu et entraîne les filles dans un long bénédicité au cours duquel elles remercient Dieu du repas qui leur est servi. Cette Mme Bourdon, riche femme de la colonie, a beau s'habiller et parler comme les officières de la Salpêtrière, elle n'a pas la possibilité d'envoyer les filles à la Maison de la Force ni de les punir pour de vrai. Bien qu'elles soient entassées dans une cale plus exiguë encore que le plus petit dortoir de la Salpêtrière, Laure prend subitement conscience de l'immensité qui l'entoure. Elle ne regrette pas tellement l'absence de produits de luxe dans son écuelle. Elle enfourne le brouet monotone, en savoure la froide épaisseur parce que la soupe, au-delà des biscuits secs et de la puanteur du poisson, a le goût de la liberté.

Soudain, ils perçoivent des roulements de tambour du dehors. Les hommes se hâtent d'essuyer et de ranger leurs écuelles vides, de remiser leurs flasques et autres affaires personnelles, puis ils grimpent en vitesse l'échelle qui mène sur le pont. Même les mères attrapent leurs enfants, les hissent sur leur hanche, les tirent par la main. Le bateau s'ébranle enfin et, après trois semaines d'attente, s'éloigne vers le large. Mme Bourdon lève la main pour donner aux filles l'ordre de rester assises et de terminer leurs prières, malgré l'agitation ambiante. Mais quand, sur le pont, on tire un coup de canon dont le tonnerre se répercute sur les murs de la cale en bois, elles agrippent l'ourlet de leur jupe et gravissent l'échelle à la suite des autres.

Le navire bouge ! Les marins hissent les voiles sur les mâts, luttent contre le vent pour les assujettir. Laure sent aussi les vagues sous le vaisseau qui les chevauche. Elle se demande si elle devrait aller rejoindre les trois filles serrées l'une contre l'autre qui réclament en hurlant de faire demi-tour parce qu'elles ont trop peur ou au contraire courir à la proue, où des hommes projettent violemment leurs voix au-dessus de l'océan, comme si le Canada était susceptible d'apparaître d'un instant à l'autre. Ils vont traverser l'Atlantique nord, les mers les plus démontées, jusqu'au Nouveau Monde. D'abord, ils croiseront les *îles anglaises** de Scilly, à l'extrémité sud de la Grande-Bretagne, puis l'Irlande, avant de s'aventurer dans les eaux nordiques glaciales. Pendant qu'ils attendaient que les vents se lèvent, les hommes ont chaque jour discuté de cet itinéraire.

Le désordre et la confusion engendrés par le mouvement du navire s'apaisent quand les jésuites, avec le soutien de Mme Bourdon et d'une sœur hospitalière qui se rend à l'Hôtel-Dieu de Québec, invitent les passagers à la prière. Le groupe récite l'*Ave Maris Stella* et le *Domine Salvum fac regum*, suivis de l'acclamation « Vive le roi ! ». Le navire, comme propulsé par les prières, file au large. Laure se tait. Sa main, lorsque Madeleine s'en empare, est moite.

— Ne t'en fais pas, dit celle-ci. Nous laissons la France derrière nous, mais Dieu nous accompagne.

Laure observe les mouvements autour d'elle. Seuls les marins semblent prêts à effectuer la traversée. Pendant que les passagers prient, ils vaquent à leurs occupations, tirent sur des cordages, hissent des voiles, s'assurent que la cargaison est bien répartie. Derrière eux, la terre disparaît rapidement ; lorsqu'ils ont fini de prier, il n'en reste qu'une série de collines grises. Les voyageurs posent aux marins les mêmes questions que trois semaines plus tôt. Entre deux corvées, les hommes lancent :

— Oui, il y a du vin au Canada ! Et une église dans chaque bourgade et plus de prêtres qu'il n'en faut ! Peut-on y faire fortune ? J'ai peur que tu te sois trompé de bateau, mon garçon. Au Canada, il y a des forêts et des hommes aussi sauvages que les bêtes qu'ils chassent. Le pays est gelé pendant la plus grande partie de l'année. Mais je ne peux jurer de rien, vu que je n'y ai jamais mis les pieds. Chaque fois que j'ai aperçu le rivage du Canada, je me suis dit que je préférais encore les périls de la mer à l'hospitalité de cette terre-là.

Les trois filles pleurent toujours, mais elles ont retiré leurs écharpes et les agitent au-dessus de leur tête ; de leurs voix fluettes, elles crient « Vive le roi ! » avec les autres. Laure regarde le littoral s'effacer, s'estomper comme la fin d'un rêve. Puis elle se retourne et traverse le pont pour faire face à l'océan qui s'ouvre, droit devant.

Elle essaie d'imaginer la distance qui les sépare du Canada. Six semaines si les vents sont favorables, deux mois ou davantage dans le cas contraire. Pendant leurs trois semaines de morne immobilité, Laure a épié le rivage en espérant que quelque chose les obligerait à faire demi-tour, les empêcherait de partir, après tout. Qu'ils débarqueraient, traverseraient les villes et les villages du nord de la France à bord d'une charrette remplie de paille, remonteraient sur la péniche pour rentrer à Paris. Qu'on la forcerait à réintégrer le dortoir et la routine faite de prières, de maigres repas et de longues journées dans l'atelier de couture. Mais c'est désormais sans espoir.

***

Quelques jours plus tard, l'un des marins, un jeune homme dont la barbe est aussi rouge que son visage buriné par le soleil, voit Laure observer la sculpture en bois d'une femme qui orne la proue du navire.

— C'est Amphitrite, indique-t-il. C'est elle qui nous guidera vers l'autre côté. Mais elle est d'humeur changeante, surtout avec autant de femmes à bord. Je me demande si je suis déjà au paradis des marins ou si je devrais supplier le capitaine de me ramener sur la terre ferme et renoncer à mes gages des six prochains mois. S'il y a une chose que savent les marins, c'est qu'il n'y a rien de bon à attendre de la présence de femmes à bord d'un navire.

Il fait nuit à présent et, sous eux, les vagues gagnent toujours en vigueur. Les marins sont à l'affût. C'est sans doute ce qui explique les nombreuses règles à respecter, par exemple l'absence de lapins à bord, car on craint qu'ils rongent les cordages qui retiennent les voiles. Il faut même éviter de parler de lapins. Les passagers ont été prévenus : on doit désigner cette petite bête par les mots « animal aux longues oreilles ». Et personne ne doit siffler à bord, ainsi qu'un engagé l'a vite compris lorsqu'un marin lui a asséné un direct à l'estomac.

— Les vents se lèveront bien assez tôt, ajoute le marin.

La déesse sans bras qui orne la proue du navire a la poitrine nue, tendue au-dessus des eaux. De son poste d'observation, Laure ne voit que les boucles de ses cheveux et ses omoplates. Sous la taille, la sculpture se transforme et la femme se pare d'écailles de poisson. Dans la lueur des lampes qui éclairent le pont, sa peau dorée paraît luminescente. On l'imagine sans mal guider le navire sur les fortes vagues noires.

Derrière elle, Laure entend un passager s'inquiéter du temps.

— À regarder les eaux, je suis incapable de prédire la violence de la tempête qui nous attend. Mais quand un homme qui a effectué la traversée à onze reprises vous dit d'aller vous réfugier sous le pont, vous feriez bien de l'écouter.

Le marin s'avance alors vers le prêtre et les deux bonnes sœurs qui, blotties l'une contre l'autre, prient. Le vent avale leurs marmonnements. Chaque vague semble plus forte que la précédente tandis que, tout en bas, se forment des tourbillons d'écume blanche.

Laure contemple une fois de plus la figure de proue qui fend les embruns de sa poitrine tendue. Sur le pont, la lampe s'éteint et la jeune fille sent le vent et la mer agiter ses cheveux autour de son cou. On l'agrippe par le bras et on l'entraîne vers l'écoutille. Elle est l'une des dernières à descendre. Dans la sainte-barbe, les filles de la Salpêtrière, lorsque Laure les enjambe en titubant, gisent déjà à plat ventre, s'accrochent aux planches poisseuses.

La tempête s'intensifie, et les animaux se mettent à gémir et à ruer. Laure s'imagine que leur estomac se soulève comme le sien. Quand les balancements du navire deviennent si frénétiques que celui-ci donne l'impression d'être sur le point de se fendre en deux, les animaux, comme les passagers, s'apaisent. Chaque créature vivante s'emploie à conserver sa place sur le sol et à retenir le contenu de son estomac. Le silence n'est rompu que par un cri occasionnel lorsque le bâtiment heurte une vague particulièrement violente. Laure entend Madeleine être secouée d'un prodigieux haut-le-cœur et, tout de suite après, elles sont aspergées de vomissures. On entend un murmure continu de prières en français et en latin.

La tempête passe aussi subitement qu'elle est venue. Des filles qui, quelques minutes plus tôt, avaient la nausée, se redressent, toujours blêmes, mais les yeux brillants. Elles semblent surprises de ne plus avoir à se cramponner aux planches humides du navire en priant pour leur salut. On range les chapelets et les talismans dans les poches des jupes et des pantalons. Comme seules preuves du grain violent, un seau d'aisance renversé, des vomissures et des fragments de biscuits de mer sur le sol. Sinon, tout est paisible, et le seul mouvement de la mer est un léger tremblement, semblable à celui d'une mère qui pousse négligemment le berceau de son enfant. Seule Madeleine ne se redresse pas lorsque les eaux se calment. Elle frissonne, se tourne et se retourne comme si la tempête faisait toujours rage.

Laure perçoit un déclic et l'écoutille s'ouvre. Un jeune homme descend l'escalier en colimaçon.

— Venez respirer de l'air frais, dit-il.

Quelques hommes, allongés par terre avec leurs biens, poussent de faibles acclamations.

— Nous organisons une danse. Le ciel est clair. Les étoiles scintillent. Après une tempête pareille, il faut célébrer.

Le jeune marin n'a pas l'air affecté par la tempête. Un peu comme s'il n'avait pas été là. Les hommes les plus robustes se relèvent tant bien que mal et se traînent vers l'escalier. Dans leur hâte, ils trébuchent sur les autres passagers, les sacs de sel et les assiettes de pierre déposées çà et là pour faire contrepoids aux lourds canons à l'avant. L'officier soulève sa lanterne et la tourne vers les femmes installées à la proue. Les filles de la Salpêtrière et de la Pitié, ainsi que les Normandes qu'on a recueillies au passage, sont éparpillées sur le sol à la façon d'une collection de poupées. Avant la tempête, les marins les ont effrayées en leur racontant des histoires de pirates et de corsaires, en leur détaillant ce que ces hommes feraient s'ils tombaient sur un navire qui, en plus du butin habituel, était rempli de femmes. Ils ont affirmé que les innombrables baies de la côte du Canada offraient de parfaites cachettes à ces hommes redoutables.

Quelques femmes sourient faiblement. Mme Bourdon s'est enfin endormie. Pendant la tempête, elle a fait réciter aux filles terrifiées toutes les prières de son répertoire. À chaque nouvel assaut, sa voix a augmenté d'un cran. Madeleine murmure qu'elle s'en sortira toute seule et que Laure devrait profiter de l'occasion pour monter respirer un peu d'air frais. Laure se faufile donc parmi les filles couchées et agrippe l'échelle. Elle grimpe, passe devant l'entrepôt sur lequel le *maître-valet** monte la garde.

L'air est frisquet, mais si bon que Laure ouvre la bouche pour l'avaler. Elle ne voit plus la terre derrière eux, pas plus que la silhouette familière de l'*Amitié* à côté du navire. Désormais, le *Saint-Jean-Baptiste* est entouré d'eau de tous les côtés. Il est seul en mer. Les marins s'affairent sur le pont, évaluent les dommages causés par les vents. Ils ordonnent aux menuisiers de reclouer les planches détachées. Certains hommes réparent un accroc dans une des voiles, tandis que d'autres pompent l'eau qui s'est accumulée.

L'un des passagers a monté son violon sur le pont. La musique débute tranquillement, une seule note gazouillante, et ramène les voyageurs à la vie. Laure constate que ce sont surtout des hommes qui sont montés, à l'exception de quelques épouses qui épient la nuit, le manteau de leur mari sur les épaules.

Laure serre ses bras sur sa poitrine en observant le ciel. Un homme s'approche. C'est le quartier-maître roux qui lui a parlé de la sculpture. Les quartiers-maîtres supervisent le fonctionnement du navire par cycle de quatre heures, mais la plupart restent en uniforme même en période de repos, au cas où une urgence surviendrait. Il lui tend le bras, mais Laure hésite à le prendre. Elle n'a encore jamais pris le bras d'un homme. Au cours des dernières semaines, Mme Bourdon et les jésuites n'ont pas ménagé leurs efforts pour tenir les femmes célibataires à l'écart des hommes. Ils ont mieux réussi à se faire obéir par les filles, habituées à suivre les règles de l'hôpital. Ils ont eu plus de mal à empêcher les hommes de jouer aux cartes en pariant de l'argent et de boire de l'*eau-de-vie**.

— Sacrée tempête. Vous avez dû avoir très peur.

Il a un drôle d'accent.

Laure hausse les épaules. Elle se demande de quel droit cet homme se croit autorisé à lui parler.

— Vous allez au Canada dans l'espoir de trouver un mari ?

Il sourit, et Laure distingue les espaces entre ses dents.

Elle fixe les hauts mâts derrière le quartier-maître en hochant la tête.

— Quel genre de mari cherchez-vous ?

— Je ne sais absolument rien des maris, réplique-t-elle en se détournant pour contempler l'eau.

Il rit.

— Ni moi non plus.

Laure lui fait de nouveau face.

— Vous êtes déjà allé au Canada ?

— Oui. En fait, j'ai surtout vu une partie de la côte. Mais je n'ai pas fait la traite des fourrures. Certains hommes affirment qu'il s'agit d'une entreprise lucrative.

Laure hausse une fois de plus les épaules.

— J'ai plutôt l'impression que la meilleure façon de faire fortune, c'est le sucre. C'est en tout cas ce qu'on prétend à Paris.

Ces propos, elle les a en réalité entendus la veille, au moment où les soldats faisaient danser les hommes noirs, tandis que les marins du *Saint-Jean-Baptiste* regrettaient de ne pas avoir le courage de transporter des esclaves.

— Oui, sans compter que le climat des îles est plus favorable. Mais il y a là-bas plus d'esclaves noirs que de Blancs. Je pense qu'il vaut mieux gagner sa vie en tuant les animaux de la forêt, quitte à moins s'enrichir, que d'exploiter une plantation avec des esclaves.

Il plisse les yeux, comme s'il réfléchissait profondément à cette alternative. Selon Laure, elles sont toutes deux répréhensibles. Elle ne voit pas ce que ces hommes ont de méritoire. Incapables de vivre dignement à Paris ou dans la petite ville où ils habitent, ils partent à la conquête de territoires nouveaux, dotés des mêmes maigres talents.

— Vous risquez de trouver que le Canada est dépourvu du confort dont vous avez l'habitude.

— À vrai dire, je n'ai pas tellement l'habitude du confort.

Depuis qu'elles ont embarqué, Laure porte sa robe d'hôpital toute simple. Parce qu'elles partagent les quartiers des hommes, Mme Bourdon interdit aux filles de se changer avant d'arriver à Québec.

Il l'observe avec des yeux taquins.

— Coriace, hein ? Bien. On danse ?

Souhaitant dissimuler sa nervosité, Laure, cette fois, prend le bras de l'homme et le laisse la guider au centre du pont. Sur le bois détrempé, les pas des danseurs font un bruit creux et rythmé. En voyant le marin avec Laure à son bras, quelques hommes sifflent et poussent des acclamations. Le violon joue un air plus entraînant. Le bateau vogue entre deux grains, et ceux qui en ont la force n'hésitent pas à danser. Quelques-uns parmi les plus hardis des hommes se jettent par-dessus bord pour un bain de minuit. Leurs compagnons, nerveux, promènent leurs lanternes sur l'eau, prêts à les remonter au cas où le vent se lèverait soudain.

Pendant que le quartier-maître la fait tournoyer sur les planches humides, Laure fixe le ciel. Les étoiles sont si nombreuses ce soir qu'elles semblent fredonner. Laure se sent loin de Paris, de l'hôpital, de Mireille, de son père, du pays où elle va. Le marin lui tient la main au-dessus de la tête pendant qu'elle tourbillonne. Sa robe tournoie autour de ses hanches.

— Regarde, c'est Amphitrite qui a pris vie, dit quelqu'un.

Un nouvel homme plus vieux et plus fort enlève la main de Laure au jeune marin.

— Delphinos l'a ramenée. Elle épousera Poséidon, après tout.

Laure a l'impression qu'elle va tomber ou passer par-dessus bord. Tous se sont arrêtés de danser pour la regarder aller d'un homme à l'autre en tourbillonnant.

Une heure plus tard, Laure redescend dans la cale puante. Sur le pont, les hommes ont mis la main sur un tonneau d'*eau-de-vie**. Après avoir commencé à boire, ils se sont jetés sans retenue sur les quelques femmes restées sur le pont. Une bagarre a éclaté entre le mari de l'une d'elles et un marin fort en gueule. Laure avait déjà cessé de danser.

Pendant qu'ils étaient sur le pont, un matelot est descendu avec un seau pour laver les planches souillées. Il est remonté en disant que le plus gros de la tempête était passé, qu'on était fin prêt pour le prochain assaut. Mais Laure ne juge pas l'air plus sain pour autant. Une unique lanterne brille au-dessus de l'escalier ; sinon, l'espace exigu est plongé dans l'obscurité. Elle fait de son mieux pour éviter de marcher sur des doigts et les membres allongés des corps endormis, se faufile à tâtons au milieu des familles. Près de l'endroit où est couchée son amie, Laure voit une personne accroupie. Un homme parle à voix douce. Laure s'adosse à la coque et tend l'oreille. Mme Bourdon et la plupart des autres filles dorment.

Laure somnole, assise contre la coque. Son corps frissonne encore là où les mains des hommes l'ont touchée : ses épaules, le bas de son dos, ses mains. La musique du violon anime ses jambes. Elle distingue certains des mots que l'homme chuchote à Madeleine. En fait, il prie en latin. C'est le jeune jésuite. Le prétendant de Madeleine se maîtrise : sa voix est rassurante et il entremêle ses prières de bribes de conversation. Ses paroles ne sont pas gâchées par un excès d'alcool ou des mains baladeuses. Les mots que Laure saisit sont : *confesseur, passion, abandon, ravissement, union.* Le prêtre ne se sait même pas amoureux. Ils croient sans doute que leur échange ne doit rien au monde des hommes et des femmes, de la danse. Mais ils savent sûrement qu'on les punirait pour le fait d'être ensemble, un prêtre et une jeune femme, seuls parmi les passagers endormis.

Laure serre ses bras sur sa poitrine. Elle aimerait être comme Madeleine, se satisfaire des prières, prêter foi aux paroles des prêtres et des femmes comme Mme Bourdon et la supérieure. Ou au moins être comme les autres filles, celles qui égrènent leur chapelet avec moins d'intensité que Madeleine et rêvent de la vie qu'elles auront au Canada. Endormies sur la mer, elles se transforment déjà en épouses de la colonie. Laure, elle, est différente : une déesse de l'Antiquité, une femme serpent qui ne sait pas où s'arrête son corps et où commencent les vagues.

10

Madeleine est malade pendant presque tout le voyage. Après avoir passé dix-huit jours parmi les autres passagers, les deux amies sont autorisées à s'installer dans une pièce voisine de la sainte-barbe, réservée aux dignitaires et aux malades. Laure est soulagée de ne plus avoir à entendre les autres filles. Pendant toute la journée, elles cherchent à attirer l'attention des engagés pour trois ans, peignent leurs cheveux emmêlés, aspergent de parfum leur corps malodorant. Hormis cela, elles s'entretiennent de la vie qu'elles mèneront bientôt en Nouvelle-France. Quelques-unes des femmes ont des sœurs ou des cousins qui vivent à Québec, et les autres les écoutent parler de ce qu'elles savent de cet endroit. Dès leur arrivée, on les mariera à des soldats ou à des négociants en fourrures. Laure s'efforce de convaincre Madeleine qu'elle ne sera pas contrainte de prendre un mari en débarquant. En vérité, Laure ignore comment elles réussiront à éviter ce sort. Aux yeux de tous les passagers, y compris les prêtres et les bonnes sœurs, il ne fait aucun doute que les dizaines de jeunes filles entassées dans la sainte-barbe épouseront des colons. Laure a entendu Mme Bourdon dire à un prêtre que la seule façon d'empêcher ces hommes de monter à bord du premier bateau qui rentre en France consiste à leur trouver une épouse qui leur donnera des enfants. Laure se dit que le Canada doit être un lieu bien inhospitalier pour que ces hommes soient si pressés d'en partir. Elle ne prend pas la peine de retenir les noms des femmes qui voyagent dans la cale. Plusieurs s'appellent Marie ou Jeanne, et Madeleine connaît la plupart d'entre elles. Elles s'informent de *la petite sainte souffrante**, ainsi qu'elles désignent Madeleine, qui passe son temps couchée.

Le quartier-maître a installé Madeleine à l'écart des autres, derrière l'un des rideaux qui, depuis le début de la traversée, abritent le sommeil des prêtres et des notables. Le lit et la couverture sont plus propres, et il y a une tablette sur laquelle poser le livre de prières ou le papier à écrire. Depuis qu'elles sont protégées par le rideau, Laure, sans la distraction de la conversation des femmes, se fait de plus en plus de souci pour Madeleine. Chaque soir, lorsque Laure sort souper, le jeune jésuite lui demande des nouvelles de la malade. Laure n'a pas grand-chose à raconter. Elle lui dit que son amie a assez d'énergie pour prier et manger un peu, mais qu'elle n'est pas assez forte pour se joindre aux autres.

Un soir, Laure est plongée dans un livre de prières et Madeleine interrompt sa lecture.

— Tu te souviens du jour de notre rencontre ? demande-t-elle.

Naturellement, Laure s'en souvient, bien que quelques années se soient écoulées depuis. C'était l'un de ses premiers jours dans le dortoir de Sainte-Claire, après le décès de Mme d'Aulnay, et Laure, accoudée à la fenêtre, regardait couler la Seine devant la Salpêtrière. À l'époque, elle se dit que des filles devaient observer le fleuve de la fenêtre de l'hôpital et s'imaginer en train de sauter. Certaines dans l'espoir de retrouver un amant qu'elles avaient laissé derrière elles et qui vivait quelque part en liberté. D'autres, songea Laure, souhaitaient sans doute se noyer dans la Seine. À son retour à la Salpêtrière, deux jours après la mort de sa maîtresse bien-aimée, Laure était du nombre.

Elle fut immédiatement intriguée par la petite enfant pâle, à la voix douce et aimable, qui insistait pour se tenir près d'elle devant la fenêtre où elle se livrait à ses morbides réflexions. Madeleine ne dit pas grand-chose, mais elle écouta Laure lui parler de la vie merveilleuse qu'elle venait de perdre. En guise de réponse, elle déclara que la vie était comme un fleuve qui prend toutes sortes de directions. Dans cet horrible hôpital pour femmes, Madeleine lui redonna foi en l'avenir, même si elle n'avait aucune idée de quoi cet avenir serait fait. Malgré tout, il était impossible de rester longtemps fâchée en compagnie de Madeleine.

Laure se demande ce qui rappelle à Madeleine leur enfance à l'hôpital. Son amie n'a pas l'habitude de parler du passé ni de l'avenir. Elle préfère toujours se concentrer sur le moment présent, ce qui, en général, signifie prier ou bavarder avec celles qui l'entourent. Avant de tomber malade, Madeleine accordait des petites faveurs aux filles du dortoir, une partie de sa nourriture ou des conseils de couture à l'intention des nouvelles. Mais, aujourd'hui, elle est résolue à tirer les ficelles de la conversation. Depuis longtemps, dit-elle, elle cache à Laure et à toutes, une histoire importante qu'elle ressent à présent le besoin de raconter. Laure est surprise par la voix énergique de Madeleine. Elle a beaucoup de mal à croire que son amie si docile ait pu garder un secret.

En se mettant à parler, Madeleine semble reprendre des forces, et elle tente de se hisser sur un coude. Et c'est ainsi qu'elle fait à Laure le récit de ses origines, des souvenirs qu'elle garde de sa vie d'avant le monastère.

— Les habitués d'En Passant, la taverne de La Rochelle, n'ont pas mis longtemps à découvrir qu'une jeune fille grandissait juste au-dessus de leurs têtes. À l'époque, j'avais dix ans, et ils m'ont vue descendre sur le quai en courant, au début de l'après-midi, même si aucun des marins qui rendaient visite à ma mère, le soir venu, ne m'avait encore vue dans la chambre.

Laure écarquille les yeux en apprenant que la mère de Madeleine était prostituée dans un port, mais, avec le sourire paisible qui la caractérise, son amie lui tapote la main, une façon de lui intimer le silence. Elle reprend alors :

— Une nuit, un certain Ti-Jean a décidé d'en savoir plus sur moi, la jeune fille qui vivait avec une vieille prostituée. Ti-Jean était matelot à bord d'un des bateaux qui allaient chercher des esclaves en Afrique pour les conduire dans les îles françaises. Il était assez fort pour passer un masque en métal aux Noirs, et c'était l'un des clients que ma mère et les autres femmes qui vendaient leurs services aux marins aimaient le moins.

« Sous la table où ma mère me cachait, je tremblais les nuits où les pas de Ti-Jean résonnaient lourdement dans l'escalier qui conduisait à notre chambre. Il parlait durement à ma mère, la traitait de putain vieille et laide, bonne à rien, sinon à donner aux marins une mauvaise nuit de plaisir.

"Il paraît que tu as une petite fille qui va bientôt voler des clients à sa vieille mère, a-t-il dit le soir où il est monté dans l'intention de me trouver.

— Je ne sais pas de quoi tu parles, a répliqué Maman.

— Laide comme tu es, je ne l'aurais jamais cru. Mais j'ai entendu la rumeur et je suis venu me rendre compte par moi-même.

— Qu'est-ce que tu racontes ? S'il y a une chose que je sais, c'est que tu n'es pas monté jusqu'ici pour faire la conversation."

« Au son de sa voix, j'ai compris que Maman se dirigeait vers le lit, à l'autre bout de la pièce, dans l'espoir de l'éloigner de ma cachette.

"Non, je monte ici lorsque toutes les misérables du port ont déjà les jambes en l'air et que je n'ai nulle part d'autre où aller."

« J'ai entendu le bruissement des jupes de ma mère qui tentait encore de détourner Ti-Jean de l'endroit où je me terre. "Fais-moi d'abord voir ta fille. Après, je déciderai si vous en valez le coup, elle et toi."

« Puis j'ai entendu ses lourdes bottes résonner sur le sol de la petite pièce. Il me cherchait. Quand ses pieds n'ont été qu'à quelques pouces de l'endroit où je me terrais, accroupie sous la table minuscule, il a éclaté de rire. "Eh bien, si elle est toujours là à prendre plaisir à ce qui se passe dans le lit crasseux de sa mère, c'est déjà une initiée."

« Lorsque Ti-Jean a soulevé le linge qui recouvrait la table, j'ai tressailli. Ce linge était mon protecteur silencieux, la mince barrière qui me séparait du négoce de ma mère. En me bouchant les oreilles avec les doigts et en faisant naître dans mon esprit des images diurnes, le soleil sur l'océan ou le marché débordant de produits de luxe, par exemple, je parvenais presque à oublier ce que faisait ma mère avec les hommes qui passaient dans son lit. Mais Ti-Jean a arraché le linge et, tout à coup, je n'ai plus été en sécurité.

« Maman a bondi, s'est agrippée à ses larges épaules, lui a crié de me laisser tranquille. Mais c'était peine perdue, il était trop grand et trop fort. Quant à Maman, elle n'était pas beaucoup plus grande que moi. "C'est donc elle, la petite femme qui fait tant jaser les marins." Son rire était moqueur. Il s'est accroupi, ses énormes et robustes genoux m'arrivaient à la hauteur des yeux. "Laisse-la tranquille ! Ce n'est qu'une enfant !" a hurlé Maman.

« Puis j'ai senti mes jambes glisser sur le sol dur et Ti-Jean m'a fait me relever. "Tu es beaucoup plus jolie que ta mère. Tu as un beau petit minois", a-t-il commenté. Je sentais son haleine fétide. Sa main calleuse m'a caressé les joues, est passée sur mes lèvres. J'avais envie de le mordre, mais je craignais d'aggraver la situation. Il a enfoncé ses doigts dans mes cheveux et m'a tiré la tête vers l'arrière. Son autre main est remontée vers mon cou et je l'ai laissé faire. "On dirait un chaton sur le point d'être séparé de sa mère", a-t-il dit. Sa main est restée emmêlée dans mes cheveux, tandis que ses lèvres et son visage barbu glissaient sur mon visage. Il m'a attirée vers sa poitrine et j'ai senti mes pieds quitter le sol. "Tu sens bon. Pourquoi est-ce que je me priverais ?" Il a passé sa main sous ma chemise de nuit. Elle est remontée sur mon dos, et sa respiration était haletante. "Pousse-toi, vieille pute", a-t-il lancé à Maman. Elle se tenait derrière son dos et il lui a donné un violent coup de pied. Je me souviens d'avoir pensé que le pire, c'était que Maman soit restée là en criant comme si on m'assassinait.

« Après ça, nous avons mis deux jours pour aller à pied jusqu'au monastère de l'Aunis, Maman et moi. En cours de route, nous avons croisé des mendiants, surtout des soldats mutilés, et des hommes aux commandes de voitures et d'équipages divers nous ont proposé à plusieurs reprises de nous emmener pour faire un bout de chemin. Chaque fois, Maman a refusé. Pendant que nous marchions, elle m'a raconté l'histoire de Marie d'Égypte, sainte patronne des prostituées. "Chaque matin, j'adresse une prière à cette sainte, et c'est sa voix qui m'a ordonné de te mener chez les Sulpiciens, m'a dit Maman. Lorsque Marie d'Égypte avait douze ans, elle s'est enfuie de chez elle, même si elle venait d'une riche famille. Pendant dix-sept ans, elle a habité dans la ville d'Alexandrie, comme danseuse et prostituée. Puis elle a fait le voyage jusqu'à Jérusalem pour profiter de la manne que représentaient tous les pèlerins réunis. Quand elle a voulu entrer à l'église du Saint-Sépulcre pour assister à la célébration, le Saint-Esprit l'a repoussée et elle a été incapable de franchir le seuil. Elle a alors prié devant une icône de la Vierge Marie et demandé pardon pour sa vie de péché. Ce n'est qu'après qu'elle a pu entrer dans l'église. Ma chère fille, a ajouté Maman, demande chaque jour à Marie d'Égypte de t'éviter de devenir une prostituée comme elle et moi. Car il vaut beaucoup mieux être pure de corps et d'esprit et, au moment de quitter le monde, être épargnée par sa crasse." Mais je sentais toujours les meurtrissures laissées sur mon corps par Ti-Jean, et je me disais qu'il était trop tard, que j'étais déjà aussi corrompue que Maman et que Marie d'Égypte.

Laure ne peut imaginer une fille plus innocente et moins entachée de péchés que Madeleine. Son amie poursuit :

— À notre arrivée au monastère, nous étions assoiffées et sales à cause de la poussière du voyage. Sur-le-champ,

Maman s'est adressée au prêtre qui se tenait à la porte et, en nous voyant, a tenté de la refermer. "Je sais que, devant ce lieu saint, je suis une pécheresse damnée. Si vous pouviez me donner un peu d'eau et la ration que vous réservez normalement aux animaux, je repartirai aussitôt." Le visage couvert de marbrures de ma mère a croisé les yeux graves de l'homme, et il a hoché la tête. "Cette enfant que je vous offre est le plus précieux de mes biens terrestres.

— Depuis les guerres, a répondu le prêtre, des mendiants frappent chaque jour à ma porte pour me faire le récit de leurs malheurs. Le monastère est un lieu où les filles et les fils de bonne famille qui ont la vocation et sont pourvus de dots conséquentes viennent étudier."

« Il m'a regardée, a sondé mon visage à la recherche de signes de mon mérite, de ma valeur. J'espérais qu'il me renvoie, je voulais rester avec Maman. Je lui ai dit que rien ne nous obligeait à rentrer à La Rochelle et à réintégrer cette chambre, mais elle m'a répondu qu'elle ne savait rien faire d'autre et que c'était son seul moyen de subsistance. "Si vous repoussez cette enfant innocente, mon père, elle n'aura d'autre choix que d'embrasser ma répugnante profession. Vous ne le permettrez pas.

— Qu'est-ce qu'elle sait faire ?

— Elle est bonne couturière, a assuré ma mère en me serrant contre elle. Et elle peut lire un livre de prières." Le prêtre a haussé un sourcil. "Un peu, a ajouté ma mère.

— Eh bien, elle semble plutôt en bonne santé, et elle est encore assez jeune pour apprendre. Tu sais parler, au moins ?" Il s'était adressé directement à moi et j'ai hoché la tête.

« Maman ne lui a pas laissé l'occasion de me claquer la porte au nez. Elle a fait quelques pas en arrière et m'a poussée vers lui. “Ici, tu auras une meilleure vie, mon enfant. Et tu n’auras rien à craindre de Ti-Jean et des hommes en général, m’a-t-elle chuchoté.

— Mais je ne sais pas lire la Bible, Maman, ni faire de la couture, ni rien de ce que tu as dit au prêtre, ai-je répondu à voix basse, au moment où il rentrait dans le monastère pour nous laisser un moment seules sur le seuil. Jusque-là, dans ma courte vie, je n’ai rien fait, sinon, la nuit, me cacher sous la table et, le jour, chasser les aubaines au marché en prévision de notre souper.

— Tu apprendras. On a ici beaucoup plus de choses à t’enseigner que je ne pourrais le faire.”

« Le prêtre est revenu avec de l’eau, du pain sec et du fromage. Il m’en a donné un peu et a tendu le reste à ma mère pour son voyage de retour. “Merci, mon père, je vous suis très reconnaissante. Je mène une vie de péchés, les plus vils qui soient, et le simple fait de savoir que j’ai évité le même sort à ma fille suffira à me rendre heureuse jusqu’à la fin de mes jours.” Maman a rangé les provisions dans le sac qu’elle portait à son côté, puis elle s’est tournée vers moi et m’a dit : “J’ai fait de mon mieux pour te protéger de la laideur du monde. Au sujet de ta mère, j’espère que tu te souviendras de cela, et de rien d’autre.” Ce sont les derniers mots qu’elle m’a adressés avant d’entreprendre le long voyage de retour en direction de La Rochelle. Je ne l’ai jamais revue.

Ce soir-là, Laure émerge du petit compartiment réservé aux malades et dit au prêtre, toujours désireux d’avoir des nouvelles de la santé de Madeleine, que son amie se porte un peu mieux. Il lui demande s’il peut la voir un bref instant, mais Laure répond que le moment est mal choisi. Plus tard, allongée sur le sol du navire que les vagues bercent doucement, elle songe au récit de Madeleine. Que de choses elle ignorait au sujet de son amie ! Combien de fois s'était-elle dit que Madeleine ne serait pas si aimable ni si douce envers les autres si elle avait connu l'infortune ? Se pouvait-il que sa piété et son cœur simple et bon aient pris forme dans les douleurs de l'enfance ?

DEUXIÈME PARTIE

En aucun endroit, apparaissaient de hauts
et prodigieux glaçons nageant et flottant,
élevés de trente et quarante brasses,
gros et larges comme si vous joigniez plusieurs châteaux,
et comme […] si l'église Notre-Dame-de-Paris
avec une partie de son île, maisons et palais,
allait flottant dessus l'eau.

Pierre Biard, *Relations des jésuites*, 1611

11

LES HOMMES CHARRIENT SUR LE NAVIRE l'eau douce prélevée à même l'iceberg. Depuis des semaines, les passagers du *Saint-Jean-Baptiste* survivent grâce au cidre, car l'eau des tonneaux apportés de France est si visqueuse et remplie de larves qu'on ne peut plus la boire. Certains de ceux qui ont déjà fait la traversée savent aller chercher de l'eau sur l'île gelée. Pendant que des hommes descendent sur les eaux agitées en contrebas et commencent à ramer vers les montagnes de glace qui les entourent, les autres voyageurs retiennent leur souffle. Depuis plus de deux mois qu'ils ont pris la mer, les passagers n'ont rien vu qui rappelle mieux la terre ferme que ces icebergs, et Laure comprend la volonté des hommes de s'approcher d'eux pour se trouver en présence de quelque chose de solide. Et lorsqu'ils reviennent, triomphants, avec leurs tonneaux et qu'elle sent, comme ses compagnons de voyage, les éclats de glace pure couler dans sa gorge et son ventre, elle leur sait gré de leur exploit. Les hommes affirment que cette eau est meilleure pour l'esprit que le plus cher brandy, qu'il vaut la peine d'affronter la mer et ses périls à seule fin d'y goûter.

L'endroit où ils sont enfin arrivés s'appelle Terre-Neuve. Mais cette Terre-Neuve n'est pas du tout conforme à l'image que Laure s'en était faite. Il n'y a ni pêcheurs, ni sauvages, ni villes à voir. Le Nouveau Monde que les marins et certains engagés accueillent avec des acclamations n'est rien de plus qu'une montagne de glace au milieu de la mer. Mais, pour l'heure, l'eau fraîche constitue un motif de réjouissance, même si le pays lui-même est l'endroit le plus désolé que Laure ait jamais vu.

Après deux mois en mer, les marins ont les joues creuses et le visage mangé par une barbe noire. Parmi les passagers, quelques hommes assument désormais les tâches de certains matelots morts en cours de route. Au début, Laure a tenté de tenir le compte des disparus, des hommes et des femmes qu'on avait jetés par-dessus bord. Mais depuis qu'une douzaine de passagers et de membres de l'équipage ont trouvé la mort, et que les survivants ont commencé à dépérir à mesure que leurs rations se faisaient plus maigres, Laure reste dans la cale sans prêter attention au son de la trompette qui annonce les décès. Après une traversée des plus pénibles, tous sont en quête d'une raison de célébrer.

***

Un marin ouvre l'écoutille de la sainte-barbe et Laure descend, un bol d'eau fraîche en équilibre à la main. Les passagers malades gémissent lorsque la lumière les atteint. Il s'agit de ceux qui n'ont pas encore succombé aux maux d'estomac qui ont emporté douze voyageurs en trois jours, y compris trois membres de l'équipage. Les marins en imputent la faute à la vermine qui infeste les *faux-sauniers**. Les insectes qu'ils ont introduits à bord du vaisseau se sont tellement multipliés que les passagers qui montent sur le pont commencent par danser à la clarté du jour dans l'espoir de s'en débarrasser.

Au chevet de Madeleine, Laure crie au marin de refermer l'écoutille. Elle attend que ses yeux s'acclimatent à la pénombre de la cale. Aussitôt, sa peau se met à la démanger.

— Nous sommes arrivés au Canada, dit Laure en touchant le bras de Madeleine.

Le médecin de bord a été impuissant à diagnostiquer la maladie de Madeleine. Au début du voyage, il a attribué son inconfort au mal de mer, mais, contrairement aux autres passagers, l'état de Madeleine ne s'est pas amélioré au bout de quelques semaines. Outre les morsures de puces et de tiques qui accablent toutes les personnes à bord, Madeleine n'a ni plaies ni pustules. Hormis une extrême maigreur, il n'y a aucun signe extérieur de sa maladie. Le médecin s'est contenté d'affirmer qu'elle a été affaiblie par la traversée. Il prédit qu'elle se remettra une fois à terre. La mer ne convient pas à tout le monde, dit-il, et la terre ferme est parfois le seul remède. Maintenant qu'elle a vu les lieux désolés et glacés, Laure est moins convaincue de leurs pouvoirs curatifs.

Laure comprend Madeleine d'avoir renoncé à la nourriture du bateau. En comparaison, les rations de la Salpêtrière font figure de véritable festin. Depuis leur départ du Havre, deux mois plus tôt, les passagers du *Saint-Jean-Baptiste* ne vivent que des biscuits de marin conservés dans des tonneaux. Ces biscuits, qui constituent l'ordinaire des matelots, sont si durs que les hommes doivent les écraser avec la crosse de leurs mousquets pour que les femmes puissent les manger.

On les mélange à des haricots secs et à un peu de lard salé pour en faire le ragoût froid de tous les jours. Selon les marins, il s'agit d'une bonne fournée. On a bien fait cuire et sécher les biscuits pour qu'ils soient dépourvus de charançons. Encore heureux, puisqu'ils ont été hantés par des insectes de toutes sortes. Mais les marins ont tellement l'habitude des vers insidieux qu'ils frappent les biscuits sur le bord de leur écuelle avant de mordre dedans et ils boivent du cidre pour faire descendre leur pitance maritime. La confiture, comme la viande, est réservée à la table du capitaine.

Madeleine prend le bol d'eau fraîche entre ses doigts frêles et boit.

— À quoi ressemble le Canada ? demande-t-elle.

— À un paradis de glace, répond Laure en aidant son amie à reposer le bol.

Le froid des icebergs qu'ils ont croisés se fait sentir jusque sous le pont. À bord, il n'y a plus rien de sec. Les embruns et l'air humide ont pénétré les vêtements et la literie des passagers, qui ont depuis longtemps renoncé à l'espoir d'avoir chaud. Laure ne dit pas à Madeleine que le Canada est blanc et silencieux, aussi vaste que la mer qu'ils ont mis deux mois à traverser. Elle n'ose pas exprimer sa crainte : si les montagnes de glace étincelantes ont bien l'air d'une sorte de paradis, elle doute qu'on y trouve des anges.

L'écoutille s'ouvre et le quartier-maître aux cheveux roux descend. Il est devenu le soupirant de Laure, même s'il n'a aucune intention de s'établir au Canada et qu'il a supplié la jeune femme de s'enfuir avec lui dans les îles.

— Viens, tu ne peux pas rater le baptême, dit-il à Laure.

— Quel baptême ? demande-t-elle.

Le seul bébé du navire est né trois semaines plus tôt et a été enseveli en mer le lendemain, lesté de pierres. Peut-être a-t-on découvert un autre protestant à bord et s'apprête-t-on à le convertir à la foi catholique avant l'arrivée à Québec, où cette religion n'est pas tolérée.

— C'est un baptême de marin. Rares sont les femmes qui ont l'occasion d'être baptisées par un marin.

Même si l'air salin enveloppe le corps d'un brouillard froid et iodé qui brûle la peau, le pont est l'endroit le plus gai de tout le bateau. Surtout parce que, à force de se trémousser, les passagers peuvent se débarrasser des insectes qui ont envahi leurs habits, puis remplir leurs poumons d'air frais. Si la cale est l'enfer du navire, le pont en est certainement le paradis. C'est là que, les jours de soleil, les hommes – les marins comme les passagers – jettent leurs lignes dans l'océan. Ils passent des heures à chercher des signes de vie dans l'eau. Quand ils en ont assez de pêcher, ils jouent aux cartes, font la lecture et se livrent à des épreuves de force en grimpant aux mâts.

Le jour où ils aperçoivent le Canada pour la première fois, Mme Bourdon autorise les filles à rester sur le pont, à condition qu'elles observent un silence absolu. Mais ni les religieuses ni les jésuites ne peuvent juguler l'énergie débordante qui, ce jour-là, anime les marins. Ils ont lancé des filets dans les eaux froides, et des bancs de morues de toutes les tailles ont débarqué sur le pont, où les éclairs de vie argentés ont viré au rouge sous les assauts des canifs. Le capitaine fait une exception et permet que les plus petits poissons soient jetés vivants dans l'unique feu de cuisson du bateau. Bientôt, l'odeur de la morue rôtie sature l'air iodé. Pour l'occasion, deux marins, sous la supervision de Mme Bourdon, montent

Madeleine sur le pont. À la lumière du jour, son visage est aussi gris que sa couverture, mais Laure espère que le soleil lui redonnera des couleurs. Laure accepte le filet de morue qu'un des marins lui tend et elle en détache de petits morceaux tendres pour les offrir à Madeleine, qui se contente de secouer la tête en souriant doucement.

Les hommes entreprennent alors de dresser la liste des passagers qui débarquent pour la première fois au Canada. Le moment est venu de les baptiser. Les hommes poussent des acclamations. Mme Bourdon tente de faire redescendre les filles dans la sainte-barbe, mais deux marins bloquent la porte.

— Vous n'allez tout de même pas vous opposer au baptême de bonnes chrétiennes, disent-ils, railleurs.

La créature monstrueuse que les hommes attendaient sort enfin de la cabine du capitaine. Elle se compose de quelques hommes cachés sous un assemblage bigarré de manteaux de fourrure de toutes les couleurs. Son visage est recouvert d'un masque en bois fabriqué par les sauvages, et elle porte autour du cou des plumes, des flèches, des couteaux et d'autres instruments de chasse et de guerre. La créature s'avance lourdement au milieu des hurlements des filles. À son passage, les hommes crient son nom : le Bonhomme Terre-Neuve ! La créature s'immobilise enfin devant un trône fait de tonneaux retenus par un cordage. À côté se trouve un autre tonneau rempli d'eau de mer. Elle grimpe sur son trône et se tourne vers l'officiant, un membre d'équipage campé derrière une sorte de chaire, un marteau à la main. Tout près, il a le livre renfermant les cartes du navire.

L'officiant tape à quelques reprises du marteau sur la tribune en bois. À cause de l'humidité, il ne produit qu'un faible son mat, mais le silence se fait tout de même.

— Nous allons maintenant procéder au baptême des hommes, des femmes et des enfants qui voient le Nouveau Monde pour la première fois.

Les passagers crient encore plus fort.

Mme Bourdon a couru voir les jésuites pour leur demander de dispenser les filles du rituel. L'un d'eux secoue la tête et donne raison à Mme Bourdon : il s'agit d'une pratique dégoûtante, et blasphématoire par-dessus le marché. Mais, dit-il, tant et aussi longtemps qu'ils sont à bord de ce bateau puant, ils sont à la merci des brutes païennes qui le commandent. On ne peut les empêcher de faire à leur guise.

— Consolez-vous, madame, à la pensée des âmes que nous avons sauvées en cours de route, et ne vous désolez pas pour celles qui refusent de vivre dans la crainte de Dieu.

Le prêtre fait référence aux hommes et aux femmes qui ont entrepris la traversée avec une peur panique et qui, depuis, meublent leurs journées de prières extatiques et, la nuit, empêchent les autres de dormir. Certains ont même menacé de jeter par-dessus bord leur âme affranchie du péché.

Chaque fois qu'un homme est immergé au milieu d'une gerbe d'éclaboussures, le tonneau est de nouveau rempli d'eau glacée. Une fois les hommes baptisés, l'officiant se tourne vers les femmes.

— N'en déplaise aux superstitions, c'est un bonheur de compter parmi nous plus de femmes que d'hommes, un honneur rare pour un marin.

Les hommes rugissent.

— Nous croyons vous avoir bien traitées, chères dames, n'est-ce pas ? Nous vous avons protégées contre les pirates et les corsaires, nous vous avons chaque jour préparé de véritables fêtes pour les sens, nous vous avons abritées de la tempête et des rayons du soleil, et nous vous avons conduites jusqu'au Nouveau Monde.

Les hommes rient. Dans certains regards, on lit de la sympathie. Pendant toute la traversée, nombreux sont ceux qui ont affirmé qu'il était incroyable que des femmes subissent les brutales conditions de la vie à bord.

— À présent, nous allons laisser au Bonhomme Terre-Neuve le soin de choisir celle d'entre vous qui sera baptisée au nom de toutes les autres. Qui sera l'heureuse élue ?

Les filles s'agrippent l'une l'autre, se recroquevillent au ras du sol. Laure, qui essaie toujours de faire avaler un peu de morue à Madeleine, est distraite. Lentement, le Bonhomme Terre-Neuve descend de son trône de tonneaux et, d'un pas lourd, arpente le pont. Il s'arrête devant chacune des filles, incline la tête, les inspecte tour à tour. Lorsque le personnage masqué se penche sur elles, certaines crient et, effrayées, se cramponnent à leurs voisines. Laure se demande quels marins se cachent sous le déguisement.

Arrivé devant Laure, le Bonhomme fait un pas en arrière et croise les bras sur sa poitrine. Les hommes qui observent la scène se mettent à rugir.

— Choisis la déesse qui danse !

Malgré la durée du voyage, Laure n'a pu se défaire de la réputation que lui ont faite les hommes qui l'ont vue danser après la tempête. Le Bonhomme tend un doigt crochu, mais, en dépit des battements de son cœur, Laure n'a pas peur de ces hommes ridicules.

Le quartier-maître aux cheveux roux tient le livre qui contient les cartes pour permettre à Laure de prêter serment.

— Normalement, nous demandons aux marins de promettre de rester loin des femmes des autres marins quand nous serons sur la terre ferme.

Les hommes poussent des acclamations bruyantes.

— En ce qui concerne notre Amphitrite qui danse, il n'y a qu'à espérer qu'elle se tienne loin des marins eux-mêmes !

Les hommes rient, tapent du pied sur les planches du pont.

— Qu'elle danse encore pour nous !

Le Bonhomme Terre-Neuve préside au baptême du haut de son trône de tonneaux. Il tend la main dans l'espoir de recevoir l'aumône d'une pièce et se rend compte que Laure n'a pas d'argent. Lorsque la liesse atteint son paroxysme, un marin tire la planche sur laquelle elle est assise. Laure entend Mme Bourdon crier au moment où son corps s'enfonce dans l'eau glacée du tonneau. Presque aussitôt, des marins l'en retirent.

Mme Bourdon accourt et l'enveloppe dans une couverture.

— Quelle horreur ! Quelle indécence ! s'écrie-t-elle. Faire cela à une femme !

Les dents de Laure claquent, mais elle adresse un sourire mutin au quartier-maître.

À Mme Bourdon, elle lance :

— De toute évidence, le Canada ne sied guère aux femmes.

12

TANDIS QUE LE NAVIRE PÉNÈTRE dans le Nouveau Monde, les icebergs enneigés cèdent enfin la place aux terres – des rochers et d'épaisses forêts, en l'occurrence –, mais Laure ne voit toujours rien qui ressemble à une ville ni même à un village. Ils sont en mer depuis plus de deux mois et juillet est arrivé. Pendant des jours entiers, le navire remonte le fleuve, si large que, en comparaison, la Seine fait figure de ruisseau. Il est rassurant de revoir la terre ferme, aussi loin soit-elle de part et d'autre du navire. Le premier port où le *Saint-Jean-Baptiste* jette l'ancre s'appelle Tadoussac. Laure croit d'abord que cet endroit, où une trentaine de personnes vivent dans la misère, est Québec, et elle est soulagée d'apprendre qu'il n'en est rien.

Tadoussac est un port rudimentaire où une rivière appelée Saguenay se jette dans le Saint-Laurent. C'est là que Laure entend parler des Iroquois. Sur le rivage, les hommes n'ont que ce mot à la bouche. Les Iroquois forment une tribu que redoutent les Français et les autres sauvages. Ils attaquent par surprise dans la forêt, scalpent leurs victimes et torturent leurs prisonniers, les femmes et les enfants y compris. Avec leurs corps sombres et luisants, leurs crânes rasés et leurs visages peints, les Iroquois sont terrifiants.

Seuls des hommes vivent à Tadoussac, et ils semblent encore plus débraillés que les marins et les passagers du bateau. Ils ont les cheveux longs et décolorés par le soleil, la peau hâlée et le corps émacié. Difficile de tirer un grand réconfort d'un lieu pareil ou de s'y sentir accueilli à bras ouverts. Ceux qui montent à bord, avec des yeux écarquillés d'animaux sauvages, cherchent de la nourriture ou d'autres consolations. Quelques-uns feront le voyage jusqu'à Québec, mais la plupart regagnent leur campement en emportant quelques victuailles. Le navire ne s'attarde pas à Tadoussac, où les attaques des Iroquois sont fréquentes, et les femmes ne descendent pas sur le rivage. Quelques hommes débarquent pour refaire leurs provisions et raconter les nouvelles de la France, mais ils sont eux aussi pressés de remonter à bord du bateau, finalement plus civilisé et ordonné que Tadoussac.

Depuis quelques années seulement, les navires osent remonter le Saint-Laurent jusqu'à Québec. Après Tadoussac, le fleuve se rétrécit, et les îles et les récifs se multiplient, d'où des risques de naufrage. Quand ils passent devant le cap Tourmente et l'île d'Orléans, Laure distingue quelques cabanes en bois et, sur la rive nord, ce qui semble être des entrepôts. À l'approche de Québec, les passagers montent sur le pont, curieux. C'est une petite ville, pas la cité grouillante que Laure et les autres attendaient. Mais son apparition soudaine, au milieu de cette nature sauvage, a quelque chose d'étrange, de presque surnaturel. La ville se dresse en hauteur au-dessus du fleuve. Une dense forêt s'étend à ses pieds à partir du rivage. L'un des prêtres désigne les principaux sites de l'établissement : les flèches de l'église paroissiale, le collège des jésuites, la chapelle des Ursulines et l'Hôtel-Dieu. À la pointe est du cap s'élève le château Saint-Louis. Des maisons ont été construites autour des édifices royaux et religieux, et on distingue deux moulins à vent sur l'escarpement rocheux de la colonie. D'autres bâtiments s'alignent sur une étroite bande de terrain sous le cap, dans la Basse-Ville. Parmi eux, on croit reconnaître quelques petites boutiques. Mais même en ce lieu, Laure aperçoit, sous le couvert des arbres, les silhouettes menaçantes des huttes des sauvages. Elle se demande si cet endroit est plus sûr que Tadoussac. À la pensée des dangers de sa nouvelle vie, son cœur se serre. Tandis que le *Saint-Jean-Baptiste* s'approche de la colonie juchée sur le cap, les marins tirent un coup de canon en l'air. Le bateau a beaucoup souffert des mois passés en mer. À cause des intempéries qu'il a essuyées, les voiles sont en lambeaux. Les bouts déchiquetés flottent comme des fragments de drapeau. Le bois de la coque, trempé de part en part, est pourri par endroits.

Les passagers font encore plus pitié. Les hommes ont la peau tannée, la barbe et les cheveux longs et emmêlés. Leurs bras minces laissent voir des muscles bien dessinés. Même les filles qui ont passé les jours paisibles du début de la traversée à peigner leurs cheveux et à se demander qui elles épouseraient à leur arrivée au Canada sont crasseuses et ont le visage blême. Conformément aux ordres de Mme Bourdon, elles ne se sont lavé que le visage et les mains ; depuis leur embarquement, elles n'ont pas changé de sous-vêtements, car les quartiers ouverts de la sainte-barbe ne leur auraient pas permis de le faire en toute décence. Par conséquent, même les filles jeunes et jolies au départ sont à présent aussi affreuses et malodorantes que la dernière des folles vagabondes de la Salpêtrière. Laure se dit qu'elle doit avoir la même tête, bien que le voyage n'ait pas avili Madeleine autant que ces femmes. À cause de la maladie, elle a simplement un peu maigri, et elle a plus que jamais l'air d'une enfant. La plupart du temps, elle garde les yeux fermés, mais ses lèvres esquissent un léger sourire.

Le tonnerre du canon, réverbération solitaire, court sur l'eau. Le fort est entouré d'une muraille de pierre, bien qu'on n'observe aucun signe de guerre. Des soldats en uniforme patrouillent aux abords de la colonie. La ville tout entière est à peine plus grande que les terrains de la Salpêtrière. Laure avait escompté une sorte de Paris du Nouveau Monde, et non un avant-poste militaire. Lorsque le navire jette l'ancre, des canots s'avancent pêle-mêle pour décharger la cargaison. Quelques soldats armés de fusils supervisent les opérations. D'abord, des hommes montent à bord et, à l'aide de grossiers brancards en bois, transportent les passagers trop malades pour faire à pied le trajet jusqu'à l'Hôtel-Dieu. Madeleine est parmi ceux qu'on emporte ainsi, à côté d'une jeune nonne recrutée pour travailler à l'Hôtel-Dieu. Ensuite, les passagers débarquent.

Des soldats débraillés vêtus d'un *justaucorps** brun et de bas bleus bombardent le capitaine de questions sur la date de son retour en France. Les vents sont favorables et le voyage durerait deux fois moins longtemps. Malgré les exhortations de Mme Bourdon et des prêtres qui poussent les filles à les contourner, Laure voit bien que ces hommes souhaitent désespérément quitter la colonie. Les vigiles du navire les empêchent de monter à bord et des escarmouches éclatent.

Mme Bourdon ordonne aux filles de rester groupées sur le rivage. Aucune ne proteste ; en fait, nombreuses sont celles qui s'écroulent et n'arrivent plus à se relever. Laure, qui s'efforce de garder son équilibre, sent ses jambes trembler. Elle s'assoit dans la poussière, tandis que le fleuve et la ville tourbillonnent autour d'elle. Les marins les rassurent : leurs jambes auront tôt fait de retrouver l'habitude de la terre ferme.

Dès qu'elles parviennent à tenir debout, Mme Bourdon entraîne les filles à l'écart. Elles croisent des hommes qui poussent des hourras, comme s'ils jugeaient amusant que ces femmes maigres aient traversé l'océan. Derrière elles, deux engagés tirent sur le sentier cahoteux et à pic une voiture sur laquelle s'entassent leurs malles. Suivis de renforts terrestres, quelques hommes du bateau, aussi mal en point qu'elles, protègent leurs arrières.

Mme Bourdon conduit les filles au couvent des Ursulines, la plus imposante construction de Québec. Aux yeux de Laure, le bâtiment en pierre ressemble à la Salpêtrière, sauf que celles qui entrent chez les Ursulines doivent payer une dot et porter des habits noirs. C'est un ordre cloîtré, et les filles ne voient personne en entrant dans la cour. Mme Bourdon les fait patienter devant la porte.

Elle frappe et une petite fille sauvage, d'environ six ou sept ans, lui ouvre. Elle sort tenir compagnie aux Françaises. Interrogée, elle dit, d'une voix fluette et mesurée, s'appeler Marie des Neiges. Ses cheveux sont nattés avec soin de part et d'autre de sa tête. Vêtue d'une robe blanche toute propre, elle a les mains jointes devant elle, comme si elle s'apprêtait à recevoir sa première communion. Elle lance des regards furtifs aux femmes venues de France, qui forment un magma nauséabond, mais elle reste coite.

Mme Bourdon passe un long moment à l'intérieur. Quand elle émerge enfin, elle fait signe aux filles de la suivre, loin de l'édifice qui abrite la congrégation. En les voyant repartir Marie des Neiges s'incline légèrement.

— *Que Dieu vous bénisse**, dit-elle avant de refermer la porte.

— Nous ne logeons pas ici ? demande l'une des filles à Mme Bourdon.

— Bien sûr que non. C'est là qu'habite mère Marie. Je devais seulement lui faire part de notre arrivée. Je lui ai aussi rendu compte du comportement indécent de certaines d'entre vous pendant la traversée.

À en juger par la morgue de Mme Bourdon, Laure se demande si elle n'espérait pas, elle aussi, que les filles partagent le toit des sœurs de la congrégation. Pendant tout le voyage, Mme Bourdon leur a parlé de Marie de l'Incarnation, une sainte vivante. Cette femme, la supérieure de la congrégation des Ursulines, a laissé un jeune fils en France et s'emploie désormais à sauver les sauvages du Canada.

— Mère Marie a autre chose à faire que de s'occuper d'un groupe de *filles à marier**. Elle est venue ici pour apporter Dieu à ceux qui sont disposés à l'accueillir.

« Comme cette petite fille », songe Laure. Elle se demande si on trouve dans ce bâtiment en pierre semblable à la Salpêtrière des dortoirs abritant des centaines de sauvages habillées aussi proprement et parlant aussi doucement que la petite qu'elles viennent de rencontrer.

— En France, vous avez eu, grâce aux saints enseignements, toutes les chances de devenir d'honnêtes femmes. Et, pendant le voyage, vous n'avez fait que me créer des ennuis en dansant, en buvant du brandy avec les marins et en laissant voir vos sous-vêtements aux hommes du bateau !

Pendant sa diatribe, elle fixe Laure. Celle-ci regrette que Madeleine ne soit pas là pour faire la connaissance des saintes sauvages, plus pieuses que les Françaises.

Au lieu d'être hébergées par la congrégation des Ursulines, les *filles à marier** sont conduites dans une auberge. Mme Bourdon leur dit qu'elle est tenue par une *femme sage**, Mme Rouillard. Cette dernière vit dans la colonie depuis vingt ans, depuis l'époque où celle-ci était exploitée par une compagnie qui ne s'intéressait qu'aux fourrures et ne souciait ni de la colonisation ni des femmes. Mme Rouillard fera le voyage avec les filles envoyées en amont du fleuve dans un lieu connu sous le nom de Ville-Marie, où son frère possède une auberge. Au cours des prochaines années, lorsque les *filles à marier** commenceront à avoir des enfants, le nouvel établissement aura besoin de ses services d'accoucheuse.

L'auberge est une vaste bâtisse en bois de la Basse-Ville. L'intérieur, y compris les tables et les chaises droites où les filles sont invitées à prendre place, est fait du même bois que l'extérieur. L'odeur du brandy et de la viande rôtie fait gargouiller le ventre de Laure. Les hommes se tournent pour regarder entrer les filles, puis Mme Rouillard leur ordonne de dégager.

— L'auberge n'est pas un monastère, tant s'en faut, dit-elle. Mais, ce soir, nous allons tenter d'en faire un lieu décent.

Les hommes s'inclinent, rigolent et prennent congé des femmes. Pendant que Mme Rouillard parle, Mme Bourdon observe un silence obstiné. Mme Rouillard porte un tablier taché sur une épaisse robe paysanne. C'est une femme à l'aspect revêche et à la voix grave, mais, au sujet de la colonie, sa gorge est remplie de mots que Laure brûle d'entendre. Elle prépare le premier repas des filles dans leur nouveau pays et bavarde sans s'arrêter de travailler.

— Évidemment, les gens d'ici sont les déchets du vieux continent, mais chacun a des ambitions différentes. La plupart sont ici contre leur gré, comme ces hommes qui se battent pour monter à bord du premier bateau venu, une fois leur contrat de trois ans terminé, explique-t-elle. Là, on a compris – et ce n'est pas trop tôt – qu'il faut des femmes pour bâtir un pays nouveau, que les soldats et les négociants en fourrures ne suffisent pas. Alors, on vous a ramassées, les filles, dans tous les hospices de Paris afin – pardonnez ma franchise – de vous donner en mariage aux hommes qu'on réussira à faire sortir des bois.

Mme Bourdon soupire et secoue la tête, mais rien ne peut empêcher Mme Rouillard d'exprimer son opinion.

— Même les représentants officiels préféreraient être ailleurs. Ils s'acquittent des responsabilités prévues à leur contrat en rêvant de vieillir au milieu d'un grand jardin à Paris, loin de ce pays inhospitalier. Donne-moi encore du beurre ! crie-t-elle à un homme de dix-neuf ou vingt ans aux mouvements lents.

Laure se dit que c'est sans doute le fils de Mme Rouillard.

— Les plus fous d'entre les fous, ce sont les prêtres et les bonnes sœurs qui viennent ici dans l'intention de convertir les sauvages.

Mme Rouillard rit, sa poitrine secouée de soubresauts, en remuant le beurre dans la casserole. Lorsque Laure lui demande s'il y a des centaines de femmes sauvages dans la congrégation de Marie de l'Incarnation, l'aubergiste rit encore plus fort.

— C'est la plus vaste blague de toute la colonie. Penser qu'une poignée de prêtres et de bonnes sœurs vont faire changer d'idée tout ce beau monde ! Ce que les sauvages veulent des Français, c'est l'accès à certaines marchandises, et ils sont prêts à réciter toutes les prières et à chanter tous les chants qu'il faut pour les obtenir. Mais une fois qu'ils ont eu ce qu'ils voulaient ? Ils regagnent la forêt en courant, comme ils le font depuis toujours.

L'une des filles interroge Mme Rouillard sur ce qu'elle prépare.

— De la bouillie de maïs et du ragoût d'écureuil. Ne vous attendez pas à retrouver ici des plats que vous connaissez. Satanés moustiques, dit-elle en assénant une claque sur son bras dodu. Soit dit en passant, si la nourriture ne vous décourage pas, ce sont ces créatures qui vont vous rendre folles. Tout n'est pas mauvais, remarquez.

Elle pose la casserole dans laquelle mijote le ragoût et distribue les écuelles.

— C'est tout ce que j'ai. Vous n'avez jamais été si nombreuses, alors vous devrez partager. Vous avez l'habitude, j'imagine.

Certaines filles, les plus jeunes, ont les larmes aux yeux.

— Si vous parvenez à oublier l'endroit d'où vous venez, ce qui devrait vous convenir si ce qu'on dit à propos de cet hôpital est vrai…

— Mais nous ne venons pas toutes de là !

— Si vous sortez d'un village de crève-la-faim, c'est encore pire. Celles qui m'accompagneront à Ville-Marie auront bien de la chance. C'est le jardin du Nouveau

Monde. En hiver, il y a tellement de neige sur le sol que rien de ce qui est en dessous ne gèle.

Elle rit.

— Imaginez ! Évidemment, les sauvages de là-bas sont plus féroces que ceux d'ici.

Laure a déjà appris qu'elle ira à Ville-Marie en compagnie de celles qui ne trouveront pas de mari à Québec. Quand les filles commencent à lui reprocher ses insultes contre leur pays d'origine, Mme Rouillard secoue la tête.

— Mieux vaut adopter cette attitude dès le départ. Vous souvenir de la vieille France comme d'un lieu où l'on servait tous les soirs un festin royal ne fera que vous rendre malheureuses. Rappelez-vous plutôt d'où vous venez, pensez à ce que vous seriez devenues si vous étiez restées là-bas, et la forêt, les moustiques et les hivers qui vont vous faire bondir le cœur dans la poitrine ne vous sembleront peut-être pas aussi terribles.

Laure a envie de répliquer à cette aubergiste à l'accent étrange que, dans la « vieille France », elle aurait été couturière et qu'elle aurait ensuite épousé un duc. Mais, pour la première fois, elle s'interroge sur la vraisemblance de ce fantasme. Au nom de quoi une jeune femme comme elle se serait-elle beaucoup mieux tirée d'affaire que les autres filles pauvres de la cité ? Elle aurait très bien pu devenir la maîtresse d'un noble et profiter pendant un moment de son argent dans un petit appartement, où il lui aurait rendu visite en secret, selon son bon plaisir. Mais que se serait-il passé quand elle aurait pris de l'âge ? Avec un peu de chance, la maladie l'aurait emportée avant ses trente ans. Sinon, elle aurait peut-être réintégré la Salpêtrière, dans un dortoir encore plus minable, mais pas avant d'avoir fait son temps dans les bordels qu'elle trouvait autrefois si romantiques, où les maîtres étaient légion et les gains juste suffisants pour assurer la survie. Mais il était futile de ressasser de telles éventualités puisque son sort se jouerait désormais dans ce pays nouveau et rude ; de nombreuses choses, à commencer par les conventions sociales, semblaient avoir été abandonnées en mer.

Cette Mme Rouillard, engraissée à la bière et à la viande d'écureuil, s'est fait une vie ici. Laure observe les filles débarquées depuis peu et les voit rire de ses histoires. Suivant ses conseils, elles sont impatientes d'oublier leur ancienne existence au profit de celle-ci. De laisser derrière elles leur identité et de commencer une nouvelle vie, comme aubergiste ou femme de chasseur. Elles dévorent le ragoût graisseux d'un air satisfait.

— Allez, mange. Si tu fais la fine bouche dans ce pays, tu seras morte avant décembre.

La femme pousse le bol vers Laure, qui secoue la tête et laisse sa voisine le terminer.

Les filles passent la nuit à l'auberge. Pour la première fois depuis qu'elles ont quitté Paris, Laure dort sur la terre ferme. Elle rêve aux oscillations du navire et aux attaques des Iroquois. Dans ses rêves, les Iroquois ressemblent au Bonhomme Terre-Neuve. Ils ouvrent la gueule, montrent leurs crocs et rugissent. Leurs corps énormes sont couverts des cheveux des femmes qu'ils ont scalpées.

***

Lorsque, la semaine suivante, elles quittent Québec pour Ville-Marie, un certain nombre de Françaises se sont déjà mariées. Elles habiteront à Québec ou dans l'un des établissements des environs. Mme Bourdon a décidé d'envoyer Laure à Ville-Marie parce que, contrairement à d'autres filles, elle n'a ni famille à

Québec ni projet de mariage immédiat. Elle compte parmi les plus jeunes des femmes, dont l'âge varie entre quinze et trente-six ans. Laure sait aussi que leur chaperonne est impatiente de se débarrasser d'elle. Elle accepte volontiers de partir pour Ville-Marie, à condition que Madeleine l'accompagne. Grâce aux soins des sœurs hospitalières de Québec, celle-ci a repris des forces, mais les religieuses ne la croient pas en état de voyager. Laure ne s'imagine pas remonter le fleuve et s'enfoncer plus profondément dans le royaume de la forêt sans personne à ses côtés. Finalement, Madeleine se déclare prête à partir, et les sœurs de l'Hôtel-Dieu lui donnent son congé.

Les autres femmes, au nombre de vingt à trente, d'après les estimations de Laure, voyageront à bord de canots et seront « distribuées » aux hommes qui cherchent une épouse dans les établissements qui s'échelonnent entre Québec et Ville-Marie. Les Françaises, qui ont passé les derniers mois entassées les unes sur les autres dans la sainte-barbe du navire et, avant, dans des dortoirs de l'Hôpital général de Paris, sont à présent dispersées sur un territoire plus grand que la France et recouvert d'une dense forêt. La seule consolation que peuvent espérer les filles sur cette terre effrayante, c'est un gentil mari ; toutefois, à en juger par ce que Laure a observé jusque-là à Québec, où il n'y a que des hommes rustres, cela semble improbable. Il y a trop peu de femmes en Nouvelle-France, seulement une pour dix hommes, dit-on. De fait, les filles ont l'embarras du choix. Quelques femmes qui remonteront le fleuve avec elles jusqu'à des établissements situés en amont se marieront pour une deuxième fois, leur premier mariage ayant été annulé. Il y a aussi une femme déjà veuve, même si elle ne paraît pas beaucoup plus âgée que Laure.

À Québec, les *filles de bonne naissance** ont été mariées aux officiers auxquels elles étaient destinées et font désormais partie des couples en vue de la ville. Les hommes venus à l'auberge de Québec dans l'espoir de trouver une épouse parmi les paysannes sans grâce et les *citadines** de l'hôpital à la peau blême n'avaient pas fréquenté de Françaises depuis un an ou deux. Ils vaquaient aux deux principales occupations de la colonie : repousser les Iroquois et chasser des animaux à fourrure. Épouser l'un de ces hommes signifiait abandonner la sécurité de Québec au profit des bois, où les hommes ont reçu leurs lopins de terre en récompense de services rendus au roi. Laure espère que les hommes sont moins sauvages dans le nouvel établissement de Ville-Marie, en amont du fleuve. On raconte des histoires au sujet de la sainteté de la ville, fondée par des membres de la Compagnie du Saint-Sacrement, la société secrète à laquelle appartient le directeur de l'Hôpital général.

Leur convoi sera formé de trois canots, que des hommes chargent de lourdes fournitures : sel, huile, lard, *eau-de-vie**, armes à feu et outils en fer. Six sauvages, cinq hommes et une femme, les accompagneront et les aideront à naviguer sur le fleuve et à parlementer au cas où on rencontrerait d'autres sauvages en cours de route. Deux jésuites et dix négociants en fourrures sont aussi du voyage. L'un des religieux est le jeune homme qui a manifesté de l'intérêt pour Madeleine sur le *Saint-Jean-Baptiste*, l'autre vit en Nouvelle-France depuis quelques décennies. Le vieil homme emmène le premier vivre avec lui dans une mission voisine de Ville-Marie, où le jeune l'aidera à veiller sur les âmes des Algonquins ainsi qu'à traduire des prières chrétiennes dans leur langue. Cet homme se souvient de la mission huronne de Sainte-Marie, avant le retrait imposé par les Iroquois. Bien sûr, les récits offerts par les prêtres au cours de ces années de conversion et de torture sont célèbres dans toute la France. Le jeune religieux s'approche pour entendre son aîné évoquer cette époque. Laure se demande s'il est assez courageux pour supporter les épreuves : les sauvages risquent de lui manger le cœur, de cribler son corps de flèches empoisonnées ou de le baptiser à l'eau bouillante. Son visage est juvénile, ses mots doux et prudents.

Pour le voyage, Mme Rouillard s'est apprêtée comme un sauvage : elle porte des cuissardes en cuir et un chapeau, et elle transporte une carabine. Elle dit qu'elle s'habille ainsi pour aller de cabane en cabane mettre des bébés au monde. Elle connaît la plupart des hommes et leur parle avec aisance.

Les canots, que les sauvages fabriquent avec de l'écorce de bouleau, s'enfoncent profondément dans l'eau. Ils sont rapides, mais, comme ils ont tendance à chavirer, la charge doit être répartie avec soin. Une fois les fournitures disposées dans les canots, les hommes y montent, et c'est enfin au tour des femmes. À l'exemple des autres, Laure se tasse sur elle-même et s'assoit au centre de son banc. La petite embarcation chancelle au moindre mouvement. Madeleine fait de son mieux pour rester assise devant Laure, mais elle finit par s'affaisser. Les sauvages, qui montent en dernier, ne semblent pas avoir les mêmes difficultés que Laure à tenir debout.

— La petite malade ne fera pas une épouse très utile.

Laure se tourne vers l'homme qui a prononcé ces mots. C'est un négociant en fourrures, la peau déjà flétrie par les impitoyables conditions de son état, bien qu'il ait l'air plutôt jeune. Il voit la colère dans les yeux de Laure et son sourire se fige.

— Il faut être fort pour survivre en forêt, reprend-il.

Il regarde les cheveux de Laure, peignés avec soin après le séjour à Québec et ornés des rubans de Mme du Clos.

— Je ne sais pas pourquoi on nous envoie des Parisiennes. Si votre mari a une cabane pour vous abriter, vous aurez bien de la chance. Ce qu'il nous faut, ce sont des paysannes.

Il se retourne et assène une claque sur la cuisse de l'une des filles de l'Aunis, assise derrière lui.

— Il n'y a pas de princes qui vous attendent à Ville-Marie.

— Bien sûr que non.

Laure saisit Madeleine par les épaules pour la stabiliser. Elle a bien compris que, en Nouvelle-France, on a peu d'égards pour le rang. Les forêts sont trop vastes pour qu'on puisse suivre à la trace les négociants en fourrures, les soldats, les colons, les jésuites, les récollets, les sulpiciens, les convertis au catholicisme, les aubergistes, les cordonniers, les seigneurs, les explorateurs, les officiers, les sauvages qui travaillent comme interprètes ainsi que le gouverneur et l'intendant qui s'efforcent de superviser toute l'aventure au nom du roi. Parce que la plupart de ces hommes ne font que séjourner un moment dans la colonie, ils affichent peu de respect pour leurs supérieurs. Et les femmes sont moins à l'abri des malotrus comme ce négociant en fourrures. Plus encore qu'à Québec, Laure se sent loin de l'hôpital et de son régime quotidien. Ici, personne ne dit aux filles où s'asseoir, à qui parler, quand observer le silence, prier, manger, se peigner les cheveux, changer de vêtements, dormir. Personne à suivre, sinon un défilé de personnages bigarrés venus de France dans l'espoir de convertir les sauvages, de trouver un mari ou de faire fortune dans les pelleteries. Au moment où les canots s'engagent enfin sur le fleuve, Mme Rouillard fredonne.

Le fleuve semble sans fin. Chaque heure qui passe s'ouvre sur des pierres, des forêts, des insectes et des oiseaux nouveaux, sans le moindre signe de civilisation. Lorsque le soleil commence à faiblir à la fin de la première journée, des nuées de moustiques encerclent le canot, s'abreuvent aux mains et aux visages des passagers. Devant une telle infestation, certaines filles se mettent à pleurer et à supplier qu'on fasse demi-tour. La sage-femme se tourne vers elles.

— Vous vous rendrez bientôt compte que vous n'êtes pas seules. Vous portez en vous les germes de votre famille à naître. Bientôt, vous n'aurez pas d'autre chez-vous. Il ne sert à rien de regarder en arrière.

Laure aimerait que les propos de Mme Rouillard aient sur elle le même effet que sur certaines autres, qui reprennent courage, mais elle ne s'imagine pas mener une telle vie : épouser un de ces hommes, avoir des enfants, vivre dans la forêt. La jeune fille espère qu'un tel destin lui sera épargné.

En apercevant la clairière où trônent deux cabanes et quelques tentes, les hommes donnent aux sauvages l'ordre de s'arrêter. On est à Trois-Rivières. C'est là que quelques-unes des femmes, y compris les Belges Marie et Jeanne-Léonarde, seront mariées. Laure est déconcertée par les endroits où les filles débarquent : Neuville, Grondines, Batiscan. À peine des clairières où une poignée d'habitants vivent au milieu des bois. À chacune des escales, les larmes coulent à flots. Lorsque les canots s'éloignent sur le fleuve, sans elles, les femmes ont le visage révulsé par le choc et la terreur.

Trois-Rivières est un établissement légèrement plus important que les autres, mais il ressemble davantage à Tadoussac qu'à Québec. Il s'agit d'un camp entouré d'une palissade. Vite et en silence, les passagers descendent sur la rive sablonneuse. Deux soldats et les hommes sauvages dormiront dans des tentes montées à côté des canots pour veiller sur les provisions. Les autres, y compris les femmes, sont conduits au village. Les sentiers qui entourent les cabanes sont déserts. Ici aussi, on redoute les attaques des Iroquois.

La famille qui occupe la première cabane refuse d'héberger les Françaises. Il y a là trois filles en âge de se marier. À cause des Parisiennes et de la dot fournie par le roi, elles risquent de rester vieilles filles. L'homme qui habite la seconde cabane avec son épouse et leur nouveau-né accepte d'accueillir un certain nombre de femmes en échange de quelques pièces. Un peu plus tard, l'une des filles de la première cabane, âgée d'une douzaine d'années, vient voir les Françaises. Elle veut tout savoir de Paris et des modes vestimentaires de la capitale. Elle s'assoit à côté de Laure et, les yeux écarquillés, écoute celle-ci lui parler d'une voix rythmée des beaux tissus, des chevaux et des voitures des gens fortunés. Lorsque le père de la fille vient la chercher, Laure enlève un de ses rubans et le lui tend.

— Garde-le pour tes noces, dit-elle.

L'enfant est si heureuse de ce présent qu'elle court le faire voir à son père.

Cette nuit-là, avec dix personnes couchées par terre sur le sol, il fait très chaud dans la cabane d'une seule pièce. Malgré tout, il est bon d'être à l'abri, de se sentir protégée par la palissade qui entoure Trois-Rivières et les hommes qui montent la garde. Pendant le voyage, Laure a pris l'habitude de s'endormir au son des grillons et des oiseaux.

***

Laure et les autres voyagent ainsi pendant plusieurs jours. Chaque fois, à l'approche de rapides, ils doivent s'arrêter et marcher dans la forêt pour les contourner. Les hommes transportent les canots et les bagages sur les rochers acérés, au milieu des broussailles. Sur un brancard de fortune, malgré les pierres glissantes, ils convoient aussi Madeleine, qui n'a toujours pas recouvré ses forces.

Ville-Marie est le dernier établissement avant le royaume de la forêt. Plus loin, il y a des lacs et d'autres tribus de sauvages. Seuls quelques illuminés liés au roi par contrat, toujours avides de nouvelles sources de fourrures, s'y aventurent. Ville-Marie, avec ses quelques centaines d'habitants, est aussi la ville française la plus récente et la plus susceptible d'être attaquée par les Iroquois. Pendant le voyage sur le fleuve et même à bord du navire, la plupart des conversations que Laure a entendues portaient sur ces sauvages en particulier. Depuis des décennies, ces derniers luttent contre les Français. Même les autres sauvages craignent les Iroquois, à la fois nombreux et alliés des Anglais des colonies du sud.

Capturé par les Iroquois, quelques années plus tôt, le vieux jésuite qui voyage avec eux a perdu une partie d'une oreille. Mais il dit qu'il a eu de la chance, car la plupart de leurs prisonniers connaissent une mort atroce. Laure imagine des hommes immenses, dominant d'au moins cinq têtes les soldats français. On raconte qu'ils parcourent les bois à la manière de bêtes silencieuses et rusées. Quiconque croise un Iroquois sur un sentier en forêt est à coup sûr perdu. Elle a beau être terrifiée, Laure – ou du moins une partie d'elle – voudrait bien apercevoir un de ces hommes au milieu des arbres.

Mme Rouillard affirme, pour sa part, que les Iroquois ne sont pas différents des autres hommes. Ce sont des ennemis, c'est tout, et les ennemis sont toujours présentés comme des monstres. Quant aux prêtres jésuites, elle pense qu'ils auraient mieux fait de rester en France et d'étudier la médecine ou le droit, ou encore de devenir instituteurs, conformément aux desseins de Dieu. Traverser la mer et s'attendre à ce que les habitants d'une terre entièrement nouvelle adoptent les valeurs chrétiennes est l'une des idées les plus absurdes qu'elle connaisse.

— C'est peut-être un blasphème, précise Mme Rouillard, mais s'il y a une chose que je sais après avoir parcouru les taillis, les marécages et les glaces de ce territoire pour accoucher des femmes un peu partout, c'est qu'un autre esprit veille sur ces lieux. Dans les sentiers enneigés de ce pays, le Dieu que nous avons apporté de France est aussi perdu que nous.

Pourtant, Laure juge magnifique le visage blême du jeune jésuite, beaucoup plus agréable à regarder que ceux des négociants en fourrures.

Le troisième jour, Laure est en mesure de nommer les arbres qu'ils croisent : cèdres, peupliers, érables, chênes. Elle apprend à étudier les remous qui annoncent les rapides. Les Français font aussi le récit de leurs exploits de chasseurs d'animaux à fourrure, parlent de leurs avancées vers l'ouest et le nord. Même les jésuites en profitent pour se vanter du nombre de sauvages qu'ils ont convertis à la foi catholique. Depuis le départ, les sauvages des canots, avec leurs bras sombres et huilés et leurs cheveux longs, pressent les voyageurs de garder le silence, pour leur propre sécurité, et rappellent la menace que représentent les Iroquois. Laure pense que les sonorités des mots français commencent à les irriter. Les sauvages n'adressent pas la parole aux femmes. Ils ne parlent qu'aux négociants en fourrures, uniquement dans leur propre langue, et encore là, très peu et à voix basse. Leurs propos doivent être traduits par l'interprète français.

Plus tard, lorsqu'ils ont tout dit sur la monotonie du nouveau pays, les passagers sombrent dans une sorte de transe. Laure regarde les silhouettes des arbres s'enfoncer dans l'eau et le soleil étinceler dans les clairières. Seules les lourdes rames qui effleurent l'eau rompent le silence. Laure est couverte de piqûres d'insectes et a la gorge sèche à cause de la chaleur. À force de rester assise par terre et dans le canot, et de marcher en terrain accidenté, elle a les muscles endoloris. La viande grillée sur le feu et presque réduite à l'état de cendres lui a donné des brûlures d'estomac. Les sauvages semblent heureux que les Français se taisent enfin.

Au bout de quelques jours, il devient évident que Madeleine faiblit au fur et à mesure qu'ils s'enfoncent dans ce nouveau monde. Ses yeux ternes ne sont plus conscients de ceux qui l'entourent. Lorsque Laure lui parle, Madeleine peine à la reconnaître et son regard se perd dans le vide. Laure espère que l'enflure du visage de son amie est attribuable uniquement au soleil brûlant, aux piqûres d'insectes, à la soif et à la faim qui les affligent tous, et que, malgré ces conditions difficiles, sa santé s'améliore peu à peu. Juste avant leur départ de Québec, un médecin a dit que l'air frais lui ferait peut-être du bien. La sœur hospitalière qui veillait sur elle a rejeté cette idée et prévenu Laure que la jeune fille risquait gros en entreprenant pareil voyage.

Mais l'air frais n'est d'aucun secours aux voyageurs, car ses effets curatifs sont contrecarrés par l'eau froide qui les éclabousse, et ils ont sans cesse la sensation d'être mouillés. L'air est aussi envahi par des nuées de mouches noires que les sauvages pressent les rameurs d'éviter. Ces insectes sont pires que les moustiques, car en mordant, ils arrachent un morceau de chair. Le cou et le cuir chevelu de Laure ne sont plus qu'un tissu de piqûres, mais elle refuse de s'enduire la peau de graisse d'ours, à l'exemple des sauvages et des jésuites. Les prières que récitent les prêtres s'échappent de visages luisants. Ils ressemblent désormais à des sorciers. En voyant Madeleine si faible, Laure se prend à souhaiter que les canots fassent demi-tour, redescendent le fleuve.

***

Au bout d'une semaine, ils approchent enfin de Ville-Marie. L'établissement est plus petit que Québec, mais plus grand que les campements qu'ils ont aperçus le long du fleuve. Il s'agit de toute évidence du centre de la traite des fourrures de la colonie, de la porte d'entrée des cours d'eau et des territoires riches en pelleteries qui s'étendent au-delà. S'ils en doutaient, les récits qu'ils ont entendus et les canots chargés de peaux qu'ils ont croisés auraient suffi à les convaincre. La nouveauté et le danger qui caractérisent Ville-Marie, sans oublier la richesse que font miroiter les fourrures, attirent les plus hardis des aventuriers de la Nouvelle-France. Grâce au courage de ces hommes à moitié fous, Ville-Marie baigne dans une énergie grisante. Pendant un bref instant, Laure en oublie de songer à l'avenir.

Elle aperçoit un attroupement sur le rivage. Même de loin, elle se rend compte que ce sont surtout des hommes. Elle ne saurait dire qui ils sont ni quel rang ils occupent dans la société. Ils arborent des vestes militaires françaises sur leurs hauts-de-chausses trop grands.

Certains ont les cheveux longs et portent autour de la taille des bouts de fourrure et des tissages aux couleurs vives à l'instar des sauvages. Armés de mousquets, quelques-uns, à l'allure plus distinguée, s'apprêtent à les accueillir, aux côtés d'un prêtre. Laure sursaute lorsque l'un d'eux tire un coup de feu en l'air. Sans doute n'ont-ils pas de canons pour leur souhaiter la bienvenue. Comme à Québec, quelques religieuses et des femmes sauvages sont aussi venues les attendre. C'est l'établissement le plus intéressant que Laure ait vu depuis Québec, et elle en éprouve un certain soulagement.

Les hommes rassemblés sur le rivage courent vers eux en agitant leurs armes et en poussant des acclamations. Laure ne comprend pas leur excitation. Il faut que la vie en forêt soit bien épouvantable pour qu'on accueille avec autant d'enthousiasme leur cortège crasseux. Sur la Seine, à Paris, les membres de cet équipage auraient aussitôt été appréhendés et mis en prison. Ici, cependant, en plein bois, il est difficile de revêtir de beaux vêtements et de rester propre.

Laure espère seulement qu'il y a là un médecin, quelqu'un qui soit capable de remettre Madeleine sur pied. Même les hourras sonores n'ont pas réussi à tirer celle-ci du sommeil.

— Nous sommes arrivées, dit-elle à l'oreille de son amie.

Malgré la vigilance de Laure, Madeleine a sur le cou des marques laissées par les piqûres d'insectes.

— Rien ne nous oblige à aller plus loin. Nous pouvons rester ici jusqu'à la fin de nos jours.

Au moment où elle prononce ces mots, Laure est heureuse que les yeux de Madeleine soient fermés.

13

LAURE NE S'IMAGINE PAS LE SORT qui les attend ici. Vraiment, il vaut mieux que Madeleine ne soit pas témoin du spectacle. Au-delà de la petite foule se dressent quelques cabanes : une douzaine environ, construites en bois grossièrement débité. Les habitations des sauvages, faites en écorce, sont un peu à l'écart. De la fumée s'élève des feux de cuisson.

— Bienvenue à Ville-Marie, mesdames. Comme vous le voyez, nous vous attendions.

Le capitaine de l'expédition sourit, détendu au sein de cet environnement nouveau. Il est arrivé chez lui.

Sur le rivage sont amarrés quelques canots dans lesquels s'entassent de hautes piles de fourrures. À cette vue, le vieux jésuite assis devant Laure s'agite.

— À quoi bon convertir les âmes des sauvages lorsque de si nombreux négociants en fourrures s'emploient à les corrompre ?

— Bienvenue, mon père, dans le nouveau monde du commerce : par ordre du roi ! fait le jeune homme qui, au début du voyage, s'inquiétait de la fragilité de Madeleine.

Il assène une claque sur le dos drapé de noir du prêtre et descend lourdement du canot. Il a remonté ses hauts-de-chausses et se hâte dans l'eau jusqu'au rivage.

Le prêtre crie après lui, mais le jeune homme se fond vite dans la masse des négociants réunis sur la grève.

— Et voilà maintenant qu'on leur amène des femmes ! Quel inavouable gâchis prépare-t-on ? Ces hommes ne font que boire et se battre. Quel genre d'exemple donnent-ils à nos convertis ?

Si Madeleine était moins mal en point, Laure monterait volontiers à bord d'un navire qui rentre en France. Mais, à Ville-Marie, il n'y a pas de navire. Laure déglutit avec difficulté et se dit que, au moins, le Canada n'est pas aussi froid qu'on le racontait à la Salpêtrière ou que les icebergs de Terre-Neuve le laissaient croire. En fait, l'air de Ville-Marie est lourd et le soleil si chaud qu'elle a l'impression de se tenir devant un four à pain. Elle demande s'ils n'ont pas dévié de leur route et abouti dans les îles françaises.

Le capitaine du groupe rit à cette idée.

— Les femmes ont si peu le sens de l'orientation ! Cette chaleur, c'est la marque de l'été au Canada. Ne craignez rien : l'hiver viendra bien assez tôt.

Laure est intriguée. Quels autres mensonges a-t-elle bien pu entendre au sujet du Canada ?

Les seules femmes venues les accueillir sont des religieuses. Deux jeunes sauvages rôdent près de l'une des vieilles femmes. Les filles portent des robes assorties, pas si différentes de celle que Laure a revêtue pendant des années à la Salpêtrière. Les cheveux des sauvages sont tressés comme ceux de Marie des Neiges à Québec. Sans doute s'agit-il des convertis auxquels le prêtre a fait allusion. Laure se met à moitié debout pour mieux voir les filles, et l'embarcation tangue. Les hommes réunis sur le rivage crient et Laure se rassoit. Elle ne veut pas donner l'impression de chercher à attirer leur attention.

La jeune fille a soif et sent qu'une pellicule de sueur lui poisse le visage. Malgré le bonnet, le soleil a brûlé son nez et ses joues. Elle s'essuie le front du revers de la main. À cause de l'eau qui s'est accumulée au fond du canot, l'ourlet de sa jupe est lourd et mouillé. Un homme aux manches retroussées et aux bras de forgeron s'avance vers elle. D'autres hommes lui emboîtent le pas pour aider les femmes à descendre du canot et à gagner le rivage. Laure demande au premier de s'occuper d'abord de Madeleine. Elle doit répéter pour qu'il la comprenne. Dans la colonie, on entend de nombreux dialectes du français, comme ceux de la Normandie, de la Picardie et d'autres régions du royaume, et Laure a du mal à comprendre celui de l'homme. Finalement, il soulève Madeleine, toujours entortillée dans la couverture, et la transporte jusqu'au rivage pendant qu'un autre homme vient chercher Laure. Avant d'avoir eu le temps de protester, elle est accrochée à son large cou, et le bas de sa jupe traîne dans l'eau.

— On ne vous donnait rien à manger en France ? Vous êtes aussi légère qu'un renard. Je ne sais pas comment vous allez vous y prendre pour travailler. Et, croyez-moi, travailler, c'est tout ce qu'il y a à faire, par ici. Abattre des arbres, chasser les animaux, pétrir le pain. Ce que vingt hommes avaient coutume de faire en France, un seul doit y pourvoir ici.

Il dépose Laure sur la terre ferme et s'éloigne. La jeune fille chancelle pendant un moment avant de tomber à genoux. Elle contemple la nouvelle terre, la tête penchée, attend que le sol cesse de tourner.

À cet instant, elle entend un autre homme dire :

— Qu'est-ce qu'on nous a envoyé là ? Ce sont les plus malingres qu'on ait reçues jusqu'ici. Il faudra se donner tant de mal pour les remplumer qu'elles n'auront pas assez d'une vie de travail pour nous dédommager.

À l'écart, les rares officiers militaires et représentants de la colonie observent l'agitation créée par les nouveaux venus. Lorsque tous les voyageurs ont débarqué, on commence à décharger les canots. Les hommes sont plus intéressés par les fournitures que par les femmes blotties l'une contre l'autre que le roi leur destine. Ils déchargent les lourds objets que les membres de l'expédition ont déballés tous les soirs et remballés tous les matins : des lames de hache à échanger avec les sauvages, des armes et des munitions pour se défendre contre les Iroquois, du sel, de la farine de blé et des ballots de tissu dans des sacs en toile. Sans oublier, bien entendu, les malles des filles. Des soldats, un mousquet sur la poitrine, montent la garde auprès de la marchandise.

Au bout d'un certain temps, Laure, en se concentrant, parvient à se relever. Les gens et les arbres qui l'entourent semblent marcher sur elle. Avant qu'elle ne s'écroule une seconde fois, deux religieuses s'approchent. Elles parlent, elles aussi, un dialecte du nord-ouest de la France, mais Laure comprend presque tout. Elle leur demande où on a emmené Madeleine et dit vouloir voir son amie.

— Vous la verrez après la cérémonie de bienvenue. Les habitants de Ville-Marie vous attendent depuis un an.

La voix de la femme est assez peu aimable.

Laure se moque bien des habitants de Ville-Marie ; tout ce qu'elle veut, c'est retrouver Madeleine. Mais les bonnes sœurs l'entraînent vers le groupe en la soutenant par les coudes. Maintenant qu'elle est sur le rivage, Laure constate que la plupart des hommes sont plus âgés qu'elle, burinés par le soleil et épaissis par la crasse de leurs années en forêt. Ce sont les plus abominables paysans qu'elle ait jamais vus, sauf qu'ils sont vigoureux grâce à l'air frais et à la nourriture abondante du Nouveau Monde. La langue dans laquelle ils s'expriment ressemble aux grondements de chiens qui se battent. Elle ne veut même pas penser à celui qu'on lui destine comme mari.

Une fois les dernières provisions déchargées, un homme au chapeau noir orné de plumes blanches s'adresse à la foule. Il s'appelle Jean Talon, et c'est l'intendant de la colonie. Il est entouré de soldats en armes. Laure s'efforce de suivre ses paroles dans la rumeur de la foule. D'abord, il loue les hommes qui ont défendu Ville-Marie pendant l'hiver et le printemps. Ce sont les soldats du régiment de Carignan-Salières. Depuis leur arrivée, les Iroquois laissent l'établissement tranquille. Le roi a cédé des lopins de terre à ces soldats pour les inciter à rester dans la colonie à l'expiration de leur contrat. Et c'est pour servir de femmes à ces soldats devenus fermiers qu'on a fait venir Laure et les autres.

L'intendant annonce alors qu'on révoquera le permis de chasse et de pêche des hommes qui refuseront d'épouser l'une des nouvelles venues, et il ajoute que chacun devra prouver aux autorités qu'il est digne de son statut d'homme titré.

Des gémissements montent de la foule.

— Comment voulez-vous que nous épousions ces filles ? Elles tiennent à peine debout. Regardez-les. Pas de tétons, pas de hanches, même si on les met bout à bout. Et vous voudriez qu'elles aient des enfants ? Vous ne nous avez pas apporté des épouses. Ce seront des fardeaux supplémentaires, voilà tout.

— Vous ne pouvez pas vous comporter comme des animaux, forniquer au milieu des arbres avec toutes les sauvages qui croisent votre route et continuer de jouir des droits de chasse et de pêche accordés aux hommes du roi.

La voix du représentant officiel tonne au-dessus de l'assemblée et ses paroles se répercutent jusque dans les bois.

Laure étudie les arbres noirs, se demande si ce discours vise quelques rebelles cachés dans la forêt. L'intendant tourne le dos à la foule et se met à marcher vers l'intérieur des terres. Le terrain est à pic et ils se dirigent vers le sommet d'un mont qui se dresse au loin.

Comme Laure et les autres filles ont du mal à suivre, l'intendant ralentit le pas.

— Elles sont juste un peu fatiguées après leur long voyage, dit-il en entendant des hommes recommencer à rouspéter. Quand vous êtes descendus du bateau pour assumer vos tâches au sein de la garnison, vous n'en meniez pas large, vous non plus. Elles auront vite fait de reprendre des forces.

Même si elles ont tenté de faire disparaître les effets les plus visibles de leur séjour en mer, les filles ressemblent à une brigade de mendiantes aux yeux exorbités et au dos courbé comme celui de vieilles femmes. L'assemblée se remet en marche. Un sentier long et étroit gravit la colline au sommet de laquelle se dresse la croix qui est leur destination. Pendant l'ascension, Laure a du mal à reprendre son souffle.

Chemin faisant, un officier décrit à l'intention des filles l'état d'avancement des cinq ou six maisons de colons qu'ils croisent. Cette façon pompeuse de présenter les cabanes fait rigoler l'homme qui marche derrière Laure. Lorsqu'elle se retourne, il montre un arbre du doigt.

— Ma maison est juste là. Elle attend seulement que je la construise.

Laure se rend compte que le discours fleuri du représentant officiel était exagéré et avait pour but de rassurer les nouvelles arrivantes. Comme elles n'ont aucun moyen de réintégrer la France, Laure se demande pourquoi il s'est donné la peine de chercher à les impressionner.

Au sommet du mont sur lequel la croix est plantée, le jésuite et l'une des femmes de la Congrégation de Notre-Dame, groupe religieux qui accueillera les filles du roi, entonnent le familier *Te Deum.* Laure n'aurait jamais imaginé que d'autres que les folles de Paris puissent chanter le *Te Deum* en plein air. C'est un hymne mieux adapté aux lourdes pierres des églises, un chant rituel qui convient à des filles confinées dans un établissement. Lorsque, au cours des semaines qu'ils ont passées entassés les uns sur les autres, les passagers se réunissaient afin de prier pour une traversée sans anicroche, ils trouvaient tout naturel d'entonner ce chant. Mais il semble déplacé sur le mont qui domine Ville-Marie, où il n'y a que du soleil et, en contrebas, un pays vaste et désert, du vert le plus sombre. Comment Dieu les trouvera-t-Il en un tel lieu pour entendre leur chant ?

Te martyrum candidatus laudat exercitus. Te per orbem terrarum sancta confitetur Ecclesia. Fortes, les voix des colons de Ville-Marie dépassent de loin les piètres efforts des bons pauvres de la Salpêtrière. Malgré le ton triomphant sur lequel ils chantent ce chant misérable, leurs voix sont presque noyées par le pépiement des oiseaux de la forêt qui les entoure.

Tout de suite après la cérémonie, Laure s'approche de l'un des hommes pour savoir où se situe l'hôpital. Plus tard, en ressassant cet instant, elle regrette de n'avoir pas posé la question à quelqu'un d'autre. L'homme à qui elle s'adresse est grassouillet, avec de petits yeux. Il est aussi mal habillé que les autres. En raison de sa laideur et de son poids, Laure le croit inoffensif. Il discute avec d'autres hommes et semble surpris de la voir venir à lui. Il prend congé des autres en se donnant un air important. Pendant un moment, il reste près de Laure, les mains sur les hanches, et balaie la colonie des yeux comme s'il en était le propriétaire.

Il dit s'appeler Mathurin. C'est un soldat du régiment de Carignan-Salières à qui le roi a récemment alloué un lopin de terre au-delà de l'établissement. Il déclare y avoir construit une jolie maison. Laure fait fi de cette information et lui demande où se trouve l'Hôtel-Dieu. Il propose de l'y conduire en insistant pour la tenir par le bras. La sœur de la congrégation hoche la tête pour signifier qu'il est au moins digne de confiance.

— Même sur une courte distance, une femme seule doit se montrer prudente, dit-il sur le sentier qui descend en direction de l'eau. Les sauvages, plus rapides que des loups, peuvent vous capturer en un clin d'œil.

— Plus rapides que des loups ?

Laure est lasse de la manie que les hommes ont d'exagérer pour impressionner les femmes.

— Oui. On a fait venir notre régiment de France pour les combattre. Mille hommes pour protéger la colonie.

Il bombe le torse comme s'il commandait l'ensemble des fusils et des canons de la France.

— Eh bien, depuis mon arrivée, je n'ai pas encore vu un seul de ces ennemis iroquois. Preuve que vous faites du bon travail.

— Que je *faisais* du bon travail. Je suis fermier à présent. Ma carrière militaire est derrière moi. Tout ce qu'il me faut, à présent, c'est une femme pour travailler à mes côtés.

Il tourne vers Laure son visage tout rose et sourit. Ses dents sont aussi pourries que ses paroles.

Elle voudrait détacher sa main de son bras. Débarquée à Ville-Marie depuis à peine une heure, elle a déjà son premier soupirant. Luc Aubin, le garçon de seize ans de la Salpêtrière, aurait été un meilleur parti que cet homme. Même le quartier-maître roux aurait été préférable.

L'Hôtel-Dieu est la bâtisse la plus imposante qui se dresse non loin de l'eau, rue Saint-Paul. Mathurin déclare que l'hôpital vieux de vingt ans fait partie de l'établissement initial et qu'il a été l'un des premiers bâtiments érigés à Ville-Marie. À la porte, une jeune femme vêtue d'un uniforme blanc immaculé les accueille. Laure sent sa poitrine se serrer. Pendant un moment, elle oublie qu'elle est au milieu de la forêt. Elle se trouve plutôt sur le *parvis** de Notre-Dame-de-Paris. Des prêtres et des mendiants l'encerclent. Elle entend les cloches sonner. Des femmes en habit blanc rapportent du fleuve des draps propres pour remplacer ceux qui, sur les lits en rangées, sont souillés. Le fleuve sale est si étroit qu'on pourrait y construire des passerelles. Les suppliques des mendiants et les sabots des chevaux des nobles animent la partie la plus ancienne de la ville. Derrière Laure, l'église renferme les âmes d'anciens esprits. Mireille tend vers elle ses doigts enflés. Trop tard.

Devant la jeune fille à la porte, Mathurin soulève son chapeau. Laure le remercie de l'avoir escortée jusque-là, lui donne l'assurance qu'elle saura se passer de lui entre les murs de l'hôpital. Elle est soulagée de savoir que Madeleine est à l'intérieur. L'Hôtel-Dieu de Ville-Marie ressemble effectivement à un hôpital. Non pas au surpeuplé Hôtel-Dieu de Paris, mais à un hôpital de campagne propre et rudimentaire. Au contraire des modestes maisons en bois de Ville-Marie, l'Hôtel-Dieu est une solide construction en pierre.

Laure s'informe de l'endroit où se trouve Madeleine, et la jeune fille la précède dans le vestibule frais, d'où un escalier en chêne monte en colimaçon. Devant la pharmacie, Laure sent l'odeur des herbes et des teintures. La pièce qui s'ouvre au sommet est grande et bien éclairée. Les fenêtres ouvertes laissent entrer un air doux et léger. Madeleine est allongée sur un lit individuel. Laure aperçoit deux autres filles qui ont fait la traversée, et que le soleil et le pénible voyage en canot ont épuisées. Mais, contrairement à Madeleine, elles sont assises et bavardent, déjà rétablies grâce à quelques heures de repos et des médicaments. Il y a même quelques lits libres dans la salle. Pour la première fois, Laure se dit que la vie dans la colonie sera bonne. Dans une telle pièce, Madeleine guérira forcément.

Laure se dirige vers son amie.

— Te sens-tu un peu mieux, maintenant que nous ne sommes plus sur le bateau ?

Madeleine lève les yeux. Son visage trahit la perplexité. Bien qu'éveillée, elle ne semble ni avoir conscience de ce qui l'entoure ni reconnaître Laure. Les infirmières lui ont sans doute fait prendre quelque chose.

Laure s'assoit au bord du lit et fait à Madeleine le récit circonstancié de la cérémonie de bienvenue, y compris le *Te Deum* que les colons ont chanté d'une voix forte. Elle lui parle aussi du mont et de la croix qu'on y a plantée à l'époque missionnaire de l'établissement. Les hommes et les femmes qui ont fondé Ville-Marie avaient l'intention d'y ériger un lieu saint. Du haut de la colline, on ne voit que des arbres et des terres nouvelles. Au son de la voix de Laure, le visage de Madeleine se détend un peu, puis finalement elle s'endort et Laure continue de parler en lui tenant la main.

Au bout de quelques minutes, la sœur hospitalière s'avance vers elle.

— Je suis certaine que vous vous plairez ici, dit-elle. Les habitants de Ville-Marie ne vivent que pour l'entraide.

L'infirmière est jeune. Elle raconte à Laure qu'elle est originaire de Paris. Jeune fille, elle a lu l'histoire de Jeanne Mance, l'une des premières femmes à s'occuper des malades à Ville-Marie, et elle a souhaité venir au Canada. Elle dit avoir vu la colonie dans ses rêves. Laure songe que cette fille timide a beaucoup en commun avec Madeleine. Elle lui demande alors si les arbres et le grand fleuve lui étaient aussi apparus dans sa vision. Et les sauvages qu'on appelle les Iroquois ? Depuis la France, peut-on seulement imaginer ce pays désolé ?

L'infirmière répond qu'elle n'a pas vu le territoire, mais qu'elle connaissait le nom du lieu. Elle n'a vu que l'hôpital et les malades qu'elle aurait pour vocation de soigner.

— J'ai eu un avant-goût de l'obligeance des habitants de Ville-Marie, dit Laure. Je veux parler de l'homme qui m'a conduite jusqu'ici.

La fille rit.

— Ici, les hommes qui veulent rendre service aux femmes ne manquent pas.

L'infirmière sourit à Laure comme l'aurait fait une bonne officière de la Salpêtrière. Son expression est charitable. Laure commence à se dire que ce pays est d'abord et avant tout pieux. À bord du bateau, la religieuse incitait les marins et les soldats à renoncer à leurs penchants lubriques, une sorte de baptême en mer. À bord du canot, le jésuite a soutenu qu'il était important de s'enfoncer dans les terres pour convertir d'autres sauvages ; sur la colline, le gouverneur a loué l'entreprise sainte qui consiste à suer sang et eau pour créer une nouvelle ville française dans les forêts de la colonie.

Laure ne se croit pas à la hauteur des aspirations de ces rêveurs, d'autant que Madeleine n'est pas là pour lui dire quand tenir sa langue.

Laure essore le linge humide dans le récipient en céramique posé à côté du lit et le place sur le front de Madeleine. Depuis la cérémonie de bienvenue, quelques heures se sont écoulées, et il fera bientôt noir, mais elle ne peut pas quitter l'hôpital. « Qu'ai-je fait en entraînant Madeleine jusqu'ici ? se demande la jeune fille. N'aurais-je pas pu me contenter de correspondre avec elle et de prendre des nouvelles de la Salpêtrière lorsqu'elle serait devenue officière ? » En vertu des règles de l'établissement, la supérieure aurait dû lire les lettres de Laure avant de les transmettre à Madeleine. Aurait-ce été si grave, au fond ?

Laure s'agenouille au bord du lit et récite une prière sincère. Dans la pièce déserte et silencieuse, c'est, lui semble-t-il, la seule chose à faire. Incapable de se souvenir des paroles latines qu'on lui a pourtant répétées chaque jour à la Salpêtrière, elle s'exprime en français.

Laure dit d'abord à Dieu qu'elle espère vraiment qu'Il les a suivies au Canada, de l'autre côté de l'Atlantique. Elle prie pour que les prêtres et les bonnes sœurs ne se bercent pas d'illusions et que leur foi chrétienne ne soit pas tournée en ridicule par quelque déité sauvage de l'empire d'ici. Laure demande pardon pour avoir pressé Madeleine de quitter la Salpêtrière. Elle l'a incitée à renoncer à son rêve de devenir officière et de lire le livre de prières à l'intention des filles des dortoirs, à seule fin de se retrouver ici, exténuée par un long voyage en mer. Si elle avait prié davantage, à l'exemple de son amie, Laure n'aurait pas écrit au roi pour se plaindre de la nourriture, n'aurait pas persuadé Madeleine de l'accompagner. Être là, avec une Madeleine à bout de forces, est un destin pire que tous ceux qu'elle aurait pu connaître à Paris. Laure fait le signe de la croix et touche la main de Madeleine.

Comme si cette prière avait un effet immédiat, la malade se réveille. Ses yeux restent ouverts et elle tente de se redresser. Quand elle se met à parler, Laure sourit, ravie d'entendre la voix familière. Mais Madeleine ne pose pas de questions sur l'hôpital de Ville-Marie ni sur le chemin qu'elle a parcouru pour y aboutir. Elle ne semble pas savoir qu'elles ont franchi l'océan et débarqué au Nouveau Monde. Laure saisit Madeleine par ses frêles épaules et la soulève de manière à lui permettre de s'asseoir dans le lit.

Les yeux de Madeleine ont l'air de voir au-delà de la pièce, de scruter son passé. Elle affirme que la Salpêtrière est le plus grand bâtiment qu'elle ait jamais vu, plus grand que le fort qui domine la mer à La Rochelle. Dans les dortoirs, certaines femmes crient toute la journée, mais il est inutile de s'alarmer. Elle ajoute que Mme du Clos est gentille et l'initie aux travaux d'aiguille.

— Elle est si douce qu'elle réussit à faire sortir de nos doigts des fleurs de fil aux couleurs vives, déclare Madeleine en écarquillant les yeux. Tu es ma meilleure amie et tu sais résister à tout. Tu attends du monde plus que ce qu'il est disposé à t'offrir et tu ne comprends pas une fille tranquille comme moi, qui passe sa vie à prier.

Laure est heureuse de constater que Madeleine a recommencé à parler, mais, de peur que son amie se surmène, elle la repousse doucement sur ses épaules pour la faire se recoucher. Madeleine, cependant, résiste avec une force étonnante.

— J'aime bien quand tu me parles pendant les prières du réfectoire, quand tu évoques notre départ, la place que nous nous taillerons en ville. Je suis renversée par toutes les possibilités que tu fais miroiter. « Devenons couturières », dis-tu, même si je n'ai pas des doigts de fée. Tu me dis que nous nous trouverons un petit appartement et que nous nous ferons engager comme servantes, exactement comme tu l'as fait, petite, à l'Enfant-Jésus.

À présent, Laure voit bien que ces rêves étaient absurdes. Après tout, comment auraient-elles pu quitter la Salpêtrière autrement qu'en étant transportées de l'autre côté de l'océan ?

— Nous savons toutes les deux comment finissent les filles qui ne trouvent pas de travail comme couturières ou comme servantes. Tu as épié l'arrivée de ces femmes déchues et entendu les cris de celles qu'on enchaîne dans les donjons de l'hôpital. Mais toi, tu ne te laisses pas démonter. Tu écris plutôt au roi pour le supplier de nous accorder une vie meilleure.

Enfin, Madeleine se tourne vers Laure.

— Telle Marie d'Égypte qui a traversé le Jourdain pour trouver un repos glorieux, j'ai trouvé la paix au-delà des eaux. Je suis heureuse que tu m'aies conduite jusqu'ici.

Les yeux de Madeleine se ternissent. Ils restent ouverts, mais elle fixe le plafond.

Laure a besoin que Madeleine ajoute quelque chose. Même s'il s'agit d'une invitation à prier ensemble.

Madeleine sourit et Laure tend les bras vers le ciel. Mais elle ne sait pas comment retenir une âme qui s'envole.

Lorsqu'elle se relève enfin, Laure a les genoux rouges et endoloris. La jeune infirmière rentre dans la pièce et allume une chandelle. D'une voix douce, elle dit à Laure qu'elle doit se rendre à la congrégation de Marguerite Bourgeoys avant la tombée de la nuit.

— Les Iroquois attendent le crépuscule et rôdent aux abords de nos bâtiments, prêts à fondre sur nous.

Elle pose sa main sur celle de Laure et remonte le drap sur le visage de Madeleine.

Le charme est rompu. Laure se met à pleurer. Elle répète le nom de Madeleine, encore et encore.

14

AU MILIEU DE LA NUIT, Laure entend quelqu'un déposer la malle dans le grenier. Elle ferme les yeux, ne souhaite que dormir, oublier. L'effet calmant du laudanum s'estompe. Elle a mal à l'estomac. Elle se rappelle avoir crié à l'Hôtel-Dieu pendant toute la nuit, jusqu'à ce que sa gorge ne soit plus en mesure de produire le moindre son. Le lendemain matin, deux religieuses sont venues la chercher et l'ont conduite dans cette pièce de la Congrégation de Notre-Dame.

Laure sent ses mains se détacher de ses cuisses, tels des oiseaux s'efforçant de prendre leur envol. Dans le noir, elle cherche à tâtons la malle de Paris. Ses doigts caressent le bois gorgé d'eau. Une main sur le coffre, elle s'assoupit.

Lorsque Laure se réveille de nouveau, l'aube de son troisième jour à Ville-Marie se lève. Dans le couloir, des filles parlent de funérailles. À voix basse, elles évoquent la drôle de Parisienne arrivée de l'hôpital la veille, à moitié folle. Certaines d'entre elles se souviennent de Laure à bord du bateau. C'est celle qui danse, celle qui a été baptisée par le monstre, disent-elles. Quelques filles de la Pitié racontent que, à Paris, Laure a fait des choses bien pires encore. Laure se moque de leurs mensonges.

***

Dans la lumière de l'aube, Laure distingue le contour de la malle, posée sur le sol à côté d'elle. Elle sort du lit et s'agenouille devant. Lorsqu'elle soulève le couvercle, il s'en dégage une odeur de froid et d'humidité. Les mouchoirs en lin que Mme du Clos a posés sur le dessus sont mouillés et limoneux. Laure les sort et vide tout le contenu du coffre. Certains articles ont été abîmés par l'eau de mer.

Dès qu'elle met la main sur ce qu'elle cherche, elle constate avec satisfaction que le papier est encore sec. Elle pose le lourd paquet sur le lit et en retire la robe qu'elle trimballe depuis Paris. Du bout des doigts, elle caresse le délicat tissu jaune et les broderies perlées, à la recherche de dommages causés par le long voyage. Elle brandit la robe dans la lumière qui entre par la fenêtre du grenier. Au moins, elle a survécu.

« Depuis la mort de Mireille au printemps dernier, c'est comme si des années s'étaient écoulées, se dit Laure. Tant de choses ont changé. » Elle se souvient à peine de la lettre qu'elle a si péniblement composée à l'intention du roi, du temps passé dans l'atelier du sous-sol de l'hôpital à mettre au goût du jour la robe de Mireille. Elle la portera aux funérailles de Madeleine.

Dans ses cheveux, Laure sent encore l'odeur du voyage en mer. Elle n'est pas parvenue à se purifier de la longue traversée. La mèche qu'elle porte à sa bouche conserve le goût du sel. Aux funérailles, elle ne veut pas voir les filles du bateau. C'est à peine si elle leur a adressé la parole. Elle a passé presque tout son temps dans la cale à tenter de convaincre Madeleine d'avaler quelque chose et à éponger son front dans l'espoir de la voir reprendre des forces. Dans les canots qui les ont conduites à Ville-Marie, elle ne leur a pas parlé non plus. Seules les paysannes moches et les pensionnaires hâves de la Pitié ont fait le voyage jusqu'à Ville-Marie, l'avant-poste le plus éloigné de la colonie. On a choisi pour Québec les plus jolies et les plus saines.

Pour les funérailles, Laure devra demander à l'une des filles qui dorment dans le dortoir, juste à l'extérieur de l'alcôve, de nouer sa robe à la taille. Pour l'heure, elle se glisse dans le corset à baleines, soulève la lourde jupe jusqu'à ses hanches et passe ses bras dans les manches. Puis elle se recouche sur le lit. Dans la chaleur étouffante de la minuscule pièce aménagée sous les combles, elle sent une pellicule de sueur se former sur sa peau. Elle écoute les accents paysans des filles du dortoir et somnole un peu, les bras croisés sur la poitrine, tel un gisant.

***

Laure entre dans la pièce adjacente, où les autres filles ont dormi. La salle est plus petite que le dortoir de la Salpêtrière, mais chaque fille a son propre lit. Laure est venue depuis l'alcôve, vêtue de la robe aux étincelantes pierreries jaunes et rouges. Ses cheveux dénoués tombent sur ses épaules et son dos à la façon d'une cape sombre. Les autres filles portent toujours leur chemise de nuit grise. Quelques-unes ont déjà étendu sur leur lit la robe de coton en loques qu'elles entendent porter aux funérailles.

La fille vers laquelle Laure se dirige pour lui demander d'attacher la robe fait un pas en arrière avant d'acquiescer d'un geste de la tête. Avec des doigts nerveux, elle s'efforce de serrer le cordon en cuir autour de la taille fine de Laure. Une fois la robe proprement nouée, Laure se tourne vers les autres et sourit :

— Je suis là pour épouser un officier.

Elle tire de son corsage le petit médaillon qu'elle a pris la veille dans le trousseau de Madeleine.

— Voici l'homme pour qui je suis venue. Il sera mon mari.

Elle brandit la chaîne et toutes la regardent osciller. Laure ne laisse pas les trois paysannes toucher le médaillon avec leurs gros doigts sales. Elle le leur montre de loin et, comme Laure autrefois, celles-ci plissent les yeux pour distinguer les traits de Frédéric.

Les funérailles se tiennent dans le cimetière voisin du fleuve. Dans la procession, on retrouve le jésuite qui a fait le voyage depuis Québec, un administrateur de la colonie d'un rang nettement inférieur à celui de l'intendant qui a présidé la cérémonie de la veille, deux soldats du régiment de Carignan-Salières, dont celui qui a accompagné Laure à l'Hôtel-Dieu, l'infirmière présente au moment de la mort de Madeleine, certaines sœurs de la congrégation de Marguerite Bourgeoys et quelques Algonquins. Les deux jésuites, y compris le jeune qui a passé beaucoup de temps à parler avec Madeleine, président la cérémonie funèbre. Quand celle-ci débute, il garde les yeux baissés.

Les Algonquins sont là pour enterrer l'un des leurs, un vieil homme mort de la petite vérole, qui repose à côté de Madeleine. C'était un sauvage converti par les jésuites, d'où son inhumation dans le cimetière catholique. On a creusé des trous dans le sol pour accueillir les cadavres. Les sœurs hospitalières ont enfermé Madeleine dans un sac en toile, tandis que le cadavre du sauvage est exposé à la vue de tous. Si son visage et sa chemise, peints en rouge, effraient les nouvelles venues, les autres habitants de Ville-Marie paraissent avoir l'habitude de cette tradition. Une vieille femme prend la pelle que lui tend un officier et commence à jeter de la terre sur le corps.

Au-delà de l'assemblée, l'un des jeunes sauvages regarde Laure. Il se tient à bonne distance, à l'écart du prêtre et des autres colons. Il a l'air fasciné par la robe colorée de Laure, mais, quand elle le remarque, il détourne les yeux.

Laure se demande si l'autre soldat est l'officier qui se prénomme Frédéric. Elle regarde autour d'elle, parmi les colons, personne ne semble occuper un rang supérieur à celui de cordonnier. Laure porte le médaillon comme une amulette capable de la protéger contre la brute qu'elle sera bientôt invitée à épouser. « Des princes et des ducs devraient être là pour t'honorer, Madeleine, songe-t-elle en fixant le sac en toile sans âme qui contient le corps de son amie. Quelle infime empreinte tu as laissée sur le monde ! Aucun des imbéciles qui ânonnent des incantations n'a entendu le son de ta voix. Qu'elle était douce, ta voix ! Et ta bouche ne proférait que des mots aimables. Seul le jeune jésuite, celui qui agite l'encensoir sur ta dépouille, a une idée de ta bonté et de ta noblesse. Tu étais aussi pure qu'une sainte. »

À quoi pense le nouveau prêtre en priant sur le cadavre de Madeleine ? Rompu à la mort, l'aîné hâte les incantations. Mais peut-être le plus jeune est-il touché, voire bouleversé, par le décès de Madeleine. Qu'adviendra-t-il de lui, qui a choisi d'abandonner son enfance douillette et sa bonne éducation pour venir ici, parmi les résidentes des hospices du royaume et les sauvages sans pitié ? Combien de temps ces vastes bois mettront-ils à l'avaler à son tour ? Un mois ? Une année ? En sortira-t-il comme l'homme courbé qui le flanque, avec ses membres mutilés, et qui marmonne des mots dans les langues des sauvages, insensible à la mort ?

Le prêtre répète à l'envi qu'il est dommage que la jeune vie de Madeleine ait été gaspillée. Cette fille, venue aux frais du roi, ne deviendra pas l'épouse d'un colon, ne donnera pas naissance à des enfants. « Si seulement cet homme d'Église savait que tu aurais préféré mourir que de renoncer au vœu de chasteté que tu avais fait par toi-même, sans le soutien d'un ordre religieux, sans porter les habits d'une sainte. Seul ce hideux sauvage comprend que j'ai revêtu ma plus belle robe pour toi, Madeleine. Tu m'en voudrais sans doute de l'avoir traité de hideux. Mais même de loin, je vois qu'il a le visage grêlé. Madeleine, tu es désormais la sainte de nulle part. Comment t'ensevelir ici, dans cette impitoyable forêt ? Comment sauras-tu où tu es ? Il me regarde de nouveau, et je crois lire de la sympathie dans ses yeux noirs, mais comment déchiffrer le visage des sauvages inconnus ? »

Les épaules de Laure commencent à trembler et elle chancelle. Le jeune Algonquin le remarque et accourt vers elle.

— Malade ? demande-t-il.

Laure secoue la tête. L'homme porte sur son visage les marques du mal qui a coûté la vie à son aîné. Laure a beaucoup entendu parler de la maladie qui a emporté de si nombreux sauvages vivant au contact des Français. Certains pensent que les jésuites sont porteurs de cette malédiction. Au contraire de nombre des siens, celui-ci a survécu. Mireille et Madeleine ont succombé à leur maladie. Maintenant qu'il est près d'elle, Laure sent la graisse d'animal et les peaux qui couvrent son corps.

Déjà, c'est l'odeur qu'elle associe au Canada. Elle l'a bien respirée au cours des journées longues et silencieuses qu'ils ont passées à fendre l'eau avec des rames de bois, à dormir dans la forêt. Lorsque Laure leur a reproché de sentir la chair décomposée, comme les bouchers, les hommes ont ri. « C'est l'odeur de l'argent du Canada », ont-ils dit.

Le sauvage parle une langue étrange mâtinée de mots de français. Il montre la cérémonie qui se déroule devant eux et commence à compter sur ses doigts. Laure croit qu'il regrette le nombre de membres de sa nation qui ont perdu la vie. Du menton, il désigne les femmes de la Congrégation de Notre-Dame, l'air de dire que Laure est comme elles, qu'elle devrait se rapprocher d'elles. Elle secoue la tête. Elle aimerait qu'il s'éloigne, qu'il la laisse seule avec son chagrin.

Il dit s'appeler Deskaheh. Il lui explique que c'est un nom iroquois mais qu'il est algonquin. Il veut qu'elle se présente. À la place, Laure montre le cadavre et dit :

— Madeleine.

Deskaheh fait de même pour l'homme peint en rouge, mais Laure ne comprend pas le nom de l'homme. Elle aimerait parler aussi de Mireille à ce sauvage, lui dire qu'il s'agissait d'une Française qu'elle n'aimait pas, mais qu'elle ne voulait pas sa mort. Puis Laure voudrait lui dire qu'elle porte toujours le deuil d'une vieille dame riche qui s'est montrée aimable avec elle et qui lui a appris beaucoup de choses. Et, en remontant encore plus loin dans son puits de souffrance, elle pourrait lui parler de son père et de sa mère, peut-être tous deux morts à cette heure. Lui raconter qu'elle entend encore son père chanter une chanson destinée à une petite fille et que c'est par un cruel coup du sort que son esprit s'en souvient après toutes ces années. Mais elle s'imagine que le sauvage pourrait jouer à ce jeu, lui aussi. Laure doute qu'il en soit à ses premières funérailles. Elle s'imagine que les marques sur son visage ne révèlent qu'une partie de son histoire.

Mathurin remarque le sauvage en train de discuter avec Laure et s'approche d'eux d'un air important. Laure ne sait pas lequel de ces deux hommes la dégoûte le plus. Ils sentent horriblement mauvais, chacun à sa façon, et lui parlent sans raison.

— On n'a pas envoyé cette fille jusqu'ici pour faire la conversation à des sauvages, dit Mathurin en arrivant à leur hauteur.

Le visage perplexe de Deskaheh trahit son incompréhension, mais le ton de Mathurin est sans appel.

— Malade ! s'exclame le jeune sauvage pour justifier sa présence auprès de Laure.

Mathurin, cependant, interprète le mot de Deskaheh comme une insulte. Ses joues replètes s'embrasent et, soulevant les épaules, il fait un pas vers Deskaheh, qui recule.

Laure s'interpose entre eux. Elle ne veut pas d'esclandre pendant les funérailles. Déjà, Mathurin balance son poing vers Deskaheh, mais dans sa trajectoire se trouve la tête de Laure.

Deskaheh pousse Laure de côté, fort, et la jeune fille tombe dans la poussière, sa jupe ondulant autour d'elle comme une vague. Le cri qu'elle pousse en heurtant le sol interrompt les funérailles. Elle constate que les Algonquins sont surpris de voir que Deskaheh a projeté une Française au sol. Mathurin profite de la confusion pour le frapper de nouveau. Cette fois, ses jointures heurtent le nez de Deskaheh et le sang jaillit. En rampant, Laure s'éloigne des belligérants, mais pas avant que quelques gouttes de sang scintillantes n'éclaboussent sa jupe.

L'infirmière de l'Hôtel-Dieu se détache du prêtre réduit au silence et de ses disciples. Laure, au moment où des soldats remettent les deux hommes sur pied, veut intervenir, expliquer ce qui s'est vraiment produit. Toutefois, avant qu'elle ait pu ouvrir la bouche, l'infirmière lui a fait prendre une nouvelle dose de laudanum.

Ce soir-là, en se réveillant dans l'alcôve de la Congrégation de Notre-Dame, Laure demande une chandelle, du papier et une plume. Avec leurs mots aimables, leurs médicaments et leurs bras ouverts, ces femmes semblent prêtes à tout pour la protéger. L'une des sœurs apporte les articles réclamés, puis elle revient avec la robe en disant qu'elles ont réussi à enlever la plupart des taches de sang. Laure soulève le vêtement dans la lueur de la chandelle. Brunâtres, les éclaboussures ont pâli.

— C'est une jolie robe, commente la bonne sœur. Les taches ne se voient presque plus. Personne n'y regardera d'aussi près.

C'est un mensonge. Laure ne voit que les traces de sang. Elle fait glisser ses doigts sur elles sans répondre.

Il y a un petit pupitre dans la pièce. La jeune religieuse qui a apporté le papier et l'encre avoue ne pas savoir écrire. Elle demande si elle peut rester pour regarder Laure composer sa lettre. Laure est au moins heureuse d'avoir la permission d'écrire. Inutile, comme elle a dû le faire à la Salpêtrière, de se cacher et d'attendre la fin de la journée de travail dans l'atelier de couture pour recopier en vitesse la phrase qu'elle a répétée dans sa tête pendant des heures.

D'après ce que Laure a pu constater jusque-là, Ville-Marie est une entreprise désespérée où se livre une guerre perpétuelle contre les Iroquois, un lieu où des soldats se voient allouer des lopins de forêt et où on vend des fourrures pour survivre. Les rêves d'enrichissement que caressent les hommes avides sont vite remplacés par une routine sans fin : abattre les arbres, chasser les moustiques. La plupart abandonnent et rentrent en France. Seuls persistent quelques illuminés et désespérés notoires. Déjà, Laure déteste cet endroit et veut partir. Mais, pour l'heure, elle est heureuse : bien qu'elle ne soit qu'une orpheline de l'Hôpital général de Paris, on lui a donné un bout de chandelle et un pupitre où écrire.

La jeune fille trempe la pointe de sa plume dans l'encre. Elle pense encore aux funérailles, au sauvage qui lui a dit son nom. Comme elle n'a personne à qui écrire, elle adresse sa lettre à Madeleine, qui est morte mais reste sa meilleure et sa seule amie. D'ailleurs, Laure a appris qu'il est sans doute préférable de ne pas écrire à une personne vivante. Elle sait d'expérience qu'il vaut mieux garder secrets les mots couchés sur le papier.

Juillet 1669

Chère Madeleine,

C'est aujourd'hui le jour de tes funérailles. On m'a donné une chambre à moi. Je suppose que je suis à présent la reine du Nouveau Monde. Par la fenêtre, je vois mon royaume : un jardin et, au-delà, la campagne qui s'étire à l'infini. Mes seuls sujets sont des animaux sauvages, par exemple le raton laveur, le castor, le renard, la martre et les innombrables oiseaux de la forêt. Mon prince est un soldat qui ressemble à un cochon. Il a défendu mon honneur contre un sauvage à la fois iroquois et algonquin, ami et ennemi.

En l'occurrence, on nous a envoyées jusqu'ici pour rien. La plupart des hommes ne veulent pas entendre parler des filles de la Salpêtrière. On les oblige à se marier, alors qu'ils sont parfaitement contents de courir les bois à la recherche d'animaux à fourrure et de femmes sauvages. Ils ne tiennent pas particulièrement à s'établir ici, à construire des maisons, des villages et des villes dans la forêt. La plupart ne rêvent que de regagner la France.

Je donnerais n'importe quoi pour souffler cette chandelle et être de retour dans le dortoir de Sainte-Claire. Entendre la cloche, te trouver à genoux au pied du lit, manger notre maigre pitance. Savoir qu'il ne sert à rien de se plaindre. Sentir comme toi qu'un corps bien nourri n'est rien en regard d'une âme repue. Être heureuse d'attendre. Je te demande pardon pour tout ce que j'ai gâché. Je ne suis pas digne de ta miséricorde.

Ton amie, Laure Beauséjour

TROISIÈME PARTIE

Ces filles de France purent s'apprivoiser au cheval
et au canot ; apprendre à préparer le pot-au-feu du pays,
à faire la lessive à la rivière, à coudre ou à raccommoder,
à filer et à tisser laine et lin, à tenir un ménage,
à élever des enfants ; surtout, s'habituer à vivre avec la peur
des Indiens et à surmonter cette peur.

Marie-Louise Beaudoin,
Les Premières et les Filles du roi à Ville-Marie

15

LAURE EST ASSISE dans le jardin de la congrégation. Elle aime y passer du temps, à l'écart de tous. Depuis les funérailles, on lui permet de rester seule, dans l'alcôve, loin du dortoir où dorment les autres. Impossible de nier la bonté de mère Bourgeoys et de ses deux novices, Marie Raisin et Anne Hiou. Même Mme Crolo, surnommée « l'âne de la maison » parce qu'elle besogne sans cesse comme la plus abrutie des servantes, est plutôt aimable. Bien que les femmes de la congrégation aient pour but d'héberger les Françaises et de les préparer pour leur mariage, leur principale occupation consiste à faire l'éducation des filles de la colonie, femmes sauvages aussi bien que françaises. Certaines de ces jeunes filles, orphelines peut-être, sont pensionnaires. De plus, on utilise la bâtisse pour la signature des contrats de mariage, l'enseignement de la religion aux vieilles femmes, les dimanches, et l'exposition des dépouilles des morts.

À la congrégation, Laure a rencontré Jeanne Le Ber, « la fille riche qui prie ». Jeanne, qui a sept ans, rêve déjà d'une vie de prières et de mortification de la chair. Bien que sa dot soit estimée à cinquante mille écus et qu'elle ait des prétendants de Ville-Marie jusqu'à Québec et même au-delà des mers, jusqu'en France, la petite fille a fait le vœu de rester vierge. Laure reconnaît le pincement obstiné des lèvres de Jeanne Le Ber et sait qu'elle ne se mariera jamais, bien que d'autres lui disent qu'elle n'est encore qu'une enfant, qu'elle a sa vie devant elle et une fortune à administrer.

Parfois, Jeanne s'assoit avec Laure et lui confesse les tourments de son cœur. Certains enfants naissent vieux, affirme Marguerite Bourgeoys. La petite fille raconte à Laure qu'elle n'a que des frères plus jeunes et pas de sœur. Ses parents n'apprécient guère de la voir passer autant de temps à la congrégation de Marguerite Bourgeoys et dans la chapelle de l'Hôtel-Dieu, mais ce sont des lieux qui lui plaisent. Son père affirme qu'une fillette ne peut pas prier toute la journée comme une vieille femme, mais Jeanne se dit heureuse d'agir ainsi. Son père prévoit de l'envoyer chez les Ursulines de Québec, où elle sera loin de ces étranges rituels et comprendra ce qu'on attend d'elle.

Outre les prières, Jeanne aime les travaux d'aiguille. Laure reconnaît chez l'enfant les doigts prestes, longs et effilés de la couturière émérite. Elle coud des scènes religieuses sur des bouts de tissu et en fait cadeau à Marguerite Bourgeoys ou aux sœurs hospitalières de l'Hôtel-Dieu. Laure ne peut s'empêcher de penser que, donnés à une créature aussi mélancolique, une telle fortune et un tel talent sont gaspillés. Jeanne refuse de porter les robes de tissu raffiné provenant de France que sa mère prépare pour elle tous les matins. Elle préfère enfiler une simple robe en lin semblable à l'uniforme de la Salpêtrière dont Laure était si impatiente de se départir.

Certains jours, on entend la mère de Jeanne sangloter en présence de Marguerite Bourgeoys.

— Ma petite fille, dit-elle, flagelle sa chair blanche et parfaite jusqu'à l'apparition de vilaines zébrures. Elle refuse de manger et maigrit à vue d'œil. Comment puis-je supporter de voir ma fille unique, l'enfant que j'ai caressée et enduite de pommade, que j'ai élevée avec tant de soin, s'infliger de pareilles blessures ?

Marguerite Bourgeoys est une femme à l'esprit pratique qui soutient que la piété la plus admirable naît du travail acharné accompli au service des autres, que, à astiquer les parquets, on fait monter les prières jusqu'aux cieux. Elle ne sait que dire à la famille de Jeanne Le Ber. Tout ce qu'elle peut faire, c'est traiter cette enfant issue d'une famille riche comme les autres filles dont elle a la charge. Elle incite Jeanne à s'initier à l'humilité en trimant dur : transporter des seaux d'eau, allumer des feux et les entretenir, préparer la viande et les légumes pour les repas quotidiens. Ainsi, la petite sera un jour prête à se marier et à tenir maison. Mais Jeanne préfère fixer les murs, s'agenouiller devant l'autel, lire son livre de prières et coudre des motifs religieux. Les besognes pénibles ne l'intéressent pas.

Bien sûr, Jeanne n'est pas comme les autres filles de la congrégation, dans la mesure où sa cousine, Anna Barroy, veille sur elle en permanence. Cette femme est tapageuse, joufflue et préoccupée par les questions pratiques. C'est elle qui pousse Jeanne à manger et l'incite à se lever quand elle a passé trop de temps à genoux.

Les *filles à marier** ignorent Jeanne Le Ber, qu'elles tiennent pour folle. Seule Laure voit en elle des traits familiers : cette enfant a la ferveur religieuse de Madeleine Fabrecque, la richesse et le statut social de Mireille Langlois, et un cœur obstiné semblable à celui qui bat dans sa poitrine à elle. Elle deviendra une sainte, consacrera toute sa vie à l'adoration, exactement comme elle affirme en avoir l'intention, et personne – ni ses parents ni même Marguerite Bourgeoys – ne la fera changer d'idée.

Au contraire des membres de la plupart des ordres religieux, les filles de la congrégation, ainsi qu'on les appelle, sont libres d'aller et venir. Laure se demande comment elles ont pu renoncer à une vie d'opulence en France pour s'établir dans cette colonie. Marie Raisin lui avoue regretter la littérature et la musique, comme si Laure, issue de la Salpêtrière, y connaissait quelque chose. Elle ne se donne pas la peine de dire à Marie que, avant d'arriver dans la congrégation, elle n'avait pas mangé de viande depuis des années.

Jusque-là, Laure mène dans la colonie une existence plutôt confortable. Pour la première fois de sa vie, elle a une chambre à elle toute seule. Quelle drôle de sensation que de s'éveiller seule dans un lit, et de regarder le toit en mansarde du grenier et la minuscule fenêtre par où entre, uniquement pour elle, la lumière matinale ! Pendant la journée, Laure est également dispensée des leçons que les sœurs donnent aux *filles à marier** dans l'atelier. On leur apprend des choses que Laure sait déjà, par exemple tricoter des bas en laine et coudre des chemises en coton pour leur futur mari. Laure préfère rester dehors, malgré la chaleur, plutôt qu'à l'intérieur, où les filles de la congrégation n'en finissent pas de répéter aux paysannes quelles bonnes épouses elles feront. Les autres filles ne se formalisent pas de la permission faite à Laure de flâner dans le jardin, car, en France, la plupart d'entre elles passaient leurs journées dans les champs et sont aujourd'hui heureuses de préserver leur peau du soleil. Elles qui ont l'habitude du travail abrutissant de la terre aiment encore mieux apprendre à coudre. Pour excuser Laure, les bonnes sœurs disent qu'elle se portera bientôt assez bien pour se joindre à elles. Laure ne se sent pas malade du tout.

C'est le premier jardin que voit Laure. À Paris, seules les femmes fortunées comme la supérieure de la Salpêtrière avaient un jardin. Même Mme d'Aulnay n'en avait pas. Ce jour-là, Laure s'assoit sur le sol entre deux rangées de légumes et de fines herbes et tend son visage au soleil, s'imagine qu'elle est de retour en France et que ce lopin de terre lui appartient. Au bout d'un moment, elle se secoue pour s'extirper de sa rêverie et recommence à s'occuper des récoltes, conformément aux directives de mère Bourgeoys.

Elle vérifie la hauteur des plants de maïs, puis elle parcourt les rangs de tomates et de haricots, s'assure qu'aucun animal ne s'est faufilé sous la clôture pendant la nuit. À deux mains, elle arrache les mauvaises herbes tenaces qui poussent entre les plants et les jette de côté. Elle s'accroupit devant les fraisiers et cueille quelques fruits pour les manger aussitôt.

Levant les yeux, elle a la surprise de trouver Deskaheh agenouillé derrière la clôture en compagnie de l'un des sauvages qu'elle a aperçus aux funérailles. Elle se demande depuis combien de temps ils l'observent ainsi. Ils rient en la voyant les remarquer. Le nez de Deskaheh est enflé et meurtri, et il est encore plus laid qu'avant. Mais son sourire est juvénile et détendu. Il passe son bras à travers la clôture et Laure fait un bond de côté. Les deux garçons éclatent de rire. On a dit aux filles de ne pas donner de nourriture aux sauvages qui quêtent à l'extérieur de la congrégation. Les donations doivent d'abord être approuvées par mère Bourgeoys. Laure sait que les autres religieuses chasseraient Deskaheh et son compagnon. Ce sont des fauteurs de troubles et non de véritables mendiants, ils portent d'amples chemises blanches semblables à celles des négociants français.

Laure, cependant, se sent redevable à Deskaheh des égards qu'il a eus pour elle aux funérailles. Après tout, il ne songeait qu'à la secourir. Mathurin a eu tort de le frapper. Alors la jeune fille cueille deux tomates et en tend une à chacun. Deskaheh contemple le fruit dans sa main et échange quelques mots avec son compagnon, puis ils laissent tomber les tomates dans leurs sacs. Deskaheh passe de nouveau sa main à travers la clôture. Laure parcourt les rangs, ramasse une brassée de fraises, puis de haricots. Chaque fois que ses bras sont pleins, elle apporte son butin devant la clôture. Elle a soin de ne pas toucher les mains des sauvages en leur faisant passer les aliments. Elle leur offre même une pile de feuilles de laitue. Le compagnon de Deskaheh secoue la tête et jette les feuilles par terre.

Laure fait ainsi le tour du jardin, remplissant leurs sacs. Quand elle a terminé, Deskaheh passe une fois de plus sa main par la clôture. Il étudie Laure comme le duc et le tailleur Brissault l'ont fait avant lui. Il sourit toujours. Son ami pousse sur la clôture et fait signe à Laure de les suivre. Ensemble, ils parlent une langue de sauvages, sans doute l'algonquin, que Laure ne comprend pas, même si elle sait que Deskaheh possède quelques mots de français. Ils examinent diverses parties du corps de la jeune femme et discutent entre eux. Elle fait un pas en arrière.

Laure voit qu'ils portent tous deux un couteau à la ceinture. Deskaheh est plus grand, mais les deux ont une taille adulte, bien qu'ils ne soient sans doute pas plus vieux qu'elle. Ils réussiraient sans mal à escalader la clôture qui la sépare d'eux. Laure se détourne et court vers la maison, mais elle se prend les pieds dans ses jupes et tombe à genoux sur la terre du jardin. Le bruit de leurs rires la suit jusque dans le vestibule frais.

Ce soir-là, Laure ne parle à personne des deux sauvages qu'elle a vus dehors. Les autres filles la croiraient folle de s'être approchée d'eux. Elle s'en veut d'avoir laissé ces deux garçons voir sa peur. Elle aurait dû être brave comme elle l'a été le jour où elle a quitté l'hôpital pour traverser Paris et aller voir Mireille. Comme lorsque le directeur de l'hôpital a visité l'atelier et déclaré sa robe indécente, et qu'elle a retenu son souffle dans l'attente de son départ, feint d'être une jeune femme fortunée faisant rajuster sa tenue par les pauvres pensionnaires de l'hôpital. Dans cette colonie, que peut-elle avoir à craindre ?

Le lendemain et le surlendemain, Deskaheh revient au jardin, chaque fois avec un garçon différent. Mais aucun de ces jeunes ne s'approche sans lui. Chaque fois, Laure remplit leurs sacs d'épis de maïs, de tomates, de haricots, de framboises, de tout ce qui est mûr. Tant de produits poussent dans le jardin que personne ne remarque ces cadeaux. Deskaheh continue de rire d'elle en parlant à ses compagnons en algonquin, mais elle n'a plus peur.

Un soir, après plusieurs semaines dans la congrégation, Laure écrit une autre lettre à Madeleine.

Chère Madeleine,

Il est heureux qu'on me laisse encore avoir ma propre chambre. Le contraire serait indigne d'une reine. Tu te souviens de la fois où tu m'as dit que j'étais la reine du Nouveau Monde ? Parce qu'elles n'ont plus peur d'attraper la mort en mer, les autres filles se comportent plus mal encore qu'à bord du bateau. Elles ricanent et complotent toute la journée à propos de l'horrible paysan qu'elles vont épouser. Certaines ont déjà été mariées et pourtant elles rêvent encore au prince charmant. Elles apprennent à faire des rideaux qu'elles accrocheront aux fenêtres de leur nouvelle cabane et à ravauder les bas de leur futur mari. Leurs doigts sont lents et gourds, et Mme du Clos n'aurait pas toléré leurs efforts maladroits. Je refuse de leur adresser la parole. Heureusement, elles ont peur de moi et me laissent tranquille.

Les bonnes sœurs d'ici sont plus gentilles avec nous que ne l'étaient les officières de la Salpêtrière. Elles sont si désireuses de faire de bonnes œuvres qu'elles ont renoncé au confort de leur vie en France pour instruire les filles de la colonie. Comme Marie de l'Incarnation à Québec, elles aiment mieux enseigner le catéchisme aux sauvages qu'apprendre aux petites Françaises à tricoter des bas. Tu les aurais beaucoup aimées, les sauvages. Elles sont très pieuses, au contraire des filles de la Pitié qui ont voyagé avec nous à bord du bateau. Ici, la nourriture est abondante. On mange des ragoûts pleins de gibier. Je passe mes journées dans le jardin à regarder les plantes pousser. Je fais semblant de travailler, mais, en réalité, je me contente de rester assise au soleil. Le vide se fait dans mon esprit, et j'oublie le jour qui passe jusqu'au moment où la lumière s'estompe et où le froid me gagne.

Le sauvage des funérailles est venu me voir devant la clôture. Je devrais parler de lui à l'une des bonnes sœurs. Je lui ai donné la moitié des légumes du jardin et il rit encore de moi. Il me trouve aussi laide que je le trouve hideux. Quand il parle français, on dirait un serpent qui siffle dans mes oreilles. Malgré tout, j'aime encore mieux l'écouter que d'apprendre à tricoter des bas à l'intérieur.

Bientôt, je devrai me marier. Ma vie d'ici commencera alors enfin. Ce jour, je le redoute.

Ton amie, Laure Beauséjour

Laure souffle la chandelle et pose sa tête sur ses bras. Au Canada, elle fait des rêves étranges, remplis des cris de la forêt.

Elle rêve qu'elle a les cheveux si longs que, quand elle s'assoit dans le jardin de la congrégation, ils se répandent autour d'elle. Elle a assez de cheveux pour remplir le jardin tout entier. Ses longues mèches recouvrent les légumes, ils poussent sur les citrouilles et les autres choses incongrues qui émergent de la terre d'ici. Son corps s'enlise dans le jardin, le sol la tire par les cheveux. Pour le moment, la clôture tient la forêt à l'écart, mais celle-ci gagne du terrain.

Deskaheh est venu la voir. Il est si laid qu'elle en a mal. Elle arrache tout ce qu'elle peut de la terre pour lui en faire cadeau. Elle dépose les légumes, encore lourds des mottes de terre qui s'y accrochent, dans ses bras tendus. Mais il passe les mains à travers la clôture et saisit ses cheveux. Il les tord entre ses doigts et rit. Elle veut lui dire d'arrêter, mais elle ne sait pas comment. Il l'entraîne vers lui, la tire vers la clôture. Ses yeux sont pleins de haine.

Au sortir de ce rêve, il n'y a que la forêt et la lueur de la lune sur ses bras qui la picotent. Elle sait comment l'arrêter de rire. Elle prend son peigne et se tourne vers la fenêtre. Les sauvages croient que les morts rôdent au milieu des arbres à la faveur de la nuit, ils évitent donc de s'aventurer dehors après le coucher du soleil. Pour les Français, c'est le moment le plus sûr pour marcher dans la forêt. Pourtant, personne ne s'y risque.

Laure en a assez de cette mascarade. Elle porte la robe grise de l'hôpital. Elle était encore une enfant lorsqu'on la lui a donnée. Pour les pensionnaires, une blouse neuve tous les deux ans. Il y a près de deux ans qu'elle a reçu celle-ci. Le lin est élimé et troué par endroits. Ici, elle n'aura pas besoin d'une nouvelle robe d'hôpital. Elle prend une poignée de tissu dans sa main, y enfonce les ongles. Le devant de la vieille robe se déchire facilement. Elle attend un signe de la forêt. Dans sa tête, il n'y a que les voix qui la réprimandent.

« Quel effet cela ferait-il de courir dans la forêt au milieu de la nuit ? s'interroge Laure. De trébucher sur les souches et les branches, d'être coupée, piquée par des insectes et attaquée par des animaux ? Quel effet cela ferait-il de se perdre dans un monde d'arbres ? » Elle se demande jusqu'où elle pourrait aller avant de succomber à la vaste nature sauvage.

***

Deskaheh appelle les bonnes sœurs de la congrégation les « femmes du Manitou », car elles se donnent à Dieu plutôt qu'à leurs maris. Il dit que les femmes de son peuple ne se vouent au Manitou que quand elles sont très vieilles, qu'elles ont eu des enfants et des petits-enfants, et qu'elles ont fait l'essai de tout ce qu'offre la vie. Ce n'est qu'alors qu'elles savent prodiguer des conseils sur la façon de vivre. Laure lui parle de la très jeune sauvage qu'elle a vue à Québec, du fait que ces filles prient avec plus de ferveur et sont plus pieuses que les Françaises. Elle ne croit pas qu'elles se préparent à accueillir un mari. Il hausse les épaules et réplique que de telles filles existent peut-être.

Laure et Deskaheh mettent une demi-heure à communiquer la moindre idée à l'aide de gestes et du peu de français qu'il possède, mais Laure soutient que les langues n'ont pas d'importance, car on peut connaître l'esprit d'une personne avant même qu'elle ait prononcé un seul mot. Pour preuve, la supérieure, Madeleine, Mme du Clos et même quelques-unes des bonnes sœurs que Laure a rencontrées au Canada. Bien entendu, elle s'est trompée sur le compte de Mireille Langlois et elle n'a pas de certitude non plus au sujet de Deskaheh.

Il ne devrait pas l'observer dans le jardin, la regarder dormir. Laure n'est pas aussi aveugle ou sourde qu'il le croit. En grimpant dans l'arbre pour l'espionner par sa fenêtre, il a dû s'égratigner les jambes sur l'écorce et les pointes de branches. En venant jusqu'ici, a-t-il vu les yeux scintillants des animaux dans les bois ? S'est-il demandé si le corps et les cheveux de Laure seraient identiques, à la nuit tombée, ou s'est-il imaginé qu'elle vagabonderait dehors, affamée comme les animaux et les esprits des morts ?

C'est elle qui lui a indiqué où était sa fenêtre, elle la lui a désignée d'un geste du menton, depuis le jardin. Elle avait les bras chargés d'épis de maïs. Elle lui a expliqué qu'elle avait sa propre chambre parce qu'elle était la reine. Il a rejeté cette idée, affirmé que Laure était seule parce qu'elle avait manqué de respect aux femmes du Manitou. Mais elle n'a pas cru qu'il se rappellerait l'endroit où elle dormait, qu'il rangerait l'information dans un recoin de son esprit. Ce soir, elle lui laissera savoir qu'elle n'est pas aussi aveugle ou sourde que les autres filles de la congrégation. Qu'elle sait qu'il est là.

Il a grimpé dans l'arbre et il est tout près de la fenêtre. Laure fait glisser sur ses bras les vestiges de sa robe. Le tissu est aussi fragile qu'une toile d'araignée, il se détache d'elle comme de la poussière. Se déshabiller pour Deskaheh, c'est comme lui offrir des légumes. Elle veut lui charger les bras des offrandes du jardin. Afin qu'il goûte le blé, les raisins et les poires qui ne prennent pas dans cette terre, en plus du maïs, des citrouilles et des petits fruits qui lui sont familiers. Elle veut piller la terre pour lui jusqu'à ce que le jardin soit vide et que plus rien n'y pousse.

Laure saisit son peigne et le fait courir dans ses cheveux. Une fois qu'elle a couvert ses épaules et ses seins, elle le dépose. Elle prend la plume et la trempe dans le petit encrier. Elle ne sait que faire d'autre.

D'une main tremblante, elle écrit :

Le sauvage des funérailles est ici, en pleine nuit. Deskaheh. Il doit me prendre pour une aveugle, car il est là, à quelques pouces de la vitre, et regarde dans ma chambre. Désormais, un sauvage hante mes rêves. Il grimpe dans un arbre pour me voir. Il n'y a pas de légumes, ici. Je sais donc qu'il est là uniquement pour moi. Je devrais sans doute avoir peur de lui comme les autres filles. En voyant ces hommes dans la rue, elles s'enfuient. Même s'il s'agit de ceux qui sont censés être nos alliés. Comme presque tout, ici, les sauvages sont l'affaire des hommes. Son visage grêlé est vraiment la seule chose qui m'intéresse au Canada. Ici, tous les autres me croient étrange, et j'ai encore moins de considération pour eux.

Comme je m'y attendais, le spectacle lui plaît. Ce soir, il ne rit pas. Tenez, je vais lui faire voir un peu plus de ce qui lui fait envie. Je pense qu'il aime mes cheveux noirs qui sont une malédiction, car ils repoussent tous les hommes de condition. À la vue de la tête qu'il fait quand je les écarte, j'ai envie de passer les bras par la fenêtre et de le faire entrer.

Mais il est trop tard.

Le jeu est terminé et, pour le moment, c'est moi qui ai gagné.

Laure attend que Deskaheh s'en aille avant de se mettre au lit. Elle serre les vestiges de la vieille robe contre sa poitrine nue et fait courir ses doigts sur son ventre. Une souffrance nouvelle est entrée dans sa vie. Triste et joyeuse, elle occulte toutes les autres. Elle a réussi : Deskaheh n'a pas ri. Elle lui a donné ce qu'il désirait plus que les légumes. Au souvenir de la gravité des yeux de l'homme, Laure serre les jambes. Devant la vastitude du nouveau pays, elle ne peut s'empêcher de frissonner, de se demander jusqu'où son corps doit encore aller. Mais, comme chaque fois qu'un moment de tendresse éclaire sa vie, Laure, déjà, dit adieu. Ce nouveau feu, elle le sait, doit être éteint. Pour que sa vie au Canada ait un sens, pour que Laure, couturière et ancien *Bijou** du plus grand hospice de l'empire français et même au-delà, poursuive sa route, elle doit mettre un terme à cette indécente amitié.

16

En octobre, Laure accepte enfin d'épouser Mathurin. C'est la seule issue, car toutes les *filles à marier** de la congrégation vivent à présent avec leur nouveau mari. C'est pour cette raison que le roi, à grands frais, a envoyé au Canada des centaines de femmes. Quelques-unes ont accepté gaiement le premier homme venu voir mère Bourgeoys pour choisir une épouse parmi ses pupilles. D'autres, en particulier celles qui en étaient à leur deuxième mariage, ont fait la fine bouche, posé des questions sur les conditions matérielles de leur nouvelle existence. Auraient-elles une cabane où s'installer ? Combien de meubles et d'argent leur futur mari possède-t-il ?

Comme à Québec, les femmes qui ont quelques livres à elles n'entendent pas les dilapider en s'unissant à un homme sans le sou. Celles qui sont solidement constituées et ni trop vieilles ni trop jeunes pour avoir des enfants peuvent se montrer plus difficiles. On fait déjà état de quelques grossesses. Mais, comme à Québec également, deux mariages ont été annulés. Dans les deux cas, la nouvelle épouse s'est rendu compte que son mari avait menti sur l'état de sa fortune. Mais la congrégation est sans nouvelles de bon nombre de femmes des années précédentes ; elles sont parties en ménage et on les suppose heureuses.

Laure diffère le plus longtemps possible le sort inévitable qui l'attend. Elle a tenté de rencontrer Frédéric, le jeune officier promis à Mireille, mais ses efforts ont été vains : elle a appris qu'il était déjà marié à l'une de ces *filles de bonne naissance** destinées aux officiers, arrivée en 1668. Il est bon, songe Laure, que Mireille ne soit pas venue jusqu'ici pour apprendre qu'elle avait une année de retard. Mireille, avec ses bonnes manières et son parler châtié, aurait été contrainte de se marier avec un paysan, comme certaines jeunes filles bien nées avaient dû le faire à Québec. Laure se dit qu'il est parfois préférable de mourir plutôt que de subir le sort que la vie nous réserve.

Quant à Deskaheh, comment Laure peut-elle lui expliquer sa décision d'épouser Mathurin ? Doit-elle seulement le faire ? Qu'importe aux sauvages ce que font les filles de la congrégation, à condition qu'elles leur donnent à l'occasion de la nourriture et d'autres biens devant la porte ? Pourtant, Laure, à travers la clôture du jardin, lui annonce à voix basse son mariage imminent, tandis que souffle le vent d'automne et que gisent à ses pieds les plants de légumes, brunis et desséchés. Pendant qu'elle parle, Deskaheh hoche la tête, mais elle n'est pas certaine qu'il a compris, car il fait ainsi chaque fois qu'elle lui parle.

Deskaheh ne vient plus la voir l'après-midi, au moment habituel, mais Laure ne sait pas si c'est parce que le gel de nuit a tué le jardin ou parce qu'il a compris qu'elle serait bientôt mariée et que, par conséquent, il devait se tenir à distance.

***

Le mariage de Laure sera vite expédié. Comme pour les autres filles, la cérémonie officielle aura lieu dans le vestibule de la Congrégation de Notre-Dame. Les deux témoins qui signeront le contrat de mariage de Laure seront la supérieure, Marguerite Bourgeoys, et une religieuse subalterne. Depuis son arrivée à Ville-Marie, l'été dernier, Laure a assisté à plusieurs de ces cérémonies.

Au début de l'automne, Laure a reçu Mathurin à quelques reprises avant de consentir à l'union. Ces rendez-vous, qui se déroulaient dans le parloir de la congrégation, n'étaient pas vraiment obligatoires : dès le jour de leur rencontre, lors de la cérémonie de bienvenue tenue sur la montagne, Laure a su tout ce qu'il y avait à savoir sur son futur mari. Mathurin s'efforce de lui plaire. Il a un sentiment exagéré de ses réalisations à Ville-Marie, ce qui devrait à tout le moins lui assurer l'enthousiasme requis pour survivre en pareil lieu. De son mariage avec Mathurin, Laure n'attend aucune bonne surprise et, avec un peu de chance, aucune mauvaise non plus.

En France, Mathurin était un indigent. Certes, le futur mari de Laure a eu une vie moins pénible que celle des malheureux qui se languissaient dans la section pour hommes de l'Hôpital général de Paris, mais il n'était qu'à un revers de fortune près d'aller les rejoindre. Mathurin est venu au Canada, a été soldat pendant trois ans, et il est à présent un homme libre, pourvu d'une terre à bois et d'une nouvelle épouse avec une malle remplie de fournitures de Paris et la promesse d'une dot de cinquante livres offerte par le roi. Il soutient que les centaines de soldats qui sont rentrés en France au lieu d'accepter la terre que leur offrait gracieusement le roi sont des imbéciles. Qu'il vaut mieux regarder vers l'avenir que vers le passé.

Les bras de Mathurin sont aussi épais que ses joues et son cou. Il a trente-deux ans et affirme se marier pour la première fois. On ne pouvait en dire autant de certains des autres prétendants de Laure, notamment un veuf de cinquante-trois ans, criminel détenu par le roi, fier d'avoir accepté de venir dans la colonie pour échapper à la prison française. Mère Bourgeoys avait réprimandé Marie Raisin, à l'origine de cette rencontre. Laure a aussi subi les assiduités d'un *Canadien** de seize ans, accompagné par son père.

Chaque fois que Laure descend les marches de la congrégation pour venir à sa rencontre, Mathurin se montre plutôt poli, peut-être à l'excès. Il lui raconte qu'il a terminé sa cabane, qu'elle est plus grande et plus solide que celle de la plupart des colons. Une cabane achevée est le principal atout que les femmes recherchent chez un mari. Si deux filles sont rentrées dans la congrégation et ont exigé l'annulation de leur mariage, c'est parce que leur mari n'avait qu'une tente à leur offrir. Compte tenu des possibilités qui s'offrent à Laure, épouser Mathurin est la solution la plus sensée. Dès qu'ils auront quelques enfants, il la laissera peut-être faire à sa guise, se dit-elle. Peut-être deviendra-t-elle couturière, après tout.

***

Le jour de ses noces, Laure porte la robe de Mireille. Elle est toujours tachée du sang de Deskaheh, même si Laure a réparé la couture du corsage, déchirée dans sa chute. Laure est heureuse de constater que, après quelques mois de la diète plus généreuse de la congrégation, la robe lui va mieux. Elle doit même l'agrandir de quelques pouces pour permettre à ses formes plus amples de s'épanouir. Comme c'est le jour de ses noces, Laure décide d'épingler librement ses cheveux sur sa tête. Elle sort de l'alcôve, passe par le dortoir désert et descend dans le parloir. Les sœurs qui l'ont aidée à se changer la suivent.

Pour l'occasion, Mathurin donne l'impression d'avoir fait des frais de toilette. Il a troqué le haut-de-chausse qu'il porte en forêt contre un autre un peu plus propre et porte un veston bordé de poils de lapin, défraîchi et légèrement moisi. Il a peigné vers l'arrière ses cheveux enduits de graisse d'animal, dégageant ses joues rouges. Malgré le froid, il semble en nage.

En octobre, il fait déjà plus froid à Ville-Marie qu'à Paris en janvier. Les sœurs craignent que Laure n'ait pas le temps de s'adapter à ses nouvelles tâches domestiques avant que la colonie soit frappée par les mois les plus rigoureux de l'hiver. Mathurin a apporté une liste de ses possessions, dressée par le notaire. La malle de Laure contient tous ses biens terrestres. L'un des engagés de la congrégation la descend pour la cérémonie.

Mathurin sourit à Laure. À la vue de son futur époux, elle se souvient des mots qu'a prononcés l'intendant le jour de son arrivée. Il a déclaré que les femmes nouvellement arrivées seraient les épouses bibliques des hommes de la colonie. On exigerait d'elles beaucoup plus que des épouses en France. À l'époque, Laure, préoccupée par Madeleine et épuisée par des mois de voyage, l'avait écouté d'une oreille distraite, mais ses mots lui reviennent à présent. Elle a repoussé les avances des hommes du bateau et des prétendants qui ont frappé à sa porte pour devoir enfin se rabattre sur Mathurin. Elle songe aux filles qui ont réclamé l'annulation de leur premier mariage dans l'espoir d'avoir plus de chance la deuxième fois. Mais elle a entendu dire que la seconde tentative se révèle parfois pire que la première et elle s'est résignée à vivre avec Mathurin. Après tout, maintenant qu'elle a quitté Paris et que sa meilleure et seule amie est morte, quel autre espoir lui reste-t-il ?

Le notaire, qui apporte les documents officiels, établira la liste des biens du couple. En plus des témoins, les nouveaux mariés signent le contrat de mariage. Mathurin fait sa marque, une croix aux bords irréguliers, sur le document, où figurent la date et le lieu ainsi que les lieux de naissance respectifs des époux et le nom de ses parents à lui. Les autres tiennent pour acquis que Laure est orpheline et elle ne se donne pas la peine de les détromper. La cérémonie ne dure que quelques minutes, puis on se dirige vers la chapelle de l'Hôtel-Dieu, rue Saint-Paul, pour la messe.

Après celle-ci, quand ils rentrent à la congrégation, Mathurin lui dit qu'il a pris une voiture pour la conduire jusqu'à sa cabane. Il a l'intention de la tirer à la force de ses bras au milieu des branches et des feuilles mortes du sentier forestier jusqu'à la Pointe-aux-Trembles, où il a érigé sa cabane sur le lopin de terre cédé par le roi.

Laure constate que Deskaheh se tient dans le vestibule de la congrégation. Sait-il qu'elle s'est mariée ce jour-là ? Dans la colonie, les nouvelles voyagent vite. Deskaheh porte un veston en fourrure et un pantalon à la mode française. Il regarde d'abord Laure, puis Mathurin. Laure détecte un soupçon de moquerie dans l'inclinaison de sa tête.

En voyant le regard que le sauvage porte sur sa nouvelle épouse, Mathurin fronce les sourcils. Son nouvel époux reconnaît-il l'homme des funérailles de Madeleine ? Et si Deskaheh se souvient d'avoir été frappé par Mathurin, que pense-t-il en les voyant ensemble ? Deskaheh a beau être laid, il l'est moins que l'homme qu'elle vient d'épouser. Peut-être possède-t-il, quelque part au plus profond de la forêt, une maison plus confortable que celle où on la conduira. Et peut-être ne la ferait-il pas monter dans une voiture ridicule, à la façon d'une poule. Ces réflexions ne servent pas à grand-chose, car jamais une Française n'a épousé un sauvage.

Son nouveau mari, qui a cessé de triturer la roue de la voiture, attend maintenant que Laure y monte.

— Ne t'avais-je pas mise en garde contre les sauvages ? Contre les dangers qu'ils représentent ? On ne peut pas se fier à eux, même à ceux qui semblent amicaux.

Il agite la main en direction de Deskaheh, comme s'il s'agissait d'un chien encombrant.

— Celui-là, les Algonquins l'ont capturé trop tard. Il ne sait pas où est sa place. Ce sont les plus dangereux.

Sur le sentier cahoteux, ils entreprennent leur voyage jusqu'à la Pointe-aux-Trembles et Laure garde le silence. Elle se demande jusqu'où la forêt s'étend.

Bientôt, elle en a assez des ahanements et des grognements de Mathurin, qui peine à tirer la voiture sur le terrain inégal. À ce train, ils n'arriveront pas à destination avant la tombée de la nuit. Elle lui ordonne de s'arrêter et descend avec difficulté. Puis elle se porte à la hauteur de son mari et fait le reste du trajet à ses côtés. Elle l'aide même à faire avancer la voiture dans les passages les plus accidentés.

Au bout de quelques heures de marche, Laure a l'impression que ses orteils et les bouts de ses doigts sont en feu. Mathurin laisse tomber la voiture et les lui palpe. Ils sont si rouges qu'elle a peur qu'ils se mettent à saigner. Il libère sa main et lui assure que tout ira bien tant que le bout de ses doigts ne sera pas blanc. Il ajoute qu'il ne fait pas encore assez froid pour cela. Laure n'imagine pas qu'il puisse faire plus froid, mais Mathurin lui dit que les mois de janvier et de février sont les plus durs, mais il promet qu'elle s'habituera. Tout bien considéré, le Canada est un lieu bien plus sain que la France. La distance entre les établissements et l'air glacé qu'on y respire pendant la moitié de l'année freinent la transmission des maladies. Sans compter que, à première vue, la population semble mieux nourrie. Laure ne relève pas. L'air sain transforme ses poumons en glaçons, de la même façon que les flaques qu'ils croisent commencent à geler.

— Ce n'est rien. Attends de voir jusqu'où la neige monte en hiver.

Mathurin enfonce son pied dans une des flaques, fracasse la mince couche de glace qui recouvre la boue.

— Elle envahira le sentier. Avant les grands froids, nous devrons envoyer des hommes chercher des fournitures à Ville-Marie.

Laure scrute les arbres dénudés. En esprit, elle part à la recherche d'une chose qu'elle sait ne pas être là. Une rue de Paris, peut-être. Le chemin animé qui, longeant le fleuve, va de l'hôpital jusqu'au centre de la ville.

Pendant le reste de l'après-midi, elle n'ouvre pas la bouche, sauf pour poser des questions sur le froid et sur la distance qu'il reste à parcourir. Mathurin, lui, parle sans arrêt.

Chaque fois qu'ils croisent une nouvelle essence d'arbre, il la nomme pour elle. De ses doigts boudinés, il caresse l'écorce épaisse des chênes et des érables. Plus l'après-midi avance, et plus ils voient de trembles aux troncs minces. Le nouvel établissement tient son nom de ces arbres. Laure trouve qu'ils ressemblent à des lances jaillissant du sol de la forêt. L'été, dit Mathurin, le vent du fleuve anime les trembles ; du printemps jusqu'à l'automne, on n'entend que leurs feuilles qui frissonnent. Ils ne gardent le silence que pendant les journées les plus chaudes.

— Dans dix ans, nous nous suffirons à nous-mêmes, dit-il en riant.

Laure s'efforce de s'imaginer dix années en compagnie de cet homme, mais elle ne voit que des arbres et de la neige. Dix ans plus tôt, elle écumait la ville en compagnie de son père qui chantait pour quelques pièces. C'était avant que des archers l'emmènent à la Salpêtrière, qu'elle apprenne à coudre, à faire de la dentelle et à chanter des prières en latin, avant qu'elle rencontre Madeleine. Dix ans plus tôt, Mireille Langlois était toujours en vie et menait une existence agréable auprès de son père ; Madeleine se cachait sous la table pendant que sa mère se prostituait avec les marins de La Rochelle ; Mme d'Aulnay vivait toujours.

— Dix ans, c'est très long, commente-t-elle.

Mathurin continue de parler, entretient Laure du projet de construction d'une église à la Pointe-aux-Trembles. Ce sera la première bâtisse en pierre de l'établissement. L'énergie de Mathurin semble se décupler lorsqu'il évoque les hommes qui vont vers l'ouest à la recherche de fourrures. Ce sont les autres soldats du régiment de Carignan-Salières à qui le roi a cédé des lopins de terre à la Pointe-aux-Trembles. Ils quittent leur femme pendant l'hiver. Mathurin dit que ces hommes ne font le négoce des fourrures qu'après avoir défriché une surface suffisante pour l'agriculture.

— Pour les dix prochaines années, tu veux dire ?

Mathurin est intarissable. Laure sent bien que c'est pour lui un grand jour. Il a trouvé une femme qui adoucira un peu sa vie en forêt. Tandis que son mari s'emballe à la pensée de l'avenir, Laure cherche dans le paysage gelé des signes du passé. Mais, sur ce sentier, elle n'en voit pas la moindre trace. Une fois de plus, elle s'éloigne des contours familiers de sa vie.

Ils arrivent à la Pointe-aux-Trembles au crépuscule. En face, de l'autre côté du fleuve, deux montagnes arrondies bloquent l'horizon. Des vestiges d'arbres calcinés entourent les cabanes des colons. Laure sent le feu des cheminées. La scène tout entière est grise et sordide, comme si une armée venait de traverser cette section de la forêt. Laure a si faim qu'elle mangerait n'importe quoi. Mais d'abord, Mathurin doit lui montrer sa maison au milieu des cabanes qui fument.

Mathurin explique que les colons attendent toujours la construction de la maison seigneuriale de la Pointe-aux-Trembles et que, l'été prochain, on érigera le moulin à vent. Pour l'heure, les *habitants**, ainsi qu'on appelle les colons, paient le cens à Ville-Marie. Le 11 novembre, le jour de la Saint-Martin, chaque *habitant** doit contribuer au domaine seigneurial en donnant un boisseau de blé français, deux chapons et quatre deniers en argent. Laure demande comment ils pourront y arriver, mais Mathurin la rassure : cette année, ils n'auront rien à payer, car la récolte a été presque nulle. L'année prochaine, croit-il, la production sera meilleure, à condition qu'ils sèment tôt.

— Cette année, le roi veillera sur nous, ma femme.

Mais Laure, elle, a moins confiance que son nouveau mari en la générosité du roi.

Quand ils arrivent devant la cabane de Mathurin, un prêtre est là pour les accueillir. Afin de bénir le lit conjugal, il a attendu l'arrivée du nouveau couple chez une autre famille, les Tardif.

La cabane est beaucoup plus petite que Laure l'escomptait. Les planches dont elle est bâtie sont encore plus grossières que celles des résidences des domestiques, à la Salpêtrière. La maison qu'a construite Mathurin, simple cabane forestière, n'est que le prolongement des arbres dont il a parlé tout l'après-midi.

Cette cabane où Mathurin a vécu en célibataire ne compte qu'une seule pièce. Dans un coin, quelques bûches, une table et des chaises rudimentaires, taillées dans le même bois que les murs. Dans l'autre se trouve le lit. Le lieu n'est rien de plus qu'un *lit-cabane**, et Mathurin est fier de son travail. Au centre trône l'âtre ouvert. L'air sent la fumée, et les yeux de Laure piquent, même si le feu n'est pas allumé et qu'il fait aussi froid à l'intérieur que dehors. En plus de cela, la cabane empeste le cuir aigre et la viande pourrie. Sur les murs, Mathurin a suspendu des peaux d'animaux à des crochets. D'autres s'empilent sur le sol de terre battue, près de la porte.

Le prêtre s'avance vers le *lit-cabane** et dit à Laure et Mathurin :

— N'oubliez pas que votre lit de noces sera un jour votre lit de mort, d'où vos âmes s'élèveront pour comparaître devant le Tribunal de Dieu. Si vous devenez comme les sept maris de Sarah, esclaves de la chair et des passions, vous subirez le même châtiment qu'eux.

Laure regrette de ne pouvoir dire au prêtre qu'il peut dormir tranquille : entre Mathurin et elle, une telle passion est exclue.

Les bonnes sœurs de la congrégation ont fait part à Laure de ce qui est attendu d'une épouse canadienne. D'abord, elle doit accepter son mari tel qu'il est. Mère Bourgeoys a déclaré à Laure que peu d'hommes de la colonie seraient à la hauteur de ses attentes et de ses capacités intellectuelles. Mais elle ne doit pas pour autant en conclure qu'ils ne sont pas bons et méritants.

Comme, dans l'immédiat, Laure ne se sent pas capable d'accepter avec joie Mathurin tel qu'il est, elle songe aux autres tâches dont les bonnes sœurs ont parlé. Elle a apporté du tissu donné par la congrégation, et elle a du fil et des aiguilles pour faire des rideaux et des couvertures dans la malle de la Salpêtrière. Ses efforts auront au moins le mérite d'égayer un peu les ombres grises de la cabane. En ce qui concerne la cuisine, Laure n'a pas grand-chose à offrir. Les paysannes savent déjà faire du pain, saler le poisson et la viande, et préparer des confitures. L'expérience de Laure en la matière se limite aux années qu'elle a passées chez Mme d'Aulnay. Mais les raffinements de l'appartement de la vieille dame, par exemple le four en pierre, les tables sculptées et l'argenterie, ne figureront jamais dans les cabanes canadiennes. Laure devra satisfaire Mathurin en faisant cuire dans l'âtre ouvert le gibier qu'il lui apportera. Désormais, elle devra compter sur lui pour pourvoir à ses besoins, de la même façon qu'elle comptait autrefois sur les rations apportées au dortoir par les officières.

Et, bien sûr, Laure devra avoir beaucoup d'enfants pour plaire au roi et aux administrateurs de la colonie, lesquels ont besoin d'une vaste population française pour faire échec aux Iroquois qui les menacent toujours. À la congrégation, on lui a offert un livre de prières : ainsi, le jour venu, elle pourra initier ses enfants à Dieu. Ce sera peut-être d'ailleurs la seule éducation qu'ils recevront, outre les leçons qu'elle pourra donner à ses filles sur la façon d'élever une famille en pleine forêt. Mathurin apprendra à ses fils à pêcher et à chasser de même qu'à transiger avec les sauvages qui dominent ce pays nouveau.

Le *lit-cabane** est terrifiant. Lorsque Mathurin referme la porte derrière elle, comme le couvercle d'un cercueil, pour leur nuit de noces, Laure se remémore les mots du prêtre : elle mourra dans ce lit. L'espace confiné servira au moins à les garder au chaud. Mais elle a du mal à respirer dans l'obscurité, si complète qu'elle ne sent qu'une seule chose : les petites bouffées d'air qui s'échappent de ses narines. Ses yeux écarquillés cherchent une porte de sortie. À côté d'elle, Mathurin glisse déjà sa main sous sa jupe. Laure reste immobile dans l'espoir que ses jambes croisées, sa jupe et la couverture en fourrure le décourageront pour le moment. Mais l'homme la surprend par la rapidité de ses mouvements. Il se concentre en donnant l'impression d'écorcher un animal.

Laure serre les dents et mord la peau au goût salé qui recouvre les épaules de Mathurin pour se retenir de lui ordonner de s'arrêter. Mais il interprète le geste comme un signe d'encouragement et s'introduit en elle. Elle tressaille et enfonce ses ongles dans ses épaules. Une telle douleur, se dit-elle, n'est pas normale. Mathurin, lui, ne remarque rien. Elle ferme les yeux et tourne la tête, le souffle court. Au bout d'un moment, la douleur s'atténue. Lorsqu'il a terminé, Mathurin marmonne quelques mots dans la poitrine de Laure et roule sur le côté. Elle reste couchée sur le dos, les cuisses tremblantes. Elle se demande quand le bébé viendra.

17

LAURE PARVIENT À ENTROUVRIR LA PORTE de la cabane de Mathurin, juste ce qu'il faut pour pouvoir jeter un coup d'œil dehors. Depuis des semaines, il neige presque tous les jours et les cabanes de la Pointe-aux-Trembles, si tant est qu'elles n'ont pas disparu, ne forment plus que des monticules blancs. Sur le nez et la joue exposée de Laure, l'air est vif et glacial. Elle constate que la neige, autour de la cabane, lui arrive au-dessus de la taille. Devrait-elle s'y creuser un chemin ? L'entreprise serait futile puisqu'elle n'a nulle intention de s'aventurer au-delà du pas de la porte. Les sentiers qui parcourent l'établissement sont ensevelis et elle n'a qu'une vague idée de leur emplacement. Quand le soleil brille, le paysage est tout blanc, aussi uniforme que la mer pendant le voyage. Aujourd'hui, dans l'air tout gris, il est impossible de distinguer les toits des quelques cabanes, le fleuve auquel elles font face, la forêt derrière et les montagnes au-delà. Pour se souvenir de l'endroit où se trouvent ces éléments, Laure doit se fier à sa mémoire.

Depuis le départ de Mathurin, Laure compte les jours en faisant une entaille dans le mur à côté de la porte. Une entaille dans le bois par journée d'absence, cinquante-sept en tout. Certains matins, des glaçons pendent au-dessus de ces marques. Mathurin a quitté la Pointe-aux-Trembles l'automne dernier, quelques semaines après leur mariage. À peu près à la même époque, d'autres hommes de la *seigneurie**, vêtus de lourdes peaux et lestés des outils de leur négoce, ont pris la direction de l'ouest. Ils avaient l'intention de passer par Ville-Marie et, ensuite, de s'enfoncer dans les *pays sauvages**. Ils affirment qu'il faut hiverner avec les tribus indiennes pour obtenir les belles fourrures qui commandent les prix les plus élevés.

Depuis leur arrivée dans la colonie à titre de soldats, les hommes ont passé l'hiver avec des Algonquins, des Montagnais ou d'autres tribus qui les laissent traquer le gibier avec eux. La loi interdit aux hommes de la Pointe-aux-Trembles de partir à la recherche de fourrures, car les administrateurs souhaitent qu'ils restent avec leur famille pour bâtir les établissements. Ces négociants hors-la-loi, dont Mathurin fait partie, on les appelle les *coureurs des bois**. En gros, les autorités les laissent faire, à condition qu'ils se tiennent loin des pièges tendus par les « voyageurs », les négociants autorisés par le roi. Mathurin a promis à Laure qu'à son retour, ils auraient assez d'argent pour s'acheter un poêle en fer, du bétail et des semences pour le printemps.

Seuls deux des sept maris sont restés à la Pointe-aux-Trembles avec leur femme et leurs enfants. On leur a donné pour tâche de protéger la *seigneurie** contre les Iroquois qui risquent d'attaquer pendant l'hiver. Laure se dit que ces femmes ont de la chance d'avoir un mari sur place.

La nuit, Laure, en frissonnant dans son *lit-cabane**, croit parfois entendre les enfants de la Pointe-aux-Trembles. Mais c'est seulement le vent qui, en s'infiltrant dans les fissures des murs, hurle comme une créature vivante.

Pendant que Mathurin emballait un de ses mousquets, des vêtements et d'autres articles indispensables, Laure l'a supplié de l'emmener avec lui dans les bois. Mais il a ri et déclaré que ces pays ne convenaient pas aux femmes. Il est dangereux d'attraper des animaux au collet et de négocier avec les sauvages. Laure regrette de ne pas avoir insisté davantage. Maintenant qu'elle a senti le froid et vu la neige s'amonceler jusqu'à mi-hauteur de la cabane, elle se demande si Mathurin ne souhaitait pas simplement avoir un endroit où passer au chaud le plus dur de l'hiver. Peut-être avait-il peur d'affronter son premier hiver seul à la Pointe-aux-Trembles avec sa nouvelle épouse de la Salpêtrière. Après tout, Laure sait encore moins de choses que lui sur la forêt de glace. Au moins, les Algonquins doivent savoir comment rester au chaud et faire durer leurs provisions jusqu'au printemps.

La jeune femme referme la porte et se dirige vers la tablette sur laquelle Mathurin conserve ses possessions. Le fusil qu'il a rangé s'y trouve. L'automne dernier, elle a refusé qu'il lui enseigne à s'en servir.

— Comme tu veux, a-t-il dit, mais tu n'es plus dans un atelier de couture parisien. Ici, même les femmes doivent savoir tirer.

Il y a tant de cibles : surtout des animaux – cerfs, porcs-épics, lièvres, orignaux, ours, loups, castors. En général, on sacrifie ces créatures pour leur viande et leur fourrure. Mais il faut parfois tirer sur elles pour se protéger. Au contraire de celle de la France, la forêt d'ici grouille d'animaux, et la chasse n'est pas réservée aux nobles.

Au fond, peut-être Mathurin avait-il raison au sujet du fusil. Peut-être constitue-t-il l'unique recours de Laure. Peut-être mourra-t-elle faute de savoir s'en servir. Elle touche sa crosse en bois, le soulève. Il est lourd et elle ne sait pas comment le tenir. Mathurin lui a aussi laissé une canne à pêche. Il lui a expliqué comment creuser un trou dans la glace du fleuve et y plonger sa ligne. Mais il a aussi dit qu'il était extrêmement périlleux de s'aventurer sur les eaux en hiver. C'est un dernier recours auquel elle ne doit se résigner que si elle a épuisé toutes ses provisions. Elle n'a rien pour appâter les poissons sous la glace ; en fait, elle aurait bien du mal à trouver le cours d'eau sous l'épaisse couche de neige. Depuis le départ de Mathurin, Laure n'a ni chassé ni pêché. Elle a plutôt puisé dans les rations qu'on leur a remises à l'occasion de leur mariage à Ville-Marie, l'automne dernier, y compris deux poules et un cochon. Dans le mois suivant le départ de Mathurin, Laure a trouvé une des poules morte de froid dans le poulailler jouxtant la cabane. Ne croyant pas aux chances de survie de la seconde, elle l'a tuée elle aussi et, pendant les semaines suivantes, elle a bien mangé. Quant au cochon, elle a décidé de le garder dans la cabane pour lui éviter de mourir de froid. Contre un mur, elle a aménagé un enclos de fortune à l'aide de branches tombées, ramassées autour de la cabane. Heureusement, elle a pris cette initiative avant que la neige lui arrive d'abord aux genoux, ensuite à la taille. Depuis, le cochon, avec ses grognements et ses reniflements, est devenu une sorte de compagnon. Elle l'appelle Mathurin et, parfois, elle lui parle tout au long de la journée, lui dit qu'il fait un meilleur mari que celui qu'elle a pris l'automne précédent.

Laure n'arrive pas à imaginer que le printemps viendra un jour. Il y a de la neige partout, l'air lui brûle la peau, lui pique les narines et fait pleurer ses yeux. Elle remet le fusil à sa place et s'empare de la culotte de Mathurin. Elle fait passer la peau de mouton sur ses jambes et noue les cordons autour de sa taille. Par-dessus, elle enfile le pantalon en cuir d'orignal de Mathurin. Il est lourd et pendouille sur ses hanches comme la peau d'un animal mort. Mathurin a pris avec lui son pardessus, mais elle met l'une de ses chemises blanches sur sa robe, puis elle se coiffe d'un bonnet en laine rouge. À Paris, seuls des mendiants issus des confins du royaume oseraient sortir en ville affublés d'un accoutrement pareil. Aucune femme n'aurait cette audace. Mais, au moins, elle a un peu plus chaud avec ces couches supplémentaires.

C'est seulement le début de l'après-midi, mais bientôt la pâle lumière du jour aura disparu. Il ne reste que quelques heures pour la couture. Laure ménage le bout de chandelle que mère Bourgeoys lui a offert comme cadeau de mariage. Elle le conserve avec les feuilles de parchemin et l'encrier. Pour coudre, elle s'en remet au soleil le jour et à la lueur du feu le soir. Sur le sol en terre battue, elle pousse la lourde malle en bois de l'hôpital jusqu'au feu qui trône au centre de la pièce. L'essentiel de la chaleur produite par l'âtre ouvert disparaît par la cheminée, et seule la fumée reste à l'intérieur, mais Laure a l'impression d'avoir moins froid quand le bois crépite.

La nuit, elle s'efforce de ne pas dormir trop profondément ; il lui faut entretenir les braises. Elle craint de ne pas réussir à rallumer le feu si elles s'éteignent complètement. Souvent, elle rêve qu'elle meurt de froid dans son lit. Seulement, il s'agit habituellement de son lit de la Salpêtrière, et le froid mortel est une maladie qui se propage dans les dortoirs. D'habitude, Laure se réveille à ce moment-là, frissonnant dans le *lit-cabane** fermé et se lève aussitôt pour remuer les braises et y ajouter une bûche. Cet hiver, elle a brûlé tout le bois que Mathurin a coupé et cordé près de l'entrée, sauf une toute petite pile. En le voyant couvrir de bûches tout un mur de la cabane, elle l'avait jugé bizarre et coupable d'un excès de zèle. Elle regrette à présent de ne pas lui avoir demandé d'en couper davantage, au moins une rangée de plus. Mathurin a utilisé la hache des Tardif et Laure devrait marcher avec de la neige jusqu'à la taille pour aller l'emprunter de nouveau. Elle s'accroupit et sort de la malle la robe à laquelle elle travaille. Puis elle referme le couvercle et s'y assoit. Elle promène ses doigts sur les flammes jusqu'à ce qu'ils soient suffisamment réchauffés pour lui permettre de commencer. Sous le plafond se trouve la robe de Mireille, qu'elle a accrochée à un clou. Les soirs où le vent hurle particulièrement fort, Laure observe la robe. Elle est à la fois effrayée et réconfortée de voir le tissu jaune diaphane se balancer, en suspension au-dessus du sol gelé. C'est un peu comme si un fantôme exécutait pour elle une danse gracieuse.

La *seigneurie** compte d'autres femmes, mais Laure ne les a pas vues depuis le début de l'hiver, au moment où les sentiers entre les cabanes ont cessé d'être praticables. Mme Tardif a invité Laure à passer l'hiver avec elle et ses enfants, mais Laure a refusé, de crainte de la réaction qu'aurait Mathurin en apprenant qu'elle avait abandonné la cabane. Si elle s'absentait, la neige et l'air glacial auraient bientôt raison de la fragile construction et de tout son contenu. Au printemps, ils devraient recommencer de zéro : couper des arbres pour la réparer, construire un nouvel âtre, un nouveau *lit-cabane**. Le Canada tout entier est parsemé de vestiges d'établissements mort-nés. Si Laure perdait le peu qu'elle avait, où irait-elle au printemps ? D'ailleurs, elle n'aurait pas pu transporter leurs possessions jusqu'à la maison des Tardif. Dans l'établissement, il n'y a ni bœufs ni chevaux.

Évidemment, jamais Laure n'aurait pu imaginer que l'hiver serait si dur. Maintenant qu'elle a vraiment besoin des autres femmes et qu'elle renoncerait volontiers à son désir absurde de préserver la fragile masure de Mathurin, elle n'ose pas entreprendre le périple jusqu'aux cabanes voisines. D'ailleurs, Laure est la seule Parisienne de la Pointe-aux-Trembles. Les autres sont des Canadiennes habituées aux hivers, habituées à les subir seules. Pour survivre jusqu'au printemps, elles ont leurs enfants et leurs connaissances des lieux. Laure a fait voir à Mme Tardif la robe qu'elle confectionnait. En réponse, la femme à la mine austère lui a demandé si elle avait terminé les travaux d'aiguille que lui avait confiés la Congrégation de Notre-Dame. Ces travaux étaient l'essentiel de ce qu'on attendait d'elles pendant l'hiver. Au printemps, elles seraient payées, sans doute en semences à planter dans leur premier jardin. Laure avait fièrement montré une pile de chemises blanches pour homme, pliées avec soin, et la douzaine de paires de chaussettes qu'elle avait fini de tricoter. Dans les deux semaines suivant le départ de Mathurin, elle avait terminé la besogne de tout l'hiver. Il est vrai qu'elle devrait avoir des enfants à sa charge ou au moins être enceinte. Pour la nouvelle colonie, rien n'avait plus d'importance que la mise au monde d'êtres nouveaux.

Même si Laure avait terminé son travail, Mme Tardif avait désapprouvé la robe qu'elle confectionnait.

— Ici, on n'a pas besoin de robe de ville comme celle-là. Tu apprendras bien assez tôt à ne pas te soucier de ton apparence.

Lorsque Laure s'était plainte du fait que Mathurin l'avait laissée seule pour l'hiver, la voisine avait déclaré qu'une femme qui se refuse à son mari ne doit pas s'étonner qu'il aille voir ailleurs.

Laure ne confectionne pas la robe pour elle-même. C'était Madeleine qu'elle avait en tête en choisissant le tissu dans sa malle. Elle a pris la serge bleue que Mme du Clos lui avait offerte comme cadeau d'adieu. Plutôt que d'utiliser de la dentelle, Laure a bordé le corsage de bandes de peau de renard que Mathurin avait abandonnées dans un coin. Cette robe, personne ne l'aurait portée à Paris. Mais Laure s'est dit qu'elle aurait plu à Madeleine. Elle convenait au pays nouveau, à un ange des forêts.

En piquant l'aiguille dans le tissu, Laure fredonne quelques mesures des airs que Madeleine avait coutume de chanter. Elle tente de se souvenir des mensurations exactes de son amie.

Lorsque les dernières lueurs du jour s'estompent, la jeune femme coupe avec soin le fil et le range avec l'aiguille dans la malle. Puis elle prend la robe et l'emporte dans le *lit-cabane**. Elle s'allonge, ferme la porte et contemple le noir. La fourrure lui chatouille le nez. Elle serre le tissu contre sa poitrine, qui s'aplatit, et elle sent ses côtes et ses hanches. Qu'elle était bête de se plaindre des quartiers surpeuplés de la Salpêtrière ! À présent, elle donnerait n'importe quoi pour avoir quelqu'un à côté d'elle dans son lit, qui ressemble à s'y méprendre à un cercueil. Ses doigts parcourent la fourrure qui borde le corsage comme s'ils égrenaient un chapelet. Dans le bruit du vent, elle oublie jusqu'aux prières les plus élémentaires qu'on lui a apprises à l'hôpital.

Ce soir-là, Laure est tirée du sommeil par des coups sonores frappés sur la porte. C'est le milieu de la nuit. Elle croit d'abord qu'une branche s'est détachée d'un arbre et qu'elle bat contre la cabane. Elle se demande ensuite s'il y a un animal dehors, un ours ou un loup. Furtivement, elle sort du lit et, à la faible lueur du feu, s'efforce de distinguer les formes dans la cabane. Les coups se font plus insistants. Qui a bien pu traverser toute cette neige pour venir jusqu'à elle ? La planche qu'elle met soigneusement en place tous les soirs pour fermer la porte risque de ne pas suffire à retenir l'envahisseur. À tâtons, elle prend le fusil de Mathurin sur la tablette et s'appuie contre le mur.

— Que nous voulez-vous ?

— C'est Deskaheh.

Au son de cette voix, le sang afflue dans la poitrine de Laure. Que vient-il faire ici ? Et si Mathurin avait été présent ? Elle ouvre la porte et il entre en même temps qu'une rafale de neige. D'abord, elle ne le reconnaît pas. Il est couvert de fourrures et chaussé de raquettes. Seuls son nez et ses yeux sont exposés. Il remarque le fusil dans la main de Laure et les vêtements qu'elle porte, qui appartiennent à Mathurin. Mais il ne rit pas d'elle.

— Tu ne peux pas venir ici.

Elle murmure, comme si ses voisins, ensevelis dans un tombeau de neige, risquaient d'entendre ce qui se passe dans la cabane.

— Je sais que ton mari est parti pour l'hiver. Je l'ai vu s'en aller.

Il observe Laure, s'assure qu'elle a compris ses mots en français. Puis il se met à parler dans l'une des langues des sauvages.

— Je ne parle pas ta langue, dit-elle.

— Il aurait dû t'apprendre.

Il hausse les épaules et secoue la neige qui les recouvre, puis il enlève ses raquettes et les appuie contre un mur.

— Mon mari allait aussi m'apprendre à tirer du fusil. Au cas où des intrus viendraient pendant son absence.

Laure fait un pas en arrière, le fusil serré contre la poitrine. Deskaheh sourit. À chacun de ses mouvements, son ombre s'étire sur le mur. Ainsi couvert de fourrures et tout près d'elle dans la cabane, il ressemble à une bête plus qu'à un homme, se dit Laure. Il est beaucoup plus grand qu'elle.

Elle regrette de lui avoir parlé à travers la clôture, l'été dernier. De s'être déshabillée pour lui devant la fenêtre.

La plupart des femmes se mettraient à crier, Laure en est certaine. Et pourtant, elle attend calmement. Elle remet le fusil sur sa tablette. La compagnie du sauvage, même s'il est venu pour la tuer, est préférable à la solitude.

Deskaheh sort quelque chose d'un sac qui pend à son côté. L'offrande congelée rappelle à Laure la bouillie de maïs qu'on lui a servie à son arrivée dans la colonie. Elle a conservé la forme du récipient dans lequel on l'a fait cuire. Laure prend la nourriture dans ses mains. Deskaheh regarde le ventre de Laure et touche le sien. Elle recule un peu pour le laisser avancer. Elle a faim depuis des semaines et même la bouillie de maïs lui fait envie. Il a aussi dans ses affaires un sac de petits fruits séchés.

Elle transporte la soupe gelée près du feu et la dépose dans le chaudron suspendu au-dessus de l'âtre. Elle prend une bûche et attise les braises à l'aide du tisonnier, attend que les flammes soient assez hautes pour consumer le bois.

En se retournant, elle trouve Deskaheh assis contre le mur, sur la malle de la Salpêtrière. Ayant enlevé des couches de fourrure, il ressemble moins à un animal et plus à l'homme dont elle a gardé le souvenir. Il semble encore plus grand que l'été dernier. Et plus vieux. Sur son visage, elle ne discerne plus de traits juvéniles.

— Cet animal crève de faim, dit-il en désignant, d'un mouvement du menton, le cochon allongé sur le flanc.

Mais il ne quitte pas Laure des yeux.

Laure jette un coup d'œil à son mari suppléant. Couché sur les branches, le cochon Mathurin semble à peine vivant. Son état lui a échappé.

— C'est lui qui mange ou c'est moi. Chacun son tour.

Laure a été surprise par l'appétit de l'animal. Elle l'a nourri généreusement à l'automne, mais, à présent, le sac d'avoine est presque vide, et il n'a plus droit qu'à une petite poignée. Au début de l'hiver, Laure avait du mal à contenir l'animal dans son enclos de fortune, mais, depuis quelques semaines, il reste là, sans énergie, bougeant à peine.

— Ton mari passe l'hiver avec nous.

Deskaheh regarde Laure d'un air grave.

— Il a expliqué à tout le monde l'emplacement de sa cabane. C'est ce qui m'a permis de te trouver.

Il rit et elle retrouve aussitôt le visage qui, l'été dernier, l'épiait dans le jardin.

Mathurin a dit qu'il partait récolter des pelleteries à trois semaines de marche de Ville-Marie, sur la rivière des Outaouais. Mais Laure ne sait pas grand-chose de ce qui se passe au-delà des établissements. Les bonnes sœurs de la congrégation ont laissé entendre que les Français qui ignorent Dieu vont vivre dans la forêt et que les *coureurs des bois** sont un fléau, car ils freinent les efforts de colonisation en abandonnant leur foyer et nuisent à la conversion des sauvages en apportant du brandy pour leur négoce.

Au fil des mois, Laure a aussi entendu des bribes de récits, la plupart au sujet des hommes qui meurent, pris en embuscade par les Iroquois silencieux et implacables, ou qui périssent dans des accidents moins glorieux, comme glisser sur des pierres en tentant de traverser à gué les rapides d'une rivière ou, au cours d'une querelle à propos d'une bouteille de brandy, recevoir un mauvais coup de la part d'un des sauvages alliés.

— Nous campons près d'ici.

Laure ne connaît pas le lieu que mentionne Deskaheh. Les lacs, les rivières, les ruisseaux et les forêts de la colonie portent des noms qui changent au gré des interlocuteurs, la jeune femme ne s'y retrouve pas.

Elle va vers le feu et remue le gruau. De la vapeur monte de la soupe qui bouillonne et son estomac gargouille.

— Mathurin est près d'ici ? demande-t-elle.

— Oui. Tout près. Nos chasseurs sont allés jusqu'à l'Outaouais, jusqu'à ceux que vous appelez les Cheveux Relevés. Mais pas ton mari. Lui, il est resté avec les femmes et les enfants.

— Il se comporte comme un chien ?

Les femmes de l'établissement n'ignorent pas que les *coureurs des bois** prennent des femmes chez les sauvages. Laure n'en a cure. Elle est heureuse qu'une autre couche avec lui à sa place.

— Il n'est pas différent des autres. Ces hommes préfèrent les *filles sauvages** à leur femme.

Laure se demande si Deskaheh se paie sa tête. Elle a envie de lui rétorquer que les préférences de Mathurin lui sont indifférentes. Elle met de la soupe dans un bol et l'apporte à l'homme, puis elle se sert à son tour. Debout près du chaudron, elle le regarde, assis dans le coin de la pièce. Il apporte son manteau de fourrure devant le feu pour indiquer qu'ils devraient s'y asseoir.

— Quand j'étais petit, chez les Haudenosaunis, certains chefs disaient que nous devions tuer tous les Français que nous rencontrions.

Maintenant qu'ils sont plus près l'un de l'autre, elle constate que le nez de Deskaheh est encore gauchi à cause du coup que Mathurin lui a donné. Il regarde la robe jaune accrochée au plafond. Elle se demande s'il se rappelle que c'était celle qu'elle portait le jour de leur rencontre. Ils mangent en silence, lui plus lentement qu'elle. Pendant qu'elle dévore sa soupe de maïs bien épaisse, elle sent son regard sur elle. La nourriture lui remplit l'estomac d'une bonne chaleur. Sa peur s'est muée en soulagement. Deskaheh désigne, sur la tête de Laure, le bonnet rouge, qu'elle a oublié. Il le lui prend et l'essaie. Quand il se tourne vers elle pour se faire admirer, elle rit devant son expression grave.

— Comment sais-tu que les autres ne seront pas partis quand tu rentreras ? lui demande-t-elle.

— Quand je suis parti, ils étaient si ivres à cause du brandy des *coureurs des bois** qu'ils n'auraient pas pu tuer un lapin allongé à côté d'eux sous la tente.

Elle prend son bol et le pose sur le sien.

— Merci d'avoir apporté de la soupe.

Laure s'imagine que Mathurin est nourri chaque jour par des Algonquines, qu'il se paie du bon temps, tandis qu'elle survit de peine et de misère dans la médiocre cabane qu'il a érigée. Avec un cochon pour seul compagnon.

— J'ai été capturé par les Algonquins au cours de mon treizième été. Je ne me vois pas rester avec eux jusqu'à la fin de mes jours. Je veux partir au printemps.

— Où iras-tu ?

— Là où je suis chez moi. Chez les Haudenosaunis.

— Les Iroquois ?

Laure se souvient des mots prononcés par Mathurin le jour de leur mariage. Il a déclaré que Deskaheh était en réalité un Iroquois capturé par les Algonquins. Elle a cru qu'il avait inventé cette histoire pour dissuader sa nouvelle épouse de parler avec le sauvage.

Physiquement, Deskaheh n'est pas différent des autres sauvages, alliés des Français, qui fréquentent Ville-Marie. Elle s'imaginait les Iroquois plus effrayants : le crâne rasé, le visage peinturluré, occupés à massacrer les Français, à manger leurs oreilles, leurs doigts et leur cœur.

— Si tu rentres chez les Iroquois, tu deviendras l'ennemi des habitants de Ville-Marie.

— Non, je resterai l'ami des chrétiens. Je connais assez de gens pour pouvoir faire du commerce. D'ailleurs, il y a d'autres Iroquois, ici, les Iroquois français. Ceux qui ont quitté leur maison pour vivre comme des mendiants avec les Français.

Laure regrette de ne pas pouvoir regagner l'endroit où elle veut vivre sa vie. Mais, entre elle et Paris, il n'y a pas que la forêt et quelques tribus de sauvages. Du reste, rien ne l'attend là-bas. De nouvelles femmes remplissent sans doute l'hôpital, et des filles plus jeunes, aux doigts plus délicats, ont envahi l'atelier de dentelle.

Comme s'il lisait dans ses pensées, Deskaheh dit :

— Ton mari sera bientôt de retour. Nous sommes presque au début des mois de lumière ; peu après, la neige se transformera en eau et regagnera le fleuve. C'est à ce moment qu'il reviendra.

Au bout d'un moment, Deskaheh se lève. Laure se sent comme une enfant. Elle a tant à dire. Mais seules lui viennent des réactions toutes simples, comme pleurer ou exprimer sa reconnaissance. Elle est sur le point de lui demander de ne pas partir, mais il est trop tard. Déjà, il est debout.

— Demain, fait-il en désignant le reste de soupe.

Tant bien que mal, elle se remet sur pied et lui tend son manteau. Elle lui promet de finir le contenu du chaudron. Elle aimerait bien lui donner quelque chose, mais elle est consciente de n'avoir rien à lui offrir.

Le lendemain matin, Laure ouvre la porte de la cabane. Elle tressaille en constatant que la neige fraîche est tachée de sang. Devant sa porte se trouve la carcasse d'un cerf. Elle tire l'animal gelé dans la cabane. Était-il déjà là pendant qu'ils bavardaient, la nuit dernière ? Deskaheh a-t-il tué l'animal après son départ ?

Elle saisit le couteau de Mathurin sur la tablette et, pendant un moment, se demande comment écorcher l'animal. Elle prend la tête et les épaules sur ses genoux, enfonce la lame dans la poitrine. Elle ne pénètre pas la peau gelée. Elle approche le cerf du feu et y jette deux bûches. Après une demi-heure environ, la chair commence à ramollir. Elle soulève la tête du cerf et plante le couteau dans sa poitrine. Elle voit la chair de l'animal s'ouvrir et est récompensée par de lourdes gouttes de sang qui tombent sur la terre battue. Elle plonge la main dans l'animal et en sort les entrailles, qui ont commencé à fondre. Le cochon Mathurin, hissé sur ses pattes flageolantes, gémit. Laure jette une poignée de viscères dans l'enclos.

Sa main touche le cœur de l'animal et ses doigts se resserrent sur lui. Elle ferme les yeux, s'imagine presque le sentir battre. Elle attend que l'animal lui dise d'où il vient, lui parle de l'homme qui l'a abattu. Elle souhaite que le cœur du cerf, dans sa main patiente, lui révèle son secret. Autour d'elle, dans la cabane, on n'entend plus que la rumeur animale de la faim.

***

L'hiver s'étire encore pendant des semaines, et l'odeur de la soupe au maïs s'estompe. Quelques morceaux de viande filandreuse, plus pourrie que séchée, pendent à côté du feu. Laure les mâche pour apaiser la faim qui crie dans son ventre. Depuis le passage nocturne de Deskaheh, elle n'a reçu qu'un visiteur, et c'était un représentant de la colonie, lui aussi habillé en ours. Lui et quelques autres ont emprunté les sentiers en traîneau et en raquettes pour apporter à Laure et aux autres femmes de la Pointe-aux-Trembles un petit paquet de provisions : du chou, un peu de viande de porc, une couverture en laine et quelques chandelles. En contrepartie, Laure lui a remis les vêtements qu'elle a cousus et tricotés pour les célibataires de la colonie.

Soutenue par la soupe qu'elle a préparée avec le porc et le chou, et encouragée par le printemps qu'a annoncé le Français, Laure a emprunté la hache des Tardif et, d'un pas lourd, s'est aventurée dans la neige pour couper du bois. Elle est rentrée avec quelques brindilles à peine, les doigts et les orteils brûlants.

Malgré toute cette agitation, elle reste sans nouvelles de Mathurin. À la place, c'est Deskaheh qui, un soir, passe la voir. Elle l'entend d'abord à la fenêtre et, en ouvrant le volet, le trouve devant elle. En voyant l'ombre renfrognée du visage de Deskaheh, elle se doute, avant même d'ouvrir la porte, du motif de sa visite. À présent, Laure sait reconnaître cette expression chez un homme. Une vague de nausée lui gonfle la poitrine. Cette sensation, elle ne la considérerait pas comme de la peur, mais elle émane du même endroit dans son corps.

Elle retire la barre de la porte et fait un pas en arrière pour laisser entrer Deskaheh.

— Ton mari n'est toujours pas revenu ?

— Je l'attends d'un jour à l'autre.

Laure veut demander à Deskaheh pourquoi il est là, pourquoi il fait une telle fixation sur elle, alors que, l'automne dernier, elle lui a dit de la laisser tranquille. S'aventurer furtivement dans la forêt d'hiver pour venir la voir, quelle épreuve ! Au village, il y a sûrement une femme prête à l'épouser. Quant à Laure, elle ne peut pas faire grand-chose à propos de Mathurin. Mais Deskaheh est là, à présent, et l'air de résolution qu'elle lit dans ses yeux ne va rien arranger. Elle ne devrait pas le laisser entrer.

Il enlève son manteau et elle songe à un oiseau gelé étirant ses ailes de fourrure géantes. Il parcourt la cabane des yeux, l'ouvrage de Laure sur la table où ils ont mangé de la soupe, quelques semaines plus tôt, et le feu irradiant sa faible chaleur, l'armoire quasi vide et, dans le coin, le *lit-cabane** où elle dort seule. Puis il se tourne vers elle. Elle porte un châle sur ses bras et ses épaules de même qu'une lourde robe d'hiver.

— Tu es aussi maigre que les chiens de mon village.

Sa voix douce, tel un murmure triste, trahit l'inquiétude. Laure se dit qu'elle a sans doute l'air d'une mourante. Peut-être a-t-elle mal interprété les intentions de l'homme. Peut-être est-il venu, comme le représentant de la colonie, lui apporter des provisions. Qu'elle est pitoyable, cette créature ensevelie dans sa cabane pareille à un cercueil, abandonnée par l'homme qui, quelques mois plus tôt, a promis de la protéger jusqu'à la fin de ses jours !

— Laisse-moi te préparer quelque chose à manger.

Deskaheh s'avance vers l'armoire et le feu.

— Je n'ai pas besoin de nourriture, dit Laure en lui bloquant le passage.

Il fait un pas en arrière, l'air surpris. Pour une fois, elle lui a fait peur. Elle est fâchée parce que l'homme censé l'aider à passer l'hiver est absent et que, pour survivre, elle doit s'en remettre aux aumônes d'un représentant de la colonie et à ce sauvage qui aurait dû disparaître de sa vie depuis des mois déjà. Cette nuit-là, il fait plus noir que lors de la visite précédente de Deskaheh, et elle a du mal à lire l'expression de son visage.

— On pourrait croire que tu es venu pour me tuer.

Il ne répond pas.

— Pourquoi viens-tu me voir ?

Elle attend un moment, croyant qu'il n'a pas compris. Elle répète la question en fixant son manteau, ses habits faits de peaux, ses longs cheveux, son visage grêlé. Autant de traits extérieurs qui font de Deskaheh un sauvage. Comment pourrait-elle comprendre son esprit et, à plus forte raison, son cœur ? Laure se souvient d'avoir été baptisée en mer par l'étrange créature qu'on appelle le Bonhomme Terre-Neuve. On l'a pourtant déjà assez mise en garde contre les dangers que représentent les sauvages du Canada.

Deskaheh s'avance vers elle sans bruit et tord ses cheveux dans sa main. La tête de Laure est projetée vers l'arrière et elle voit les yeux vitreux de l'homme. Elle ne comprend pas tous les mots, ne sait même pas s'il s'adresse à elle, mais elle entend quelque chose comme ceci : « Je n'ai pas choisi de venir te voir dans les bois, où c'est dangereux. Je te vois dans mes rêves. Quand vos rêves vous poussent vers quelqu'un, vers un lieu où vous n'êtes jamais allé, il est inutile de résister. Cette personne vous trouvera et le rêve se réalisera. »

Laure sent l'odeur de la peau musquée de Deskaheh. C'est celle des feuilles pourries, de la terre humide. Elle inhale la puanteur tiède de son haleine. Non pas aigre comme la langue laiteuse de Mathurin, mais amère, à cause du thé aux herbes que boivent les sauvages. Deskaheh la soulève. Elle a conscience de sa légèreté, elle qui est encore plus affamée qu'à l'époque de la Salpêtrière. Elle le laisse la transporter. Il la dépose dans le lit et s'agenouille sur la terre battue, devant elle. Laure ferme les yeux, tandis qu'il promène sa main sur sa poitrine et son ventre. Dans sa langue, il parle comme à lui-même en dénouant les cordons de sa robe.

Deskaheh laisse fuser un cri bref, puis elle sent la tiédeur humide de son sang s'écouler de sa poitrine avant d'éprouver la moindre douleur. Deskaheh penche la tête sur la blessure. Il se met à sucer, comme pour aspirer le venin d'une morsure de serpent. Lorsque le flot s'arrête enfin, la douleur atroce causée par sa coupure devient intense, à l'égal du froid de la cabane, de la brutalité de la vie au milieu des arbres. Deskaheh connaît très bien cette mutilation, songe Laure, et sait qu'il n'y aura plus de douleur.

Elle s'attend désormais à autre chose, un geste qui allège la souffrance qu'il lui a infligée. Mais il repousse Laure et la couvre. L'humiliation est cuisante.

Avec Deskaheh, tout est un rituel. Mieux vaut se dire les choses ainsi, que lui, au moins, sait où ils vont. Qu'il y a dans l'univers un lieu pour ce genre de choses. Qu'un dieu les observe avec plaisir en attendant de les voir mêlés l'un à l'autre.

Laure pense à Mathurin, sa véritable destinée. À la maison qu'il a bâtie de ses mains épaisses pour elle ou pour une autre, une paysanne coriace venue de l'autre côté de la mer.

Lorsque Laure émergeait du sommeil en criant, hantée par les bruits des bois qui traversaient leur fragile demeure, Mathurin disait qu'il ne rêvait pas, lui.

Deskaheh s'éloigne en chancelant et elle prend sur le lit le couteau avec lequel il l'a entaillée. Il s'est servi contre elle d'un objet obtenu par le troc. Peut-être est-ce Mathurin qui le lui a fourni. Le manche sculpté représente un animal vu par les sauvages, sans doute un oiseau. Dans les yeux de Deskaheh, le feu est éteint. Il tend le bras vers son manteau. Laure reste sur le lit, dans le coin de la pièce, la main sur le couteau. Elle songe à le lancer vers lui, mais elle ne souhaite pas le blesser. L'adoration qu'elle a pour lui la prive de ses forces. Quel genre de femme faut-il être pour éprouver une telle sensation ? Pourquoi ne se sent-elle pas toute molle et consumée de passion quand c'est Mathurin qui la touche ? La porte se referme sans bruit et Deskaheh disparaît dans le froid.

Elle se demande ce qu'elle aurait ressenti si Deskaheh l'avait coupée plus profondément, si le sang avait continué de s'épancher.

18

La robe que Laure a confectionnée pour Madeleine au cours de l'hiver, bleue avec une bordure en renard, est accrochée au plafond de la cabane, à côté de la robe jaune qui a autrefois appartenu à Mireille. À l'aide du tissu que renfermait sa malle et des chutes dont lui a fait cadeau la congrégation, Laure a fabriqué deux autres robes. Elle a cousu du lin et de la serge à des bouts de peau animale, à un peu d'écorce d'arbre, à tout ce qu'elle a pu trouver pour poursuivre les motifs qu'elle voyait dans sa tête.

C'est le printemps et, malgré les quatre robes accrochées au plafond, Laure porte une simple robe d'intérieur en lin et, sur ses épaules, une couverture en laine grise, ancienne possession de Mathurin. Il l'a sans doute volée au terme de la traversée depuis la France, à moins qu'il ne s'agisse d'un cadeau offert aux soldats de la colonie. Même si le soleil du début du printemps a gagné en vigueur et que des taches de vert transparaissent çà et là sous la neige qui persiste, Laure a peur de laisser le feu s'éteindre. Depuis longtemps déjà, le cochon Mathurin a oublié les repas de viande de cerf, qui ont pris fin près d'un mois plus tôt. Dans son enclos, il est de nouveau affamé et amorphe. Au milieu de la pièce, Laure observe l'animal. Elle est prête à l'abattre s'il se décide à attaquer, mais il n'en fait rien.

***

Quand Mathurin entre dans la cabane, bien gras après son séjour chez les Algonquins, Laure est aussi plate que les robes suspendues au plafond. Dès qu'il franchit la porte, il se bouche le nez, pris de haut-le-cœur. Laure se demande comment elle a pu s'habituer à l'odeur qui règne dans la cabane si elle est vraiment aussi répugnante. Lorsqu'il trouve Laure assise près du feu, Mathurin, surpris, a un mouvement de recul. Est-ce son apparence qui lui fait peur ou le fusil qu'elle tient sur ses genoux ?

Laure lève les yeux sur son mari, s'efforce de faire le point sur sa silhouette. Elle se souvient d'avoir souvent rêvé à son retour du fond du *lit-cabane**. La réapparition de cet homme est la récompense qui lui échoit pour avoir survécu à son premier hiver au Canada. Sa bouche s'ouvre et le son qui s'en échappe est à la fois un cri et une question. « Où étais-tu passé ? » Seulement, aucun mot ne se forme dans sa gorge.

Laure aimerait bien savoir ce que Mathurin voit en la regardant. Son premier hiver au Canada a-t-il fait d'elle une folle, une hérétique qui mérite d'être emprisonnée ?

— Tu es rentré auprès de ta femme, dit-elle enfin à voix basse, sans lâcher le fusil.

Impossible que Mathurin puisse lire sur ses traits qu'elle a passé deux nuits d'hiver avec Deskaheh. Laure elle-même se souvient à peine des visites de l'homme : elles ont fondu dans son esprit comme la lourde neige qui entourait la cabane. À présent, Laure est vide, une coquille vide accueillant son mari.

Mathurin remarque les robes accrochées au plafond et il écarquille encore un peu plus les yeux. Il s'avance vers elles, touche les endroits où Laure a cousu les débris de l'hiver qu'elle a passé sans lui.

— C'est la Salpêtrière, dit-il *in petto.* Les hommes qui ont épousé des filles de là-bas s'en plaignent tous.

Laure a l'impression d'être devenue un fantôme, aussi transparente que les silhouettes que, en imagination, elle a vues portant les robes. Cousues avec soin, les robes, de coupe et de style variés, sont impressionnantes. Même si, pour les confectionner, Laure a utilisé en un seul hiver le tissu et le fil de la malle de Paris, qui devaient lui servir jusqu'à la fin de ses jours dans la colonie.

Mathurin s'approche de Laure et s'accroupit devant elle.

— Les filles de la ville ne sont pas faites pour la vie d'ici.

Sa voix s'est radoucie. Il libère son nez et tend la main vers les cheveux emmêlés de Laure qui, d'un rapide mouvement animal, lui tape sur le poignet. Mathurin recule.

De près, Laure se rend compte qu'il a peint son visage pour ressembler à un sauvage. Son mari rose cochon a des bandes rouges sur ses joues rayonnantes. Elle éclate de rire. L'idée que Mathurin sorte de la forêt au bout de cent vingt-six jours lui semble soudain hilarante.

— C'est ainsi que j'ai tué le temps, dit-elle en désignant les robes.

Sa voix est frêle et rauque, comme si l'hiver avait fait d'elle une très vieille femme.

— Pourquoi ne t'es-tu pas installée avec les autres ? Tu n'es pas la seule femme, ici. Les épouses Tardif et Lefebvre…

Laure se dit que Mathurin, devant le corps décharné de sa femme et la puanteur immonde de la cabane, cherche à soulager sa conscience. « Quelle lâcheté ! » songe-t-elle.

Elle énumère les raisons invoquées par ces femmes pour la laisser seule pendant tout l'hiver.

— Mme Tardif est une *Canadienne**. Née ici.

C'est la femme à qui Laure a montré ses travaux d'aiguille, l'épouse qui a affirmé que le Canada n'avait que faire des usages parisiens. Mme Tardif a déjà trois enfants et des bras aussi gros que les piliers de la cabane. Elle a proposé à Laure de l'héberger, mais avec autant de chaleur que la supérieure de la Salpêtrière en mettait à offrir un lit à une pauvre paysanne. Mme Tardif, qui en était à son troisième hiver à la Pointe-aux-Trembles, tirait un orgueil considérable de sa capacité à endurer pareille épreuve.

Il y a aussi Mme Lefebvre, une petite femme nerveuse pareille à un rat, beaucoup plus jeune que Mme Tardif. En novembre, elle a demandé à Laure de l'aider à clouer une planche en travers de la porte de sa cabane pour repousser les ours affamés. Puis, en compagnie de son frère, qui lui ressemble comme deux gouttes d'eau, elle a déguerpi dans la forêt et est rentrée auprès de son père à Ville-Marie.

— Comment voulais-tu que je sache à quoi m'attendre ?

Le ton de Laure est accusateur, et Mathurin contemple ses pieds. Quelle faiblesse chez cet homme !

Finalement, il s'avance et prend le fusil des mains de Laure. Elle le lui abandonne et s'affaisse, penchée vers l'avant. Elle voit son mari soulever l'arme, ouvrir et refermer les chambres, tout remettre en place avec un déclic. Pendant un bref instant, elle se demande s'il a l'intention de tirer sur elle. Au terme de l'hiver, peut-être est-elle indigne de continuer à vivre, tel un cheval trop vieux aux jambes finies. Mais il se détourne et marche vers l'enclos. Le cochon Mathurin lève ses yeux fatigués. Lorsque Laure comprend ce que son mari s'apprête à faire, il est déjà trop tard. Le coup de feu résonne dans la cabane. Le cochon laisse entendre un soupir déçu.

— Laisse-moi te préparer un festin pour célébrer la fin de notre premier hiver à la Pointe-aux-Trembles, déclare Mathurin.

Laure regarde les robes se balancer autour de son mari avec le sentiment qu'un autre fantôme est entré dans sa vie.

Mathurin a insisté pour manger dehors. Le temps est encore un peu frisquet, mais la neige a presque entièrement disparu. Il a allumé un feu entre deux souches. Bientôt, l'air humide se sature de fumée. Laure s'assoit sur une des souches et regarde son mari faire rôtir la chair de son alter ego porcin. Il lui apporte de la viande dans une écuelle, mais elle refuse d'en manger. Mathurin dévore, la bouche et les doigts graisseux. Laure se lève et, les genoux flageolants, rentre dans la cabane à petits pas mesurés. Elle se demande s'il n'aurait pas mieux valu que Deskaheh la laisse mourir de faim. Si seulement l'hiver l'avait avalée tout entière, ses jambes faibles ne s'enliseraient pas dans les ornières boueuses de sa vie avec Mathurin.

***

Peu après le retour de Mathurin des *pays sauvages**, des bourgeons tout verts apparaissent aux branches desséchées des trembles. En fondant, la neige qui entoure l'établissement inonde les cours d'eau qui, dans leur course jusqu'au fleuve, gagnent en vigueur. Bien que quelques semaines se soient écoulées, le corps de Laure reste affaibli, aussi gris que la boue que la neige révèle en fondant. Mais les longs mois de froidure seront bientôt derrière elle. Le silence de l'hiver a pris fin, et elle se sent chaque jour un peu plus forte. Fébriles, les écureuils et les oiseaux vont et viennent dans les arbres, à la recherche de matériaux pour construire leurs nids. Laure aperçoit un merle devant la cabane, sa poitrine rouge telle une infusion de vie. Malgré elle, elle tourne son visage vers la chaleur du soleil et attend de revenir à la vie.

Pendant les mois d'avril et de mai, Laure et Mathurin, avec les autres colons de la Pointe-aux-Trembles, préparent l'établissement pour l'été. Les hommes coupent du bois pour réparer les cabanes, colmater les brèches qui, au dire des femmes, ont laissé passer le froid. Au cours de l'hiver, le toit de la cabane des Lefebvre s'est effondré sous le poids de la neige. Heureusement que la femme l'avait abandonnée pour aller vivre dans sa famille à Ville-Marie. Son mari a décidé de rester vivre chez les sauvages, et les vestiges de la cabane, sinistres souvenirs de l'hiver au cœur du printemps qui porte à l'optimisme, font penser à un squelette.

Les colons cherchent aussi des clairières au milieu des arbres, des endroits où planter des jardins avec les semences dont l'intendant leur a fait cadeau. Dans la plus grande, ils sèment du blé, un peu d'orge et d'avoine et, dans les plus petites, des choux, des navets, des carottes, des petits pois et des oignons. Mais creuser la terre dure à l'aide de haches, de pierres et de tout ce qui leur tombe sous la main est un travail éreintant que personne ne peut supporter très longtemps. Même les femmes s'y essaient pour laisser les hommes souffler. Ameublir et éventrer un sol où foisonne une vie ancienne, voilà qui ravale les colons au rang d'animaux de trait. Une folle entreprise, croit Laure, qui tente d'aider malgré la faiblesse de ses bras. En fin de compte, les colons ne parviennent pas à défricher des surfaces suffisantes pour semer toutes les graines qu'on leur a données et décident d'en garder quelques-unes pour l'année suivante.

Dans la cabane, Mathurin a fabriqué une table rudimentaire, deux billes de bois recouvertes de planches. Ils s'y assoient, Laure sur sa malle et Mathurin sur une souche qu'il a transformée en chaise, et mangent le poisson que les hommes ont pêché dans le fleuve. Les insectes de l'été n'ont pas encore fait leur apparition, mais les grands froids sont loin derrière. Dans la cabane de Mathurin, Laure vit dans le confort, sinon dans le bonheur. Pendant la journée, il besogne, coupe des arbres, chasse et pêche avec les autres hommes, tandis que Laure et les femmes sarclent le jardin, préparent les repas et raccommodent les vêtements. Pour le moment, il n'est pas question de la vie au-delà de l'établissement.

— Tu sais que la femme de la Course est encore enceinte, lui dit un jour Mathurin. C'est leur quatrième.

Ils ont recommencé à dormir ensemble dans le *lit-cabane**. Laure ne répond pas. Quand les femmes de l'établissement lui adressent la parole, c'est pour parler de leurs enfants ou de leur nouvelle grossesse. Elles lui détaillent les signes à observer, les saignements mensuels sautés, les nausées, les seins enflés. Laure, qui ne sent rien de tel, n'ose pas leur avouer qu'elle est soulagée.

— Le roi donnera trois cents livres à toutes les familles de dix enfants, reprend Mathurin.

— Enfants légitimes, marmonne-t-elle en ruminant toujours l'hiver qu'il a passé loin d'elle.

S'il ne s'était pas enfui avec les Algonquins dans l'espoir de faire fortune dans les fourrures, elle serait sans doute déjà enceinte.

— Tu as seulement dix-huit ans. Produire dix enfants ne devrait pas être trop difficile.

Mathurin pense toujours à l'avenir, aux prochaines décennies, tandis que Laure n'arrive pas à voir au-delà de leur prochaine semaine de vie commune. Elle n'arrive pas à s'imaginer enceinte, même une seule fois, et elle se voit encore moins entreprendre un cycle dans lequel elle mettrait un bébé au monde tous les deux ans, à l'instar de la plupart des femmes de la colonie.

Après le repas, Mathurin désigne le *lit-cabane** d'un geste de la tête. Laure se lève et sort laver la vaisselle dans un seau d'eau du fleuve posé près de la porte. Elle prend le temps de l'essuyer et de la ranger sur la tablette. Après, elle se dirige vers le lit et se couche près de Mathurin. Aussitôt, il empoigne l'ourlet de sa robe et la remonte sur ses hanches. Des semaines plus tôt, il a remarqué la blessure sur sa poitrine. À la vue de la cicatrice, il a eu un mouvement de recul. Laure lui a raconté qu'elle s'était coupée elle-même, au moment où elle s'était sentie le plus faible. Il s'agissait d'une forme de saignée qu'elle avait apprise à l'hôpital, qui avait eu pour but de lui donner la force de tenir jusqu'à la fin de l'hiver. Mathurin l'a crue.

Laure en a assez des avances de Mathurin, de ses tentatives de l'engrosser.

— Si tu tiens vraiment à toucher l'argent du roi, lui dit-elle, tu n'as qu'à réunir tous tes petits sauvages qui courent dans les bois et à les envoyer tout droit à Paris. Il ne se limitera peut-être pas à trois cents livres.

Mathurin retient son souffle. Au bout d'un moment, il caresse les cheveux de Laure, rit un peu. Ils sont mariés depuis près de huit mois et toujours pas le moindre signe d'une grossesse.

— À moins que tu sois incapable aussi d'engrosser une femme sauvage.

Mathurin retire sa main.

— Avec tous les soucis que tu me donnes, j'aurais mieux fait d'épouser une *Algonquienne** et de l'emmener ici. On lui aurait remis cent cinquante livres et nous aurions déjà deux bébés.

Laure ricane.

— Tu sais aussi bien que moi comment le gouverneur distribue l'argent. Beaucoup de promesses, puis la somme est réduite de moitié. Le moment venu de payer, il n'y a plus de pièces en circulation. Pour t'épouser, ta sauvage aurait eu droit à deux poules et à un cochon, comme moi.

— Tu sais ce qu'on raconte dans les établissements de Ville-Marie ?

Mathurin a les yeux méchants, le visage luisant.

— On dit que les femmes de l'Hôpital général de Paris sont tarées. Que c'est pour cette raison qu'elles ne peuvent pas avoir d'enfants.

Le lendemain matin, à son réveil, Laure trouve Mathurin en train de faire son paquetage. Il est de nouveau habillé en sauvage, un couteau à la ceinture et un fusil en bandoulière.

— Où vas-tu ? demande-t-elle.

Aussitôt, des souvenirs de l'hiver l'envahissent et elle éprouve un moment de panique.

— Chercher des peaux avant la foire marchande du mois d'août, à Ville-Marie.

Il va sans doute retrouver une femme qui veut bien de lui, a besoin de lui, sait le flatter. Laure, qui se porte mieux sans lui, est heureuse de le voir partir. Elle a survécu à l'hiver. Le printemps et l'été, maintenant qu'elle peut marcher dans l'établissement, avec des voisins à qui rendre visite, seront sûrement moins difficiles à endurer. Mais cette fois, avant de laisser Mathurin s'en aller, elle lui demande de lui montrer comment se servir du fusil.

QUATRIÈME PARTIE

Les filles envoyées l'an passé sont mariées,
et presque toutes ou sont grosses ou ont eu des enfants,
marque de la fécondité de ce pays.

Lettre de Jean Talon, intendant du Canada
à Jean-Baptiste Colbert, ministre du roi de France, 1670

19

DEVANT VILLE-MARIE, les canots des sauvages s'alignent sur la rive du fleuve. Dans les barges utilisées pour la traite des fourrures, on observe de hautes piles de peaux d'animaux. Montés sur des chevaux récemment arrivés dans la colonie, quelques officiers français en uniforme patrouillent les environs. La fumée qui s'élève des feux allumés par les divers groupes de sauvages est si dense qu'elle fait tousser Laure. Quelques Françaises, surtout des femmes de colons, assistent à la foire. Certaines vendent des articles sur des étals en bois aménagés le long du fleuve ; d'autres sont de retour dans l'établissement pour servir de la bière et du brandy.

Ce sont les sauvages du Grand Nord qui ont apporté les plus belles fourrures. Laure a entendu parler des peaux de vison et d'hermine. Les dernières ne sont destinées qu'au roi. Les sauvages, en tenue de cérémonie, ont piloté leurs canots jusqu'au rivage. Laure entend parler de nombreuses langues, certaines de ces tribus lui sont inconnues, et elle remarque un vieillard dont les longs cheveux sont aussi blancs que les étranges fourrures drapées sur ses bras. On voit aussi dans la foule des enfants nés de l'union de Français et de femmes autochtones. Ces garçons sont accoutrés comme des sauvages – tissages de couleurs vives, cheveux longs, visages peinturlurés –, mais ils ont la peau et les yeux plus clairs et certains sont même barbus. Les sauvages que voit Laure marchent le dos courbé, pliées en deux sous le poids des enfants déjà grands qu'elles portent sur leur dos.

Laure ne craint pas de tomber sur Mathurin. Il gît sans doute dans un état de stupeur sous l'une des nombreuses tentes dressées autour du site, où il boit et mange tout son soûl, et s'en donne à cœur joie avec les femmes. Pour le troc, Laure a apporté quelques gobelets en ferblanc, des pantalons en lin qu'elle a elle-même confectionnés et quelques boutons. Elle a aussi apporté un petit sac contenant des perles en verre de Venise trouvées dans les affaires de Mathurin. Celui-ci lui a expliqué que les sauvages les utilisent pour fabriquer des ceintures qu'ils appellent *wampum*, dont ils se servent pour prier et préserver leur histoire. Les sauvages échangent leurs plus belles peaux contre ces perles italiennes bon marché. Laure ne s'attend pas vraiment à conclure des transactions, ce n'est pas pour cette raison qu'elle est venue, mais elle entend dire à quiconque la reconnaîtrait qu'elle est là pour aider Mathurin à gagner un peu d'argent. Étant donné les risques qu'elle a dû courir pour venir, ils se diront qu'elle est une épouse loyale et généreuse.

Laure n'a pas eu trop de mal à persuader les Tardif de la laisser les accompagner jusqu'à la foire de Ville-Marie. Même Mme Tardif était d'avis que Mathurin avait eu tort de l'abandonner pendant l'été en plus de l'hiver. Elle n'a pas non plus été étonnée par le petit nombre de peaux que Mathurin a rapportées au printemps, tandis que son mari à elle est rentré avec un riche butin.

La fille assise en face de Deskaheh devant l'une des tentes utilisées par les Algonquins pour le négoce a l'air très jeune. Laure lui donnerait quinze ans, mais elle a du mal à deviner l'âge des filles d'ici. À vingt ans, elles ressemblent déjà à de vieilles femmes. Selon Mathurin, c'est parce que leurs hommes les font travailler comme des bêtes. Celle qui accompagne Deskaheh a encore les joues douces et joufflues d'une enfant et d'impressionnants cheveux longs et noirs. Ils sont assis côte à côte, et leurs genoux se touchent. Mais ce qui surprend le plus Laure, c'est le ventre de la fille. Il est d'une rondeur parfaite, comme si on avait décroché la lune pour la mettre sous sa robe.

Les Français préfèrent les sauvages à leurs femmes. Ces filles se donnent librement et n'attendent rien en retour. Du fond de leur retraite forestière, telles des sirènes, elles appellent les hommes – c'est du moins ce que Mathurin semble croire. Laure les déteste toutes. À cause de la séduction qu'elles exercent, sa vie au Canada est encore plus difficile. Bien que Deskaheh lui tourne le dos, elle sait de façon certaine que c'est lui. Elle le reconnaît à sa taille, à ses épaules, à la façon dont ses cheveux tombent sur ses épaules. Mais elle refuse d'admettre qu'il s'agit bien de lui. Il est assis trop près de cette sauvage, leurs mains se touchent presque, et la courbe du dos de Deskaheh a quelque chose de doux et de protecteur. Laure sait avec certitude que le bébé de la fille est de lui. Elle se présente devant eux telle une intruse maigre et affamée, un animal qui mérite d'être abattu. Le sourire de la fille s'efface quand elle remarque Laure en train de les observer. Elle croise les bras sur son ventre, comme pour se protéger.

Qu'a vu la sauvage dans les yeux de Laure ? De la haine ? De l'envie ? De la tristesse ? Lisait-elle dans ses pensées ? Deskaheh, qui se demande ce qui a bien pu flanquer une telle frousse à la fille, se retourne et voit Laure plantée là. Il a l'air surpris. Laure se rend compte qu'elle a commis une terrible erreur en venant à la foire. Même si elle a fait le long voyage depuis la Pointe-aux-Trembles dans l'espoir de voir Deskaheh, elle ne s'attendait pas vraiment à le trouver là. Elle se dit à présent qu'elle avait pour but de gagner un peu d'argent, d'acheter des provisions pour l'hiver, au cas où Mathurin ne rentrerait pas. Bien sûr, elle avait aussi l'intention de revoir les lieux où elle avait parlé à Deskaheh, l'été précédent, par exemple le cimetière où Madeleine est inhumée, le jardin de la congrégation, et de se tenir sous la fenêtre de la mansarde d'où elle l'observait. Après tout, ne lui doit-elle pas les seuls instants de bonheur qu'elle a connus dans ce vaste et misérable pays ? Pourtant, elle n'avait pas compté retrouver à Ville-Marie autre chose que des souvenirs de lui.

Quelle erreur ! Elle voit l'expression de Deskaheh passer de la stupeur à la colère. Sans doute croyait-il, comme Laure, que les visites qu'il effectuait à la cabane de Mathurin, au milieu de l'hiver, étaient irréelles. Un rêve gelé dans lequel il a traqué un cerf affamé et a déposé sa carcasse encore tiède devant la porte d'une autre créature affamée, aussi misérable que la première. Deskaheh a-t-il songé à la couper jusqu'au cœur et changé d'idée parce qu'il savait que la poitrine de Laure ne recelait que les désirs d'une affamée ? Coincée entre les quatre murs de la cabane de son mari, quel courage aurait-elle pu mobiliser ? Et puis, Deskaheh n'est pas revenu, même si l'hiver a duré encore longtemps. Peut-être a-t-il eu du mal à croire que Laure existait vraiment, qu'elle pouvait se trouver si près de lui, à Ville-Marie.

« Il semble tellement plus vieux, cette année », songe Laure. Deskaheh, le garçon avec qui elle s'est amusée l'été dernier et qui lui a sauvé la vie cet hiver, est un sauvage avec une femme enceinte, et Laure est une imbécile. Elle se détourne du couple et, fendant la foule, se hâte vers le rivage et l'auberge où elle loge avec les Tardif. Elle croise des hommes qui viennent d'aussi loin que Rivière-du-Loup et Tadoussac. Avant même le déchargement, ils commencent à négocier avec les sauvages qui ont des fourrures à vendre. Les voix des hommes se confondent, forment une sorte de langue de troc commune, mélange de mots utilisés par les autochtones et de dialectes provinciaux.

Pour les Français, la foire est également l'occasion de courir après les filles des sauvages qui font du commerce. Certaines sont excitées par l'aventure, tandis que d'autres poussent des cris de terreur en voyant les hommes les pourchasser dans les rues comme du gibier. Dans la tête de Laure, la foule bourdonne. Le sang afflue dans ses veines, et sa vue se brouille.

Près de l'auberge, Laure est témoin d'une bagarre entre deux hommes. Elle se hâte vers sa destination, incapable de dire quel mélange de Français et de sauvages ils représentent. Mais juste avant qu'elle rentre, Deskaheh la saisit par le bras et la retourne vers lui. Dans la foule, son visage est le seul qui soit bien net. Le corps de Laure est immobile. Elle cherche la fille enceinte derrière lui, mais il est seul.

— À quoi tu penses ? lance-t-il.

Il lui demande plutôt : « À quoi pensais-tu en venant ici ? »

Laure ne peut répondre. Elle a perdu sa voix à la vue de la jeune femme sauvage, de la joie parfaite du couple qu'elle a découvert et qui lui a renvoyé l'image de la solitude dans laquelle elle vit depuis si longtemps. Laure ne peut rien lui dire. Elle n'a pas le droit de l'accuser d'adultère comme elle l'a fait avec Mathurin. Deskaheh n'a rien fait de mal. C'est elle qui s'est imaginé qu'il y avait quelque chose de plus entre eux, elle qui a été assez folle pour venir jusqu'ici à sa rencontre.

— Tu t'es bien remise de l'hiver ? demande-t-il à Laure en baissant les yeux sur son ventre comme le font tous les hommes de la colonie.

Après le rigoureux hiver, Ville-Marie semble en pleine floraison. Comme l'intendant l'avait prédit, la plupart des femmes portent dans leur ventre les précieuses semences des rêves du roi pour la Nouvelle-France : une richesse à venir, la force militaire, une population nombreuse et loyale sur les rives d'un fleuve grandiose. Laure, cependant, n'est qu'un vestige fatigué de celle qu'elle était l'année dernière. Tout le monde s'entend pour dire que les femmes sans enfants sont inutiles et n'ont pas leur place dans la colonie.

Deskaheh veut savoir où elle loge pendant la foire. Elle montre la ruelle derrière elle et précise le nom de l'auberge. Il libère son bras, comme s'il avait oublié qu'il le tenait encore. Laure se demande ce qu'il voulait lui dire, pourquoi il a laissé derrière lui la fille enceinte afin de la suivre au milieu de la foire, mais il n'ajoute rien, et bientôt il disparaît.

***

L'aubergiste, Mme Rouillard, la sage-femme qui a fait le voyage depuis Québec avec Laure et les autres filles, tire d'énormes profits de la débauche dont s'accompagne la foire annuelle des négociants en fourrures. Aux Algonquins, aux Montagnais et aux autres sauvages venus transiger, elle sert le brandy par tonneaux entiers, comme si c'était de l'eau puisée dans le fleuve. La seule responsabilité de la *Canadienne** est d'empêcher les hommes de se poignarder ou de se tirer dessus quand ils sont ivres. À cette fin, elle bénéficie du soutien de ses frères qui vivent à Ville-Marie. Sur le flot des libations offertes par Mme Rouillard et les autres aubergistes de Ville-Marie, les Français achètent à vil prix les peaux que les sauvages ont apportées de leurs territoires dans les bois. Pendant la foire, les autorités ferment les yeux sur les tavernes clandestines qui s'ouvrent dans les maisons de Ville-Marie. Les sulpiciens, les sœurs hospitalières, les jésuites et les autres religieux se barricadent chez eux et attendent la fin de cette orgie estivale. Tout cela, Laure l'apprend de la bouche de Mme Rouillard, qui ne se lasse jamais de parler de la vie de la colonie.

Que Laure, une femme qui vit seule, ait eu droit à sa propre chambre à l'auberge témoigne de l'indulgence dont Mme Rouillard sait faire preuve. Certes, Laure est une femme mariée qui loge seule, mais, avec la foire qui bat son plein, les autorités ont d'autres chats à fouetter. Personne n'ose signaler qu'elle a sa propre chambre sans être accompagnée par un homme, même pas Mme Rouillard, qui a pourtant son mot à dire sur tout le reste. Les Tardif, qui occupent la chambre voisine, s'affairent à échanger contre des pelleteries les articles qu'ils ont apportés. Mme Tardif n'est pas peu fière d'avoir eu les moyens d'engager une bonne à tout faire pour s'occuper de ses enfants et lui permettre d'accompagner son mari à la foire. Laure ne s'attend pas à beaucoup voir les Tardif avant le retour à l'établissement, la semaine prochaine. Au crépuscule, la jeune femme enfile la simple robe d'été qu'elle a prise avec elle. Elle l'a confectionnée l'hiver dernier à l'aide des chutes du coton qui a servi à la fabrication des chemises de Mathurin. Pour l'encolure de la robe, elle a imité le style déshabillé en vogue à Paris au moment de son départ. Elle l'a aussi bordée de lin bleu. Les robes qu'elle a cousues pendant l'hiver, à l'aide des tissus les plus délicats conservés dans sa malle, sont toujours accrochées au plafond, dans un coin de la cabane de la Pointe-aux-Trembles. Elle a promis à Mathurin que, pendant l'été, elle essaierait de les vendre à des notables de la colonie – jamais les autorités ne laisseraient les femmes de la Pointe-aux-Trembles revêtir de tels atours. En réalité, Laure n'est pas encore prête à voir les robes disparaître. Elles lui tiennent compagnie, en quelque sorte. En pensée, elle les voit sur le dos des filles de l'Hôpital de Paris, elles qui comprennent la nécessité de la dentelle et de la broderie fine et savent que, même dans des cabanes en forêt, en compagnie d'hommes vulgaires, les femmes doivent être élégantes.

Laure écarte ses cheveux de son visage, laisse ses longues tresses tomber sur son dos. Depuis qu'elle a vu Deskaheh avec la fille enceinte, cet après-midi, elle se sent légère et vide. Au moins, à l'auberge, elle est entourée de ses semblables et loin de la cabane de Mathurin. C'est un lieu désolé, même en plein cœur de l'été, bien pire que la Salpêtrière. De la cuisine de l'auberge montent des arômes de pain frais, d'épices et de viande rôtie, et des voix s'élèvent au-dessus des tintements de la vaisselle. Laure verrouille la porte de sa chambre et descend.

Elle demande à l'un des frères de Mme Rouillard de tenir les hommes loin de sa table et il promet d'y veiller. Le frère l'appelle Mme Turcotte, nom qu'elle a donné à son arrivée. Il lui apporte un ragoût de viande et de légumes ainsi qu'un peu de vin, et Laure sort de son sac quelques-unes des pièces de Mathurin. À l'heure des repas, il règne dans l'auberge une atmosphère joyeuse dont elle n'a pas l'habitude.

Au moment où Laure va terminer son ragoût et remonter dans sa chambre, Deskaheh entre dans l'auberge. Quelques négociants assis au bar se retournent pour observer le sauvage qui vient de franchir la porte. Deskaheh parcourt la pièce des yeux et, après avoir remarqué Laure assise seule à une table, se dirige vers elle. Le deuxième frère de Mme Rouillard, l'aîné au visage de brute, quitte son poste derrière le comptoir, mais Laure lève la main pour indiquer qu'elle connaît Deskaheh et qu'il peut se joindre à elle. L'aubergiste regagne sa place, sans quitter des yeux la table de Laure.

— Comment va ton mari ? demande Deskaheh en refusant de s'asseoir comme Laure l'a invité à le faire.

— Comme un misérable, répond Laure en s'interrogeant sur ce qui a bien pu le pousser à venir jusque-là pour prendre des nouvelles de Mathurin. Il est presque toujours parti. Tu le vois sans doute plus souvent que moi.

Deskaheh rumine ces mots pendant un moment.

— Tu aurais peut-être mieux fait de te marier avec quelqu'un d'autre.

Il examine les hommes installés au bar, comme s'il était à la recherche d'un bon parti.

Laure a, elle aussi, observé ces *coureurs des bois** occupés à boire du brandy et à faire le récit de leurs exploits dans la traite des fourrures.

— Tu les vois aussi bien que moi. Tous des chiens. J'aurais dû me battre davantage pour rester en France.

Deskaheh hoche la tête.

— Après quelques mois, des fois un an ou deux, la plupart des Français rentrent chez eux. Ils restent le temps d'accumuler des peaux et ils rentrent quand ils sont fatigués de la vie d'ici.

Au cours de la dernière année, le français de Deskaheh s'est beaucoup amélioré.

— Ils se plaignent de tout. De l'hiver, de l'été, des mouches, de la nourriture, des femmes.

Il rit, puis ses yeux s'attardent sur l'encolure de la robe simple de Laure. Elle a honte. Elle l'a mise pour se sentir propre et calme. Ce n'est rien de plus qu'un vêtement qu'elle porte pour dormir.

— Où est ton autre robe ? questionne-t-il.

— Je l'ai brûlée, répond Laure du tac au tac, même si c'est faux.

Deskaheh hoche la tête comme s'il comprenait ce qui avait poussé Laure à faire une chose pareille.

— À quoi tu penses ? lui demande-t-il une fois de plus.

Il veut dire : « À quoi t'attendais-tu ? » Ses yeux, cependant, sont dépourvus de la colère et de la surprise qu'elle y a lues plus tôt dans l'après-midi. Il a le visage détendu et doux. Son expression est empreinte de pitié, le genre de regard qu'un homme pose sur le vieux cheval qu'il s'apprête à abattre. Cet air, elle l'a observé sur le visage de Mme du Clos et de Mme Gage. Laure a appris à chercher la bonté comme d'autres cherchent de l'eau et de la nourriture. Sa survie est à ce prix.

— Je ne veux pas être avec toi, dit-elle, même s'il ne lui a rien demandé de tel.

— C'est impossible. Il y a des choses que... je... nous... appelons... bafouille Deskaheh.

— Ne me parle pas comme si j'étais stupide ou encore une enfant. Je sais qu'il serait absurde que nous soyons ensemble, toi et moi. C'est absolument inutile. Tu as une famille et j'ai appris à vivre avec un cochon.

— En un an, nous avons beaucoup grandi.

Deskaheh respire par la bouche, comme s'il allait ajouter quelque chose, mais il n'en fait rien.

— Je sais mieux que toi ce que le roi français, celui que vous appelez Onontio, attend de nous. Il veut que vous fassiez des bébés sauvages pour le servir et que moi, j'aie des bébés avec mon chien de mari pour le servir aussi.

Laure tend la main au-dessus de la table pour saisir son bras.

— Tout indique qu'au moins l'un de nous s'acquitte de ses devoirs envers son nouveau maître.

En voyant les traits de Deskaheh se crisper, Laure a le sentiment de s'être vengée. Il s'assoit à table.

— Le roi français qui trône de l'autre côté de la mer n'est pas mon maître.

— Bien sûr que si. Regarde-toi. Tu lui apportes les fourrures les plus épaisses, venues des profondeurs des forêts où ses hommes n'osent pas s'aventurer. Qu'obtiens-tu en échange ?

Laure met la main dans son sac et en sort le sachet. Elle en vide le contenu, et les perles qu'elle a prises à Mathurin, faites en verre de Venise, roulent et tombent. Elles bondissent et filent sur le plancher, et Deskaheh s'efforce de les rattraper.

— En France, ces billes de verre ne valent rien. Même une femme pauvre comme moi peut en avoir un plein sac.

Laure se lève.

Deskaheh tente de saisir les billes dans ses mains, de les empêcher de tomber de la table. Il n'arrive pas à les récupérer toutes.

Laure attrape l'une des perles.

— Tu te sers de ces objets pour adresser des prières à Dieu ? Si ton Dieu est comme le mien, il ne t'entendra pas. Attends-moi ici et je vais te donner un autre cadeau. Celui-là, il m'est beaucoup plus cher.

Deskaheh a l'air sidéré.

Dans sa chambre, à l'étage, Laure sort de son sac le couteau qu'elle a apporté. C'est la lame que Mathurin lui a laissée pour écorcher les animaux et écailler les poissons, celle qu'elle a utilisée pour fendre la peau du cerf que Deskaheh a tué pour elle. En élevant la lame à la hauteur de ses joues, la main de Laure tremble. Sans doute savait-elle qu'elle tomberait ici sur Deskaheh. Seulement un été s'est écoulé et tout a irrévocablement changé. Qu'ils étaient innocents, tous les deux, à regarder croître les fruits et les légumes du jardin de la congrégation, à chercher dans leur étrange amitié la force d'oublier les malheurs de leur jeune vie !

Laure a le sentiment de se préparer depuis toujours à cela, à cette inévitable séparation.

Elle dénoue le ruban qui retient ses cheveux. Les longues tresses au poids familier tombent sur ses épaules. Elle porte la lame à son crâne. Pendant un bref instant, elle se dit qu'il serait plus facile de commencer à couper à partir du front, puis en ligne droite, ainsi que, à en croire Mathurin, les Iroquois le font à leurs ennemis. Mais le courage lui manque. Laure agrippe plutôt une poignée des cheveux qui l'accompagnent depuis ses années à l'hôpital. Les mèches renferment les souvenirs, les odeurs et les privations, toutes les nuits passées dans le dortoir surpeuplé, les relents musqués des funérailles de Mireille puis de Madeleine, du sel de mer et des vomissures de la traversée. Les cheveux de Laure ont subi avec elle la courte période de chaleur cuisante, puis l'interminable hiver glacial de sa première année au Canada. Mais, par-dessus tout, les cheveux de Laure portent en eux le souvenir de sa rencontre avec Deskaheh, le sauvage, le premier homme à qui elle s'est offerte.

Laure frissonne en entendant la lame trancher les mèches. Mais elle ne s'arrête que quand tous ses cheveux sont à ses pieds, à l'exception de quelques boucles irrégulières qui s'accrochent à ses épaules. Elle a taillé ses cheveux comme les colons rasent les arbres pour défricher un bout de terrain sur lequel ériger leur cabane rudimentaire. Elle les prend dans ses bras et les lisse, puis elle les noue à l'aide du ruban jaune dont Mme du Clos lui a fait cadeau. Sur sa tête, Laure enfonce le bonnet qu'elle a reçu à la congrégation de Marguerite Bourgeoys, mais qu'elle a jusque-là refusé de porter. C'est l'insigne d'une femme de paysan.

En bas, elle retrouve Deskaheh toujours assis à la table. Il doit avoir ramassé toutes les billes, car elles ont disparu.

Les cheveux de Laure couvrent les bras qu'elle tend à l'homme à la façon d'une offrande.

— En France, on m'a dit que les sauvages volaient les cheveux des Françaises.

Elle pose les nattes sur les bras de Deskaheh.

À la vue de ce qu'elle a fait, le visage de l'homme exprime la répulsion. Elle est satisfaite, heureuse même, de lire le dégoût dans ses yeux. Elle a simplement voulu lui prouver qu'elle est laide. Qu'ils sont laids tous les deux et méritent de rester seuls dans des mondes séparés.

***

Dans les ruelles de Ville-Marie, les hommes se rencontrent pour échanger des récits et, à l'occasion, se battre et faire jaillir leur sang. Les Français ont donné aux rues des noms de sauvages, par exemple Michilimackinac et Outaouaise. On conseille aux femmes d'éviter de sortir de la ville, même en plein jour ; la nuit, c'est impensable. Les négociants en fourrures, les *voyageurs** comme les *coureurs des bois**, au même titre que les soldats de la colonie, émergent des tavernes, les yeux vitreux et rougis. Pendant la foire annuelle, les hommes qui boivent et font du grabuge sont encore plus nombreux.

Par la fenêtre ouverte de sa chambre, Laure entend leurs voix, fortes et empâtées, qui résonnent entre les murs de pierre. La loi interdit aux aubergistes de servir à boire aux sauvages, mais rares sont ceux qui s'y conforment, en particulier en cette période de l'année. Pendant la foire, Ville-Marie compte presque autant de tavernes que de maisons : chacune des nations de sauvages ayant fait le voyage jusqu'à Ville-Marie peut ainsi fréquenter son propre établissement et éviter les rixes avec ses rivales.

Les Françaises, dès leur arrivée, sont mises en garde par les sœurs de la congrégation contre les dangers de la ville. Les ordres religieux reprochent aux Français de fournir le brandy, la bière et le cidre qui poussent les autochtones à commettre des atrocités, par exemple fracasser des canots, allumer des incendies et détruire des cabanes. Les sauvages, lorsqu'ils ont agi sous l'influence de l'alcool, estiment qu'ils devraient être exonérés de tout châtiment. Les Français soutiennent pour leur part que les actes violents des sauvages sont impunis parce que les fourrures qu'ils échangent ont trop de valeur aux yeux des autorités.

Par rapport à la discipline de fer à laquelle Laure a été soumise à la Salpêtrière, la Nouvelle-France est sans contredit un lieu sans foi ni loi. Personne n'oserait l'affirmer en public, mais le bras du roi n'est pas assez long pour traverser l'océan et s'étendre sur les forêts du Canada. Comment expliquer, sinon, que Laure puisse rester seule dans une chambre, au-dessus d'une taverne, dans une ville remplie d'ivrognes qui font la fête ? Sans doute était-elle plus en sécurité dans son dortoir parisien, en compagnie des folles et des malades. L'absence de chaperons, cependant, est beaucoup plus excitante.

Après que Laure lui eut fait cadeau de ses cheveux, Deskaheh lui a demandé de le retrouver plus tard derrière l'auberge. Elle a accepté, même si l'idée de sortir seule ici, la nuit, la terrifie. Allongée dans sa chambre fermée et surchauffée, elle attend l'heure du rendez-vous en s'interrogeant sur les intentions de Deskaheh. Comme il semble lui en vouloir d'avoir coupé ses cheveux et de les lui avoir offerts grossièrement, elle est surprise qu'il veuille la revoir. À présent, elle porte la robe jaune de Paris, celle dans laquelle il l'a vue l'été dernier. Elle a couvert sa tête du châle qu'elle a mis aux funérailles de Mme d'Aulnay et de Mireille. Laure invoque le souvenir de Madeleine. Que ne donnerait-elle pas pour pouvoir raconter à son amie les événements de la journée ! Bien entendu, Laure sait que Madeleine n'aurait pas eu grand-chose de bon à dire au sujet de Deskaheh. Elle lui aurait sûrement déconseillé d'aller le rejoindre ce soir. Rencontrer un sauvage dans les rues de cette ville dissolue et vouée à la traite des fourrures est forcément mauvais pour le salut de son âme.

Une fois que les voix des fêtards se taisent au rez-de-chaussée et que le dernier client du bar a quitté l'auberge pour la nuit, Laure se lève et sort sur le palier. À pas furtifs, elle passe devant les portes closes des autres chambres et descend dans la taverne. Mme Rouillard est toujours debout. Derrière le comptoir, elle lave la vaisselle salie par la débauche de la nuit. Elle ne semble pas surprise de voir Laure au pied de l'escalier, vêtue d'une robe de France bien trop élégante pour une femme de sa condition. Très peu de choses doivent étonner Mme Rouillard, à la fois sage-femme et tenancière d'une auberge dans une colonie française.

La vieille femme prend une serviette et s'essuie les mains. Malgré son visage joufflu, elle a des traits fermes et indéchiffrables. Seuls ses yeux trahissent l'émotion.

— Tu veux que je t'ouvre ? demande-t-elle en posant la serviette et en croisant les bras sur sa poitrine.

Laure ne peut inventer un mensonge et d'ailleurs elle ne saurait mentir à cette femme. Elle hoche la tête.

— Tu te rends compte que, dans cette ville ivre de fourrures, une fille seule dans la nuit n'est pas plus en sécurité qu'un renard ou un lapin ?

Mme Rouillard regarde d'un peu plus près la robe de Laure.

— Surtout une jeune fille comme toi. À mon âge, on sait que les ennuis vous trouvent de toute façon. Pas la peine de leur courir après.

Laure a le visage en feu. La vieille aubergiste la croit sans doute folle. Elle songe à remonter en vitesse dans sa chambre.

— Ne t'en fais pas, va. Dans ma vie, j'en ai gardé des secrets, moi aussi. L'existence des femmes qui habitent le long des rives du fleuve en est pleine. Je pourrais te raconter des péchés et des peines d'amour qui pousseraient un prêtre à renoncer à ses vœux.

Mme Rouillard rit.

— Aucun doute possible : certaines de ces filles profitent de leur nouvelle liberté. Évidemment, cette liberté a un prix : il faut vivre ici !

Elle rit de nouveau.

— J'admets, à ma grande surprise, que peu de Françaises trouvent les sauvages à leur goût. Le contraire n'est pourtant pas rare. Mais il ne faut pas en conclure pour autant que c'est du jamais vu.

Mme Rouillard émerge de derrière le comptoir et, les mains sur ses amples hanches, s'avance à courtes enjambées vers la porte, Laure lui emboîte le pas.

— Certaines personnes se compliquent inutilement la vie.

— Merci, dit-elle au moment où Mme Rouillard ouvre la porte qui donne sur la rue.

— Pas la peine de me remercier. Parfois, les vœux que Dieu exauce sont en fait des malédictions. Ne rentre pas avant le matin. Ainsi, je pourrai dormir un peu et ceux qui habitent là-haut croiront que tu es seulement sortie chercher du pain.

Laure hoche la tête une fois de plus.

— Je connais celui que tu vas retrouver. Par rapport à la plupart, c'est un homme bien.

L'obscurité est profonde, et seule une torche qui se consume au bout de la ruelle troue les ténèbres. À tâtons, Laure se dirige vers l'arrière de la bâtisse en bois. Deskaheh l'y attend déjà. En la voyant, il adopte une expression semblable à celle de Mme Rouillard. Comme si le sauvage et la vieille sage-femme la croyaient depuis toujours capable de dévergondage, et savaient que, tôt ou tard, elle deviendrait une femme adultère.

La Salpêtrière grouille de femmes de la sorte, que leurs péchés et leur pauvreté condamnent à la prison à perpétuité. En Nouvelle-France, le crime le plus grave qu'une femme puisse commettre, mis à part l'avortement, est l'adultère. Cela dit, comme la colonie compte toujours beaucoup moins de femmes que d'hommes, les lois qui régissent l'adultère sont moins strictes qu'en France. Quelques maris décident de reprendre leur épouse ou de l'envoyer dans un couvent, pour peu que sa dot suffise à en assumer les coûts, plutôt que de la punir comme le prévoit la loi. L'avortement, en revanche, est sanctionné plus sévèrement qu'à Paris, où d'innombrables enfants encombrent les hôpitaux et les hospices, à grands frais pour le roi. Le crime est passible de la peine de mort.

Laure se demande ce que Mathurin ferait s'il savait qu'elle était venue à la foire et qu'elle avait quitté les Tardif pour aller retrouver un Iroquois dans une ruelle, derrière une auberge. L'exonérerait-il de la peine de prison et assumerait-il la honte des actions de sa femme ?

Plus tôt, à table, Laure et Deskaheh n'ont échangé que quelques mots, mais ils se sont déjà dit tout ce qu'ils avaient à raconter au sujet de leurs situations respectives. Laure a épousé un porc et elle doit passer le restant de ses jours dans la cabane que cet homme a bâtie en forêt. Deskaheh demeurera dans la tribu des Algonquins avec sa nouvelle épouse et le bébé qu'ils attendent. Ils ont l'un et l'autre renoncé à leur espoir puéril d'échapper à leur destin. Qu'espèrent-ils donc tirer de cette rencontre clandestine ?

Dès qu'il la voit, Deskaheh l'agrippe par le bras, comme un gendarme s'empare d'un prisonnier. Il la conduit dans la rue d'Enfer, le centre des festivités nocturnes des négociants en fourrures. Des Français armés de pistolets montent la garde sur des peaux d'orignal, de cerf, de renard, de loutre, mais aussi d'animaux précieux, comme le chat sauvage, la martre, la zibeline et l'ours. Les ustensiles de leur négoce avec les sauvages – marmites, poêles à frire, vêtements, articles de vaisselle et colliers – jonchent les rues, là où les ont abandonnés les sauvages, davantage ensorcelés par l'alcool et les armes à feu.

Deskaheh entraîne Laure dans l'une des bâtisses. Elle avance tête baissée, le châle remonté sur son front. Elle reconnaît certains des hommes avec qui traite Mathurin. Quelques chandelles se consument dans la pièce, où des hommes chantent des chansons de *voyageurs**. Il y a aussi d'autres Françaises et plusieurs femmes sauvages. Elles semblent aussi ivres que les hommes. Entre les chansons qu'on entonne, les pieds et les mains qui tapent sur les tables et le plancher, le vacarme est assourdissant. Des récits d'aventures, magnifiés par l'alcool, sont entrecoupés de rires gras. On pourrait se croire dans une taverne de France, à ceci près qu'il y a ici des sauvages qui, rendus fous par l'alcool, mangent de la chair. Il fait chaud dans la pièce et, à cause des bougies, tout est rouge.

Malgré l'obscurité, Deskaheh n'est pas assez imprudent pour rester avec Laure dans la pièce principale. Par une porte, au fond, il la fait entrer dans une salle où des peaux d'animaux divisent l'espace en chambres privées. Deskaheh a emmené Laure là où les prostituées se réunissent pour divertir les hommes contre de l'argent. Dans la colonie comme dans les maisons de tolérance de Paris, on y trouve des hommes de toutes les conditions. Le jour, ils ont une autre vie, une femme et des enfants, des affaires qui les occupent, des contrats à signer, des fortunes à gagner. Mais, cette nuit, ils noient tous ces mondes dans le brandy, le vin et la bière d'épinette. L'édification du nouveau pays – les arbres à abattre, le sol rébarbatif à labourer, les récoltes à surveiller, les pelleteries à échanger – attendra demain, l'automne, plus tard. Le mauvais temps viendra, mais, pour l'heure, l'air est chaud, voire étouffant. Les écuelles sont remplies et remplies de nouveau de soupe à base de viande. Le sang coule facilement.

Laure pourrait sans mal être la reine d'une telle cour. Mais ici, les paravents qui délimitent les chambres des prostituées, qu'à Paris elle imaginait en soie, sont faits de chair animale pourrissante. Les princes et les ducs sont des négociants barbus et des sauvages. De leurs voix rauques et avinées, de ravissantes femmes entonnent des chants où il est question de romances forestières. Laure ne comprend même pas les mouvements sinueux de leurs langues sauvages.

Aucun doute possible sur les intentions de Deskaheh. Sinon, pourquoi l'aurait-il entraînée en ce lieu ? Pour qui la prend-il ? Pour une prostituée qui se donne pour rien ? Laure ne saurait dire si son cœur battant est rempli d'allégresse ou de terreur.

Deskaheh sent la terre, les herbes. Tout au long du trajet sur le fleuve et pendant qu'elles dormaient sur ses rives, les jésuites ont mis en garde les Françaises nouvellement débarquées. « Ces hommes mangent la chair de leurs captives. Ils les font rôtir encore vivantes et les dévorent morceau par morceau. » Laure se sent malade de culpabilité. Le vieux prêtre qui leur a tenu ces propos avait une oreille en moins. Les jésuites ont tous perdu la tête en raison des crimes dont ils ont été témoins, et de la profanation de leur Dieu par les sauvages. Ce Dieu n'est-Il pas aussi celui de Laure ?

Mais Deskaheh, en lui enlevant sa robe, est doux, plus adroit et patient que son mari. La peau de Laure sent certainement le lait aigre, comme Mathurin, comme les dortoirs surpeuplés et envahis par la maladie de l'hôpital de Paris. Ils portent tous deux leur histoire comme un onguent sur la peau.

La jeune femme se sent submergée, et il lui est si facile de se laisser couler, de faire corps avec la mer. Les prières apprises à l'hôpital ne sont plus qu'une lointaine litanie.

Pendant que Deskaheh consume son corps, un morceau à la fois, des questions se bousculent dans l'esprit de Laure : « Est-ce ainsi que se sentent les torturés ? Suis-je sur le feu, moi aussi, et dévorée vivante ? Quel effet cela fait-il de brûler pour l'éternité ? Deviendrai-je un spectre affamé qui erre dans la forêt ? Suis-je de l'eau de mer consumée par les flammes ? Que restera-t-il de moi quand je serai partie ? »

Pendant des jours, Laure reste ainsi, enveloppée dans des fourrures, à attendre le retour de Deskaheh. Elle porte la même robe, qui commence à prendre l'odeur des peaux qui l'entourent. Il vient un peu n'importe quand, mais, en ce lieu où résonne sans arrêt la rumeur des beuveries, des chansons et des ébats amoureux, elle ne distingue plus le jour de la nuit. Pour la voir, Deskaheh ment à la fille enceinte et à ceux de son village. Laure est son noir et hideux secret. Il la dévore comme les autres sauvages avalent l'eau-de-feu illicite. Seulement, elle ignore lequel des deux se fait détruire, lequel aura l'avantage une fois la transaction terminée.

Comme presque toujours au Canada, c'est le climat qui décide du sort de Laure. C'est la fin août et, en ce dernier jour de la foire marchande, au moment où les auberges ferment leurs portes et où on démonte les râteliers sur lesquels les peaux étaient exposées, le premier vent de l'automne balaie la ville. Debout dans la rue, Laure sent la brise sur sa peau, tandis que les hommes se dirigent vers les canots. Sous le soleil étincelant, au milieu de l'air frais, elle est aussi frêle qu'une vieille femme. Deskaheh est déjà retourné dans son village. Ils se sont passés d'adieux. Derrière chacune de leurs rencontres se profilait déjà la séparation. Elle part retrouver Mme Rouillard et les Tardif.

20

VIENT LE MOIS D'OCTOBRE de sa deuxième année dans la colonie, et Laure récolte les derniers fruits du jardin : des betteraves et des oignons qu'elle a du mal à extraire du sol gelé. À cause de la tenace férocité des mauvaises herbes que, pendant tout l'été, elle a empêchées d'empiéter sur le jardin, elle a les bras endoloris. Sans parler de la vermine qui, à la faveur de la nuit, creuse des tunnels et ronge les plus beaux spécimens, des vers qui infestent le maïs dès que les tiges sont enfin assez hautes pour produire des épis. Pourtant, Laure a réussi à tirer quelque nourriture de ces cultures assiégées. Les laitues et les concombres d'abord, suivis des haricots, qui semblaient pousser mieux que les autres légumes. Elle en a cueilli pendant des semaines, jusqu'à ce que ses mains soient à vif et les haricots eux-mêmes remplis de grosses graines violacées.

Au Canada, l'automne marque la fin de l'approvisionnement en aliments frais, et il arrive tôt. Dès octobre, la terre est dure et sèche, prête à être ensevelie sous la neige jusqu'au printemps. Les arbres se sont dépouillés de leurs feuilles, et de violentes rafales du nord annoncent déjà l'hiver. Les tiges épaisses des derniers légumes racines déchirent les paumes des mains rugueuses de Laure. Mais elle s'emploie désespérément à ramasser tout ce qu'elle peut, comme si de grandes quantités de légumes séchés et de pots de conserve pouvaient la protéger contre la sombre désolation d'un deuxième hiver dans la cabane.

Un jour de la fin octobre, Laure, qui travaille dans le jardin, est surprise de voir Mathurin remonter le sentier. Il a été absent pendant plus de la moitié de leur première année de mariage et elle ne comptait pas le voir réapparaître avant le printemps. Tardif le salue comme s'il n'était jamais parti. Les autres hommes et même leurs femmes ne s'adressent à Laure que pour lui demander si elle a besoin de quelque chose. Comme elle fait partie de leur établissement embryonnaire, ils tiennent à sa survie, mais, au-delà des politesses les plus élémentaires, ils n'ont pas du tout envie de s'en faire une amie. Les hommes la craignent et leurs femmes ne veulent pas qu'ils lui parlent. Elle vient de Paris, sait faire de la dentelle et a longtemps refusé de couvrir ses cheveux foncés et indisciplinés du bonnet de travail qu'elles portent toutes. En fait, c'est seulement à son retour de la foire marchande, d'où elle est revenue tondue comme une prisonnière, que Laure a commencé à porter le bonnet et la robe grossière assortie. Et au contraire des autres femmes, Laure n'a ni enfants ni famille, que ce soit dans l'établissement ou ailleurs en Nouvelle-France.

Mathurin s'avance vers la cabane, le mousquet bondissant sur son ventre. Encore plus rose et replet qu'à son départ, il a toujours l'air d'un porcelet nourri au grain. Depuis qu'il l'a vue pour la dernière fois, au printemps,

Laure, cependant, a pris un peu de poids, elle aussi. Dans la colonie et même à la Pointe-aux-Trembles, la récolte d'été a été bonne. Il serait facile de préparer un festin pour fêter le retour de Mathurin, sauf que Laure est consciente de ce qu'il a manigancé et de ce qu'elle-même a fait en son absence. Pas de quoi célébrer, en fait.

Dans le jardin, elle se redresse et s'essuie les mains sur son tablier.

— Sois le bienvenu, mon mari, déclare-t-elle. Regarde autour de toi. On dirait un vrai village.

Il fait passer son mousquet par-dessus sa tête et s'adosse au mur de la cabane.

Il se dégage de l'établissement une certaine chaleur, un sentiment de confort absent l'année précédente. On n'a plus l'impression que cette bande de forêt est un campement militaire, saccagé sans qu'on sache trop comment. Il y a davantage de rideaux aux fenêtres, plus de réserves de nourriture pour l'hiver, moins de fissures dans les murs, quelques meubles apportés de Ville-Marie, et on projette la construction d'une église et d'une grande maison seigneuriale en pierre.

Laure est mieux préparée à ce deuxième hiver. Elle a fait sécher des fruits et des légumes au soleil, acheté un tonneau supplémentaire de viande fumée et bouché quelques-uns des plus gros trous de la cabane. Elle a mangé à sa faim, et le soleil de l'été lui a réchauffé le ventre de ses largesses, mais ses mains sont gercées, son visage et ses bras brunis par le soleil. Laure avait le choix : rester une *citadine** et crever de faim dans la colonie en forêt ou retrousser ses manches et extraire du sol tous les moyens de subsistance possibles.

Dans la cabane, elle prépare une soupe au chou et au lard salé, tandis que Mathurin grogne de plaisir à la vue de la courtepointe et des rideaux qu'elle a confectionnés. Il allume du feu à l'aide des brindilles que Laure a ramassées au cours des dernières semaines. Elle est heureuse du retour de Mathurin, aussi temporaire soit-il, car son mari va constituer une réserve de grosses bûches, plus grande que celle de l'année passée, contre le mur de la cabane. Depuis l'hiver dernier, elle sait que c'est le feu dans la cabane qui lui permettra de tenir jusqu'au printemps.

Contrairement à certaines des familles mieux établies de la Pointe-aux-Trembles, Laure et Mathurin n'ont pas plus de meubles cette année. Le mobilier qui arrive par bateau est d'abord destiné aux nobles et aux maisons religieuses de Québec, puis aux colons plus fortunés de Trois-Rivières. Le reste échoit aux nobles et aux religieux de Ville-Marie. Il faudra attendre des années pour que les gens ordinaires aient des meubles dans leurs cabanes, à l'exception de ceux qu'ils fabriquent eux-mêmes ou achètent auprès des rares ébénistes de la ville.

— Eh bien, on dirait que tu as appris une chose ou deux en mon absence. Ça sent rudement bon. Depuis des mois que je me contente du ragoût des sauvages. Tu sais aussi bien que moi comme c'est mauvais, des fois.

Laure hoche la tête.

— Oui. Après des jours et des jours, cette soupe de maïs doit avoir un goût affreux.

Mathurin croit-il qu'elle ne sait rien des Algonquins et de leurs usages ?

Laure remplit deux écuelles de bouillon et de légumes et les apporte. Lorsqu'elle se penche pour déposer celle de Mathurin, il attrape un de ses seins et le pince fort. À cause du mouvement brusque et de la douleur aiguë, elle renverse du bouillon brûlant sur les genoux de l'homme. Pour le moment, il ne tente plus rien.

Après avoir fini sa soupe, Mathurin laisse Laure seule à table et se met au lit. Bientôt, il ronfle et le bruit envahit les moindres recoins de la cabane. Laure n'a pas envie de manger. L'inquiétude qui la ronge et l'empêche de profiter pleinement de l'abondance de la récolte lui revient. Elle se lève de la malle, ouvre la porte et vomit devant l'entrée. Comme elle a l'estomac vide, seuls de l'air et de sourds cris animaux s'échappent de sa bouche.

Bien qu'il soit encore tôt, les ténèbres se referment sur l'établissement et l'air est cru. En regardant les cabanes, dont les habitants les plus prospères ont déjà allumé un feu (quelle extravagance !) et les branches nues de la forêt, au-delà, Laure pourrait croire que tout est paisible. L'arrivée prévisible du froid, à laquelle tous sont bien préparés, semble presque insignifiante. Comme la mort, l'hiver est une certitude qu'on doit supporter et à laquelle on doit finalement se résoudre. Laure est habituée à la mort, aux longues périodes d'enfermement, à la faim, à la force de ce pays qui oblitère tout.

C'est la nouvelle donne qu'elle ne peut accepter, à laquelle elle ne peut se résoudre. Encore maintenant, elle a un goût de bile dans la gorge. Elle s'efforce de repousser le moment qu'elle ne pourra plus différer encore longtemps. Dès que son estomac s'apaise un peu, elle referme la porte et va retrouver son mari dans le lit.

Au matin, elle sort du *lit-cabane**, où Mathurin dort encore, et ouvre de nouveau la porte. La nausée a disparu. Le soleil n'est pas encore levé, l'air est froid et humide. Les autres habitants de la *seigneurie** dorment toujours. Maintenant que tout a été récolté, rien ne les oblige à se lever à l'heure des poules. D'ailleurs, le soleil lui-même se lève tard. Bientôt, la neige sera là.

On dit qu'il est possible, même en Nouvelle-France, de trouver les herbes nécessaires. Si Laure était à la

Salpêtrière, elle n'aurait qu'à faire passer de fille en fille un message exposant son terrible dilemme pour obtenir un rendez-vous. Selon certaines rumeurs, des avorteuses sont à l'œuvre dans la colonie. Mais ce ne sont que des rumeurs. Ce qui est sûr, en tout cas, c'est que, à la Pointe-aux-Trembles, personne ne l'aidera à trouver une avorteuse. Laure n'a personne à qui confier son secret.

Pour elle, la prière est l'ultime recours. Madeleine lui dirait qu'elle aurait dû se tourner d'abord vers la prière. Laure lui répondrait que Dieu, en bon officier de dortoir, exigerait que ses enfants épuisent toutes les solutions qui s'offrent à eux avant de Le déranger. Du reste, Laure, l'été dernier, a prié pour qu'aucun enfant ne résulte des nuits passées avec Deskaheh à Ville-Marie. Fin septembre, elle a su de façon certaine que ses prières n'avaient pas été exaucées. Depuis, elle cherchait un moyen d'expliquer aux autres habitants de la Pointe-aux-Trembles comment elle pouvait être enceinte, vu que Mathurin était absent depuis avril. Laure craignait que même les cieux n'aient pas de solutions à lui offrir. Elle devrait assumer les conséquences, aussi graves soient-elles, de sa terrible erreur. Qu'il était facile de regretter aujourd'hui son abandon du mois d'août !

Sa prière était toute simple. « Seigneur, un petit sauvage pousse dans mon ventre. Tout ce que je Vous demande, c'est de l'enlever de là et de me laisser vivre. Si Vous m'entendez, je Vous promets de ne plus jamais désobéir à l'un de Vos commandements. »

Laure ignore si le secours attendu vient de Dieu ou simplement du fait que, pendant la très longue absence de Mathurin, elle a retourné le problème dans tous les sens. Maintenant que son mari est de retour, il existe peut-être une autre solution. Il n'est peut-être pas trop tard. Après tout, les bébés ont parfois de l'avance. Bien sûr, Laure ne fait que repousser l'échéance, car Mathurin se rendra vite compte que le bébé n'est pas de lui. Mais, d'ici là, tout peut arriver. Peut-être, comme Laure l'espère, fera-t-elle une fausse couche, peut-être son sein expulsera-t-il l'ébauche d'enfant, mais, avec chaque semaine qui passe, cette éventualité devient moins probable. Pendant tout l'automne, elle a travaillé dans le jardin comme une forcenée dans l'espoir d'obtenir un tel résultat. Elle a entendu des Français dire que c'est le dur labeur qui empêche les autochtones d'avoir une ribambelle d'enfants comme les Françaises. Mais même si, en dépit de tous ses efforts, le bébé voit le jour, peut-être Mathurin ne s'apercevra-t-il pas tout de suite de ses origines. Laure peut au moins gagner un peu de temps en couchant avec Mathurin et, dans quelques semaines, soutenir qu'elle est enceinte de lui. Pour l'occasion, elle fait bouillir des branches de pin, puis elle s'asperge les cheveux et la poitrine d'eau parfumée.

À son réveil, Mathurin trouve Laure devant lui, en chemise de nuit. Elle contemple son visage rougeaud et le gratifie de son sourire le plus enjôleur. Il est surpris et heureux de l'attention ; la première partie du plan de Laure n'est guère difficile à orchestrer.

— J'ai désiré si longtemps que tu deviennes ma femme, dit-il en la tirant contre la masse molle de son corps. Je t'ai attendue, Laure.

La volonté de Laure de se donner le bouleverse tellement qu'on le dirait au bord des larmes. Elle lui flatte le dos. Elle préférerait qu'il ne complique pas les choses en mentant à propos des femmes sauvages. Quand il entre en elle, elle grimace de douleur, mais elle fait semblant d'y trouver du plaisir.

Deux semaines plus tard, Laure s'assoit avec Mathurin et lui annonce qu'elle attend un bébé de lui. En réalité, elle est déjà enceinte de trois mois, et son ventre et ses seins sont si enflés qu'elle ne peut plus enfiler son corsage.

Pour célébrer la nouvelle, Mathurin a tué deux écureuils. Il a pourchassé un lapin pendant quelques minutes, mais il n'est pas parvenu à l'abattre. Maintenant que ses nausées ont disparu, Laure est affamée. Jusqu'aux écureuils de Mathurin, embrochés sur des bouts de bois, qui lui semblent délicieux. Comme si elle devait se gaver en contrepartie des semaines marquées par les haut-le-cœur et en prévision de l'hiver. Dans la cabane, il n'y a pas assez de vivres pour la satisfaire, mais elle ajoute ce qu'elle peut aux prises de Mathurin. Elle cuisine pour six. Elle fait bouillir l'un des écureuils pendant quelques minutes, puis elle s'impatiente. Les arômes de cuisson la rendent folle. Elle sort la carcasse brûlante du chaudron et la lance sur la table. Elle s'assoit sur sa malle et mange l'animal au complet, sa chair souple et son sang iodé lui procurant une satisfaction incomparable. Mathurin l'observe, son visage trahissant le contentement.

21

Les doigts de Laure courent sur les points. Elle brode une couverture. « Le bébé émergera tout nu dans la froidure du Canada et il faudra l'emmailloter », se dit-elle. Pour survivre dans ce pays, ne fût-ce qu'une heure, il devra être abrité. Mais souhaite-t-elle vraiment qu'il vive une heure ? deux ? une journée ? Pendant combien de temps Laure sera-t-elle autorisée à garder la créature sans avenir ?

Mme Tardif est assise sur une chaise en bois en face de Laure. Bien qu'elle soit rustique, rugueuse et dépourvue de motifs sculptés, la chaise est un article de luxe que le mari de Mme Tardif a acheté à Ville-Marie. Mme Tardif, qui travaille dans sa cabane au milieu de sa couvée, est une mère coloniale exemplaire. Ses rejetons sont solides et sa cabane pourvue de tout le nécessaire. De lourds rideaux couvrent les fenêtres ; une table et quatre chaises trônent près de celle que M. Tardif a récemment achetée. Il y a aussi des ustensiles de cuisine et une cuvette. Mais ce sont les enfants, annonciateurs d'une grande famille, qui constituent la preuve la plus éloquente de sa réussite.

Comme tout serait simple si Laure attendait le bébé de Mathurin ! Mais qu'éprouverait-elle pour le descendant de son mari porcin ? Ce serait un bébé qu'elle honnirait à moitié, tout différent de celui qui gigote dans son ventre et fait naître en elle des pensées où s'entremêlent Deskaheh, Dieu, les animaux et ses propres emportements.

Mathurin est resté avec sa femme enceinte jusqu'à la mi-novembre mais, à la vue des convois de chasseurs qui quittaient la Pointe-aux-Trembles après avoir été discutés et planifiés avec soin, il a été gagné par l'agitation. Il a fini par partir en promettant à Laure de rentrer tôt au printemps, bien avant la naissance du bébé.

Mme Tardif a accueilli Laure avec plus d'affection que par le passé, à supposer qu'une femme à l'esprit aussi pratique puisse être qualifiée d'affectueuse. Il ne fait aucun doute que la grossesse de Laure l'a rassurée. La présence de Laure sous son toit résulte d'une entente entre voisins que Mathurin, à l'instigation de Laure, a conclue avant son départ. Laure a décidé que, avec un bébé dans son ventre, elle serait incapable de faire face à un autre hiver seule dans la cabane, sans autre compagnie que le feu.

Mme Tardif a intégré les soins à prodiguer à Laure, la *citadine** enceinte, à son horaire hivernal. Dans la cabane de deux pièces, la *Canadienne** élève trois enfants, dont le plus jeune est tout juste sevré. Elle affirme à Laure que les femmes sont faites pour avoir des enfants, que l'accouchement est moins douloureux qu'on le dit, sauf si l'enfant ou la mère ou les deux y laissent leur peau, bien entendu, mais comme on n'y peut rien, inutile d'y penser. Selon Mme Tardif, il n'est pas plus difficile d'élever les enfants que le bon Dieu vous donne que de saler de la viande, ravauder des bas ou sarcler le jardin.

Leur éducation fait simplement partie des mille et une corvées de la vie dans la colonie.

Tout au long de la journée, pendant qu'elles entretiennent le feu, préparent les repas, font de la couture ou s'occupent des enfants, elle fait la morale à Laure. La sagesse et les préoccupations qui régissent l'existence quotidienne de Mme Tardif sont d'ordre pratique. Cet hiver, combien paient les commandants militaires pour faire raccommoder leurs bas et leurs uniformes ? Peut-on faire durer le bois de chauffage plus longtemps en se couchant tôt le soir, en laissant la porte fermée, en tirant les rideaux et en gardant les enfants à l'intérieur toute la journée ? Combien de bouillon peut-on obtenir en faisant mijoter de la viande salée et des arêtes de poisson pour en tirer un ragoût presque aussi dilué que celui de la Salpêtrière ? Laure sait gré à Mme Tardif de ses leçons sur l'art d'être une épouse coloniale efficace et prudente. Elle voit bien qu'après une ou deux décennies d'un tel labeur, on peut espérer une existence un peu plus facile, mais il ne fait aucun doute que, dans la tête de Mme Tardif, il n'y a de place ni pour les robes de tissu fin ni pour les rêves où il est question de princes et d'une cour royale, de lettres et de périlleuses amours avec les sauvages du pays.

En échange de la gravité simple de Mme Tardif, Laure donnerait volontiers les courbes vaines de son corps crémeux, ses yeux brillants, les pensées folles qui lui envahissent la tête et, par-dessus tout, la preuve coupable de ses fautes, qui occupe à présent l'espace sous ses côtes.

— Je me demande bien pourquoi tu perds ton temps à faire tous ces motifs compliqués, dit Mme Tardif. Les bébés sont des créatures sales qui se moquent des fleurs brodées. Tu ferais mieux de confectionner une couverture avec la laine grise que je t'ai donnée.

Laure ne se voit pas emmailloter un bébé dans un tissu aussi rêche. Elle a défait une des robes qu'elle a confectionnées l'hiver dernier et se sert du coton pour fabriquer une couverture toute douce pour le bébé.

— Je me demande bien quand tu vas comprendre qu'on n'est pas à Paris, ici, que le Canada n'a rien de commun avec la cour du roi, que le sens pratique et l'économie sont beaucoup plus utiles que les motifs de fleurs et les tissus chers.

Laure continue de broder.

— La dernière chose à faire, c'est de laisser croire aux enfants que la vie est facile. À quoi bon habituer le tien à de belles parures à un si jeune âge ? Il n'aura pas d'autre article de luxe de toute sa vie.

« Mieux vaut avoir connu la délicatesse une fois dans sa vie, avoir constaté, ne fût-ce qu'un moment, que l'existence ne se résume pas aux tissus grossiers et au travail éreintant », songe Laure, mais elle garde le silence. Après tout, elle habite sous le toit de Mme Tardif, et l'hiver est froid et brutal.

— Je n'ai pas tes qualités de ménagère. Tout ce que je sais faire, c'est fabriquer des vêtements délicats.

Quand Laure a terminé de travailler à la couverture cette journée-là, elle la drape sur la boîte en bois que Mme Tardif lui a donnée comme berceau. Laure ne peut s'empêcher de penser que cette boîte ressemble plus à un cercueil qu'à un berceau et que, quand elle met la couverture dessus, c'est comme si elle déposait des fleurs sur la tombe de son bébé.

***

Mme Rouillard est passée voir Laure chez les Tardif. C'est le mois de février, et elle est en visite à la Pointe-aux-Trembles, où il y a trois femmes enceintes. Chargés de rendre compte en France de la fertilité de la colonie, le gouverneur et l'intendant attendent avec impatience les nouvelles concernant les grossesses et les naissances dans la région de Ville-Marie.

Mme Rouillard est couverte de fourrures et ressemble à un *coureur des bois**. Elle ôte son pardessus et ses bottes : à cause du froid, ses joues sont rouge vif. Elle a fait le voyage depuis Ville-Marie avec un converti algonquin prénommé Louis et un jeune *Canadien**.

— On ne vous paie pas beaucoup pour voyager avec moi mais, dans ces bois, je vous en sais gré. Retournez à la cabane d'où nous venons : je suis certaine qu'on épuisera pour vous les réserves de brandy. Laissez-moi m'occuper des affaires de femmes qui m'appellent ici et j'irai vous retrouver dès que j'aurai fini.

Les jeunes hommes ferment la porte derrière eux, pressés de fuir une autre femme enceinte.

— Tu n'es tout de même pas encore partie pour la famille ? demande-t-elle à Mme Tardif.

— Non, ce n'est pas pour moi.

— Tant mieux. Je répète toujours qu'il n'y a rien de plus dangereux pour la mère et l'enfant que des grossesses trop rapprochées.

Mme Rouillard se tourne alors vers Laure. Elle plisse les yeux, comme si elle cherchait à se souvenir de l'endroit où elle a vu ce visage.

— Tu n'es pas sa sœur ?

Laure répond que non. Elle dit à la sage-femme que Mme Tardif est simplement assez aimable pour l'accueillir sous son toit pendant que son mari est parti chercher des fourrures. Mme Tardif est heureuse des mots de louange de Laure, car elles savent toutes les deux que les nouvelles de sa générosité atteindront Ville-Marie.

— Maintenant que je t'entends, je me souviens de toi. Tu es venue de l'hôpital de Paris. Je crois bien avoir fait avec toi le voyage en canot depuis Québec.

Laure hoche la tête. Mme Rouillard semble sur le point d'ajouter quelque chose, mais elle tend plutôt la main vers le sac qu'elle a apporté. Lorsque Mme Rouillard s'avance vers elle, Laure se met à trembler. La sage-femme se rendra compte qu'elle est enceinte de six mois, et non de quatre, et Laure sera démasquée devant Mme Tardif. Laure sent les yeux de la sage-femme examiner son visage et son corps, comme si elle connaissait son secret avant même de l'avoir touchée. En silence, Mme Rouillard s'agenouille à côté de Laure et approche la chandelle. Elle demande à Laure de venir s'allonger sur une fourrure qu'elle a déroulée sur le sol. En sentant les mains de la sage-femme parcourir son ventre, Laure se crispe. La vieille femme, qui cherche les membres de l'enfant à travers la chair de Laure, fixe un point dans le lointain. Laure craint que cette femme, au simple contact de son abdomen, ne découvre le pot aux roses. Enfin, Mme Rouillard pose l'oreille sur le ventre de Laure pour écouter le cœur du bébé.

— Le bébé est en bonne santé, déclare Mme Rouillard avant de poursuivre sans achever sa phrase. Madame... ?

Laure répond à la question tacite en mentionnant le nom de Mathurin.

Mme Rouillard demande ensuite à Mme Tardif d'aller chercher les garçons chez les voisins.

La sage-femme ne dit rien pendant un moment. Elles sont enveloppées dans le silence, le sommeil profond de l'hiver. Seule Laure est éveillée, alerte et attentive à la moindre parole de Mme Rouillard.

— Tu serais surprise d'apprendre combien de femmes ont commis des péchés plus graves que le tien.

Laure écarquille les yeux. Mme Rouillard se souvient de l'avoir vue quitter l'auberge pour aller retrouver Deskaheh.

La sage-femme observe encore le silence pendant un certain temps. Laure voudrait pouvoir lui dire qu'elle regrette ses actions. Évidemment, sa vie serait beaucoup plus simple si elle était enceinte de Mathurin ou si elle n'était pas enceinte du tout. Mais que pourrait-elle espérer d'une telle vie ? Sa peau brunirait comme celle de Mme Tardif, et le travail l'userait de la même façon. Seulement, il n'y aurait pas de souvenirs secrets de Deskaheh, pas de petit sauvage dans son ventre. Laure éprouverait des sentiments tièdes, voire de la répulsion, pour son mari, ses enfants et sa cabane rudimentaire au milieu des bois. Comment, dans ce contexte, avoir des remords ?

— Le problème, c'est qu'on ne t'a pas fait traverser l'océan aux frais du roi pour devenir l'amie des sauvages.

— Mais les Français, y compris mon mari, sont libres d'avoir des relations avec qui bon leur semble.

— Oui, et il en est résulté plus de petits sauvages et pas un seul Français. Seules les femmes venues de France peuvent donner au roi la colonie dont il rêve pour le Canada. D'ailleurs, penser aux comportements des hommes d'ici ne va pas t'aider du tout.

Mme Rouillard semble pensive.

— Il ne faut pas qu'on sache ce que tu as fait. Pour survivre à Ville-Marie, tu auras besoin du respect de femmes comme Mme Tardif. Tu as de la chance parce que, au Canada, tout le monde s'efforce d'avoir une bonne opinion des femmes. En France, comme tu le sais, c'est une autre histoire. Les femmes ont beau passer leurs journées sous surveillance à l'Hôpital général, des mensonges circulent au sujet de leur goût de la luxure. Ici, les femmes ont beaucoup plus de valeur.

Laure entend Mme Tardif qui rentre. Elle écarquille les yeux.

— Bientôt, je passerai te voir de nouveau. J'aurai prévu quelque chose pour le bébé. Entre-temps, soigne-toi bien. Je ne cherche pas à faire plaisir à des gens comme Mme Tardif et ton mari. Si je fais ce travail, c'est pour assurer la survie des mères et de leurs petits. Dieu sait que la nature me donne déjà assez de fil à retordre.

***

À mesure que les semaines passent, Laure n'a qu'une seule idée : l'enfant qui pousse en elle. Sa fatigue est telle qu'elle se souvient à peine de l'époque où elle n'était qu'une seule personne. Sa grossesse consume ses pensées à la façon d'un feu qui détruit tout sur son passage. Ses forces déclinent, elle s'alourdit et s'épuise un peu plus chaque jour, mais les mouvements du bébé sont de plus en plus vigoureux. Parfois, la nuit, quand elle n'arrive pas à dormir, elle sent une main ou un genou pousser contre son abdomen, comme si le bébé luttait contre l'enfermement. Dieu l'a punie en lui donnant un petit en parfaite santé. La créature sans avenir est pourvue d'un fort désir de vivre. Pire, Laure a commencé à chanter pour elle. Elle se souvient de son père, du sentiment de sécurité qu'elle éprouvait dans ses bras. Évidemment, il n'avait que des chansons à lui donner.

Peu de temps après, Mme Rouillard revient pour examiner Laure.

— N'oublie pas que cet enfant ne t'appartient pas, lui chuchote-t-elle à l'oreille.

Laure, qui entreprend son huitième mois de grossesse, est stupéfaite. Après tout, la chair distendue de son ventre enveloppe le bébé. Leurs deux corps sont inséparables.

— Tu ne peux pas le garder. Ton mari saura qu'il est d'un autre. Même s'il ne dit rien, des femmes comme Mme Tardif propageront la rumeur jusqu'à Ville-Marie. Il y aura des conséquences, pour toi et pour l'enfant.

Laure s'efforce de suivre le raisonnement de Mme Rouillard, mais elle n'arrive pas à détacher les yeux de son ventre. Elle ne s'est pas permis de réfléchir au résultat, aux châtiments, allant jusqu'à la mort, qu'on réserve aux femmes adultères. Elle n'a pas osé penser à ce qui arriverait après la naissance de l'enfant, un être distinct d'elle, de toute évidence sans lien avec Mathurin. Laure s'est imaginé que sa grossesse s'étirerait, telle la peau de son ventre. Qu'elle n'aurait pas de fin. Que les chansons qu'elle se rappelle à moitié suffiraient. Elle refuse d'entendre la proposition de Mme Rouillard.

Elle a envie de crier comme une des folles de la Salpêtrière. À l'idée de ne pas garder cet enfant, même si cela équivalait pour elle à une sentence de mort, elle craint de perdre la raison.

— Écoute-moi bien. La meilleure solution pour tout le monde – pour toi, pour ton mari et surtout pour l'enfant –, c'est que l'Algonquin, le père, accepte de l'élever.

« Deskaheh ? » Depuis l'été, Laure ne l'a pas revu. Il ignore sûrement qu'elle est enceinte.

— Les autorités ne comptent pas les enfants des sauvages comme ceux des Français, et elles ne se soucient pas tellement de leurs origines. Écoute-moi bien, à présent. Je suis allée le voir au-delà de Ville-Marie, du côté de la rivière des Outaouais, et il a accepté de prendre l'enfant. Il s'inquiétait pour toi et a voulu venir te voir, mais je le lui ai déconseillé. Il n'est pas méchant, celui-là. Un peu bête, mais il a le cœur bon. En général, le malheur frappe les illuminés qui ont le cœur sur la main.

Laure se demande ce que Deskaheh racontera à ceux de son village. Comment expliquera-t-il ce malheur-là ?

— Ils ont déjà adopté des enfants. C'est une pratique guerrière. Deskaheh lui-même a été adopté. Mais essaie de ne pas penser à ce qu'il adviendra de l'enfant. Après tout, il vaut mieux grandir chez les sauvages que mourir.

Laure hoche la tête. Elle et le bébé survivront, séparés, mais vivants. Laure, qui veille tandis que dorment les Tardif, a imploré la grâce de Madeleine, son amie morte, le seul ange divin dont elle croit avoir l'oreille, pour obtenir un tel dénouement. Ses prières ont été exaucées.

— Il y a encore beaucoup à faire pour que l'enfant, une fois au monde, parvienne à Deskaheh avant que Mme Tardif ou ton mari le voie. Mais, pour le moment, ne te fais pas de souci à ce sujet.

Son enfant vivra. Tout le monde aura une deuxième chance. Laure imagine le visage béatifique de Madeleine en train de sourire et se sent déborder de gratitude.

22

DE MÉMOIRE DE COLON, le deuxième printemps de Laure au Canada fut le plus venteux de tous. La nuit, les rafales sifflaient telles des âmes en peine en s'infiltrant dans les petites cabanes et perturbaient le sommeil. Comme si, cette année-là, l'hiver refusait de lâcher prise. Laure rêvait beaucoup. Ti-Jean, le marin qui avait détruit le courage de Madeleine, montait un des chevaux venus arracher Laure des bras de son père. Dans un des songes de Laure, Ti-Jean était un monstre accoutré comme le Bonhomme Terre-Neuve.

Allongée sur le côté, incapable de se retourner à cause du poids de son ventre, Laure croit entendre les femmes crier parce que des guerriers iroquois attaquent l'établissement en brandissant, en signe de victoire, les scalps sanguinolents de leurs victimes aux cheveux longs. Il y a de nombreux bruits dans la cabane, les petits Tardif qui toussent et gémissent dans leur sommeil. Ce vacarme n'empêche pas Mme Tardif de dormir à poings fermés en laissant entendre des ronflements rugissants, et de se lever fraîche et dispose, prête à entamer sa journée avec l'énergie d'un officier de l'armée, tandis que Laure, dès le réveil, est lasse et vidée, convaincue que les démons de l'enfer qui lui ont rendu visite pendant la nuit vont la punir de ses péchés.

Si le bébé qu'elle porte en elle l'entend ou sent le malaise grandissant de sa mère, il n'en laisse rien paraître. Il continue de croître jusqu'au début avril en donnant des coups de pied toujours plus forts. À la fin du mois, Laure est de loin la plus grosse femme enceinte de sept mois que les colons aient vue. Elle ne peut plus faire grand-chose, sinon rester allongée sur le côté. Elles n'ont aucune nouvelle de Mathurin, et Mme Tardif est si lasse de la visiteuse indésirable qu'elle ne rentre de ses travaux à l'extérieur que le temps de lui préparer à contrecœur un peu de bouillon, tout en poussant des soupirs à cause de l'état déplorable des finances du foyer en cette fin d'hiver. À vrai dire, Laure pense que la femme est effrayée par la taille surnaturelle de son invitée.

Début mai, Mme Tardif demande à Laure de retourner chez elle, même si Mathurin et les autres hommes ne sont pas rentrés du pays des fourrures. D'ici là, elle promet de lui apporter de la soupe et de l'aider autant que le lui permettra sa propre situation déplorable.

Par la suite, Mme Rouillard passe de temps en temps examiner son ventre, voir si le moment de l'accouchement est venu et lui offrir de la soupe, du pain et un peu de viande. La sage-femme palpe le ventre de Laure et affirme que son bébé se porte bien, du moins à en juger par la force de ses coups de pied. Elle lui propose une saignée pour réduire l'enflure de ses bras et de ses jambes, mais Laure croit que seule la venue de l'enfant pourra la soulager. Elle avale toutefois les herbes réputées accélérer le moment du travail, car la sage-femme est d'avis que le bébé tarde à naître.

Enfin, une nuit de la mi-mai, le bébé se manifeste. Au début, Laure ne sait pas si les spasmes de son ventre et la douleur qui s'ensuit diffèrent des signes qu'elle observe depuis des semaines. Mais, au bout de quelques heures d'insomnie, elle descend du lit et étale quelques peaux sur le sol de la cabane. Elle ignore quelles forces guident ses actions, mais elle n'a pas peur et ses gestes sont résolus.

Elle ne sait pas pendant combien de temps elle reste ainsi, le visage blotti dans les fourrures, l'odeur de la chair des animaux morts dans les narines. Entre deux accès de douleur, elle tente de dormir. Il n'y a rien d'autre à faire que de supporter l'épreuve. Elle oublie le passé et l'avenir. Les heures passent comme des minutes et chaque minute constitue une éternité de souffrance.

Coincée entre le monde des rêves et la douleur qui la garde éveillée, Laure dort par à-coups. Mais, subitement, les personnages de son rêve descendent en cascade, comme si une cataracte prenait naissance dans sa tête. Elle s'agenouille et éprouve un instant de terreur. Après des mois d'enflure, elle se dégonfle, laisse fuser un liquide tiède sur les peaux. La sensation de ballonnement cède la place à la douleur la plus aiguë qu'elle ait jamais connue. Elle pousse un premier cri, puis un autre.

Laure a ouvert la porte de la cabane et s'apprête à sortir, peut-être à gagner la forêt, dans l'espoir d'échapper à la douleur qui ne la quitte pratiquement plus. Mais Mme Tardif est là qui lui bloque le passage. Elle la repousse dans la cabane, l'oblige à se coucher sur les peaux, dit qu'elle va envoyer son mari chercher la sagefemme. Laure sent le bébé s'agiter dans son ventre.

À son arrivée, quelques heures plus tard, Mme Rouillard relève Mme Tardif de ses fonctions en disant qu'elle la rappellera lorsque le bébé sera sur le point de venir. Laure entend Mme Rouillard dire que ce ne sera probablement pas avant le matin, qu'un premier bébé met du temps à naître.

Une fois qu'elles sont seules, la sage-femme aide Laure à se redresser sur ses coudes et allume la lampe à l'huile qu'elle utilise avec parcimonie pour les accouchements de nuit. Elle soulève la jupe de Laure et écarte ses jambes au maximum. Laure ne sent pas les mains qui l'examinent, mais elle parvient à se calmer un peu en fixant le visage de la sage-femme.

— Le bébé est proche, mais essaie de le retenir un peu, conseille-t-elle. Tu n'es pas encore assez dilatée pour pouvoir commencer à pousser.

Laure sent ses yeux rouler dans leurs orbites. Impossible de suivre les instructions de la sage-femme. Elle ne peut résister à la pression que la tête du bébé exerce sur son épine dorsale et qui, elle en est sûre, va lui trouer le dos. La sage-femme la regarde dans les yeux et lui ordonne d'oublier la douleur et d'écouter ses paroles. Puis elle s'efforce d'agrandir l'espace entre les jambes de Laure pour laisser passer la tête du bébé.

Laure ne peut se concentrer ni sur la voix de Mme Rouillard ni sur la pièce qui l'entoure. Elle imagine une porte s'ouvrir dans son esprit et la franchit. Un feu ardent se consume dans la pièce et elle est de retour parmi les personnages des rêves qui la tourmentent depuis le début de l'hiver. Elle pousse un grognement de chien malade et se remet à crier. Mme Rouillard lui annonce qu'elle sort chercher un seau d'eau.

En introduisant cet enfant trop grand dans le monde des vivants, Laure a un aperçu de celui des morts. Elle l'a vu dans ses rêves tout au long de l'hiver, tandis que le bébé grandissait. Mais lorsque la tête géante jaillit de son corps en déchirant sa chair et qu'elle se met à saigner, Laure perçoit autre chose. Comme si elle n'entendait plus les bruits de la cabane, où ne subsiste qu'une paix profonde et lointaine.

Cette fois, elle entrevoit un ruisseau paisible et accueillant comme un ciel d'été. Son gazouillement est aussi doux que celui des oiseaux qui jouent dans les arbres. Elle ne sent pas la douleur et peut marcher comme à son arrivée dans le Nouveau Monde, délestée du lourd poids de l'enfant. Quelqu'un est là au bord de l'eau. Les cheveux de l'homme sont aussi longs et noirs que les siens, et ses bras sont de la couleur des branches, dont ils ont aussi la force. « Je ne savais pas que Jésus m'accueillerait ainsi au paradis », songe Laure. Elle le reconnaît quand il s'approche d'elle. Deskaheh. Il l'observe de loin depuis longtemps.

« Tu es chez toi », dit-il. Elle croit qu'il fait allusion à ses bras, vers lesquels elle a envie de courir, qu'elle voudrait sentir envelopper son corps frêle. Mais il sourit et, d'un geste de la main, désigne le vaste territoire qui les entoure.

Laure veut le croire, se dépouiller des lourds vêtements qu'elle porte, laisser derrière elle ses souvenirs d'immeubles de pierre, d'hommes au cœur de pierre et de la pierre lourde, si lourde, qu'elle a portée dans son ventre. Elle veut offrir sa peau nue au soleil et oublier tout le reste. Se tenir debout avec lui dans l'eau froide et calme. Mais entre eux, la distance est trop grande, et elle n'arrive pas à le rejoindre. Le fleuve paisible se transforme en océan démonté, et Laure est emportée en un clin d'œil.

On gifle Laure, une voix nouvelle pleure dans la pièce. Son estomac est liquide et son corps, fleuve sans berges, lui a été rendu. Incapable de bouger ne fût-ce qu'un doigt, elle pleure sans bruit et sans laisser s'échapper une autre goutte d'eau.

Pour la première fois depuis des mois, Laure sent le froid et se dit qu'on l'a transportée dehors ; sans doute la femme qui l'a frappée l'a-t-elle laissé tomber dans la neige. Elle ne peut ni dormir ni rester éveillée. Elle prie pour regagner le courant céleste. Seulement, il y a une nouvelle vie animale dans la cabane. La sage-femme pose le bébé, une fille, sur son sein. Si énorme et si puissante dans son ventre, la créature semble maintenant toute petite.

Dès que le bébé se met à téter, Mme Rouillard s'affaire à préparer un repas, sans doute à l'aide de provisions qu'elle a elle-même apportées.

— De la soupe pour la nouvelle maman, annonce-t-elle. Donner la vie, c'est du travail.

Laure a faim et avale un premier bol de soupe remplie de morceaux de viande et de légumes racines, puis un second. Ensuite, Mme Rouillard déclare qu'elle doit partir. Après la longue nuit, elle doit se reposer pour être prête à battre les sentiers, à accoucher une autre femme. Elle promet de revenir deux jours plus tard et conseille à Laure de garder le lit, sauf pour entretenir le feu et manger de la soupe.

— Place le bébé sur ton sein et contre ta peau pour le garder au chaud, et repose-toi le plus possible pour éviter de trop saigner.

Puis elle ajoute :

— C'est une naissance heureuse.

Laure passe le premier jour de la vie de sa fille dans le lit de la cabane, à allaiter la nouvelle créature, qui tète goulûment ou dort à poings fermés. La jeune femme caresse le fin duvet de cheveux noirs sur la petite tête, s'émerveille de la moue lisse de ses lèvres et des taches de couleur sombres sur ses joues. Comment un être aussi remarquable et aussi avide des prochaines heures de sa vie condamnée d'avance a-t-il pu naître d'une impossible union clandestine ?

Au cours des heures qui suivent la naissance de sa fille, Laure n'est ni endormie ni complètement éveillée. Elle se laisse simplement dériver sur les vagues douces de ces premières respirations hésitantes. Elle a le sentiment de devoir rester vigilante, afin de pousser son bébé, de l'élever, par la force de sa seule volonté de mère, toujours plus haut au-dessus de la surface des eaux, loin du sommeil, sensible aux moindres tressaillements du monde.

Laure s'efforce d'oublier qu'elles seront séparées sous peu. D'ici quelques jours, elle restera seule, blessée et informe. À quoi bon tenir le bébé contre son sein et lui fredonner des chansons ? Bientôt, Laure, dans la vie de son bébé, appartiendra à une époque où mourir noyée ou vivre revenait au même, à une vie antérieure à sa découverte de la forêt, de la neige, de son père et des siens.

Plus tard, Mme Tardif vient frapper à la porte. En entendant la voix forte et familière, Laure songe à ne pas sortir du lit. Mais elle sait que, en agissant ainsi, elle ne réussira qu'à éveiller les soupçons et à provoquer une invasion encore plus grande. Se levant, elle emmaillote le bébé dans la couverture, couvre son visage et ses cheveux foncés et blottit la petite contre son sein. Puis, courbée et en proie à d'atroces douleurs, elle va d'un pas titubant ouvrir à l'importune.

En entrant dans la cabane, Mme Tardif semble à peine remarquer l'enfant et l'état d'extrême faiblesse de Laure.

— Bon, maintenant que le bébé est arrivé, il faut que je te parle.

Laure retourne vers le lit. Elle a besoin de s'asseoir. Mme Rouillard a enlevé le bois au-dessus du *lit-cabane** pour en faciliter l'accès. Laure s'installe au bord, son bébé serré contre elle.

— Je voulais te parler plus tôt, mais c'est la sage-femme qui m'a demandé d'attendre. Pour ma part, je ne crois pas qu'on aurait dû en faire un secret, dit Mme Tardif en croisant les bras sur sa poitrine.

Que peut-elle bien avoir à annoncer à Laure ? Une chose est certaine, il n'y a rien de bon à espérer. Laure détecte de la suffisance chez la *Canadienne**. La fatigue l'empêche de dire qu'elle ne veut rien savoir, qu'elle n'a aucune envie d'apprendre de mauvaises nouvelles. Que si Mme Rouillard, sage-femme éprouvée, était d'avis que rien ne pressait, Mme Tardif pouvait sûrement attendre.

Avant que Laure ait eu le temps de protester, les mots, cependant, jaillissent de la bouche de Mme Tardif.

— Ton mari est mort.

Pendant un bref instant, Laure n'est pas certaine d'avoir bien compris. Elle imagine un combat entre Deskaheh et Mathurin à l'issue duquel l'un d'eux a trouvé la mort. Mais lequel ? Mathurin est au courant de tout depuis le début et voilà le résultat. Peut-être sont-ils morts tous les deux, auquel cas le secret de Laure est éventé. Le bébé, qu'elle désire déjà plus que ces deux hommes, sera arraché de son sein.

— Mathurin se hâtait de rentrer auprès de toi et du bébé, mais il est tombé sous la glace et s'est noyé, explique Mme Tardif sur un ton de reproche.

Bien que son cœur affolé lui soit monté à la gorge, Laure est soulagée. Son secret est en sécurité. Négociant en fourrures avide, consumé à son tour par l'indifférence cruelle du territoire, Mathurin, le cochon rose et idiot qui lui tenait lieu de mari, a simplement perdu pied et glissé sous l'eau. Mais quel visage Laure doit-elle laisser voir à cette femme, à cette voisine perspicace ? Quel nouveau mensonge doit-elle inventer ? Bien sûr, Laure doit sembler triste, bouleversée, éplorée. Mathurin est mort. Mais elle n'est pas vraiment étonnée. Depuis le début, elle sait que cet homme sera avalé tout rond par la force du dédain de sa femme.

— Nos hommes sont tellement braves, reprend Mme Tardif. Nous avons de la chance qu'ils veillent si bien sur nous. Nous sommes en sécurité ici, dans l'établissement, tandis qu'ils risquent leur vie dans les bois au milieu des nations sauvages. Ton mari a passé l'hiver au bord de la rivière des Outaouais, parmi les Cheveux-Relevés, avec d'autres hommes d'ici. Ils sont allés plus à l'ouest que d'habitude et ils ont rapporté beaucoup de peaux. La saison a été bonne. Ton mari est parti avant les autres pour revenir auprès de toi, naturellement. Pour parcourir ce territoire dangereux, il a voyagé avec des sauvages, qu'il a probablement payés en nature. Mais la glace avait déjà commencé à fondre. Te voilà veuve, à présent.

Mme Tardif a prononcé les derniers mots comme s'ils avaient un goût amer.

Soudain, toutes les pertes que Laure a subies lui reviennent en mémoire. Les bras protecteurs de son père, l'amabilité et les conseils de Mme d'Aulnay et de Mme du Clos, l'amitié et les prières de Madeleine lui ont été enlevés. De quoi sera-t-elle encore dépossédée ? Seules les folles connaissent la liberté qu'offre la solitude, ce que veut dire laisser sa vie se jeter dans la mer, faire corps avec elle. Mme Tardif, avec son mari rentré du pays des fourrures et sa solide cabane remplie d'enfants, croit pouvoir échapper à la noyade.

Mme Tardif parcourt la cabane des yeux. L'expression de son visage laisse voir clairement qu'elle tient Laure responsable de ses sordides conditions de vie. Si Laure était une épouse industrieuse et pragmatique comme sa voisine, elle disposerait peut-être à présent de quelques meubles solides, de marmites et d'ustensiles de cuisine en fer, de tablettes généreusement garnies et d'un âtre qui chauffe bien. Et, naturellement, son mari serait encore en vie.

— Eh bien, il n'y a pas grand-chose ici. Quand tu viendras avec le bébé, emporte quand même toutes tes affaires.

Mme Tardif jette un coup d'œil dans les recoins sombres de la pièce, à la recherche d'objets de valeur. Elle effleure le fusil sur la tablette et s'agenouille devant une pile de peaux miteuses.

Lorsqu'elle fait mine de soulever le couvercle de la malle de la Salpêtrière, Laure pousse un cri d'une violence telle que Mme Tardif éloigne sa main, comme si elle s'était brûlée. Car dans cette boîte en bois, Laure conserve tout ce qu'il reste d'elle. Ces objets, elle en fera cadeau à sa fille. La malle renferme les vestiges matériels de la vie de Laure, qui tiendront lieu de bras maternels : le livre de prières de Madeleine, la robe jaune de Mireille, les lettres que Laure a écrites au fantôme de son amie. Évidemment, il risque de n'y avoir personne chez les Algonquins pour initier la petite à la lecture, et la robe sera peut-être transformée en vêtements à la mode des sauvages ; quant aux lettres, elles serviront sans doute à allumer un feu. Laure, cependant, n'a rien d'autre à lui transmettre.

— Ce sont mes affaires. Je les avais avant de me marier avec Mathurin.

Mme Tardif hausse un sourcil.

— Demain, nous apporterons la malle chez moi.

La voix de Laure, lorsqu'elle la recouvre, est plus grave, grondante. Car n'est-elle pas déjà devenue une bête, un démon ? Reste-t-il, dans cette vie, quelque chose qui fasse d'elle un être humain ? Elle maudit le foyer de la femme cruelle et insipide qui se tient devant elle.

— J'aimerais mieux être jetée en prison que de vivre avec vous.

Mme Tardif croise ses bras sur sa poitrine.

— Ne sois pas ridicule, réplique-t-elle.

Mais elle fait un pas en arrière, s'éloigne de Laure et du bébé.

— Demain, tu auras changé d'idée.

Mais Laure sait que, dès qu'elle aura donné son bébé, elle n'aura que faire de cette femme.

Comme promis, Mme Rouillard est de retour deux jours plus tard. C'est la nuit. Laure, en la voyant entrer dans la cabane, se jette pratiquement dans ses bras.

— Qu'est-ce qui se passe ? demande la sage-femme. Le bébé va bien ?

— Oui. Nous allons bien toutes les deux. C'est juste que Mme Tardif veut que nous nous installions chez elle.

Mme Rouillard hoche la tête.

— Oui, je m'y attendais. Désolée de ne pas être restée avec toi pour la tenir à l'écart, mais on jurerait que toutes les femmes enceintes de ce côté-ci de l'océan ont décidé d'accoucher cette semaine. Ça arrive, des fois.

En présence de Laure, Mme Rouillard parle à l'occasion de sa profession, des croyances et des secrets qui s'y rattachent. Elle a reçu sa formation à l'Hôtel-Dieu de Paris, là où Mireille est morte, sous la tutelle de la célèbre Louise Bourgeoys. Les futures sages-femmes étudiaient des croquis de l'anatomie des femmes enceintes et apprenaient des moyens d'accélérer le travail ou de le ralentir, de faire sortir les bébés sans leur briser de membres ni causer d'hémorragies, de mettre au monde ceux qui se présentent par le siège.

Aujourd'hui, Mme Rouillard explique à Laure que des prêtres lui ont appris à administrer le sacrement du baptême. C'est ce qu'elle est venue faire. À la connaissance de Laure, les sages-femmes sont les seules représentantes de la gent féminine autorisées à conférer un sacrement catholique. Bien sûr, elles ne doivent baptiser que les enfants promis à une mort certaine. La fille de Laure, elle, n'est pas menacée. Elle est grande, affamée, avec des yeux vifs et alertes. À son entrée dans le monde, ses cris ont franchi les murs de la minuscule cabane. Pourtant, Mme Rouillard tient à la cérémonie.

— Il importe de sauver les âmes. Il m'est même arrivé de baptiser des bébés morts, impossibles à secourir.

Même si seuls les bébés vivants doivent être baptisés, il est de notoriété publique que les parents et les prêtres implorent les saints et en particulier la Vierge Marie de rendre la vie à un enfant mort pendant le bref instant qui permet l'administration du sacrement. Car nombreux sont ceux qui croient qu'un enfant non baptisé est un spectre errant coincé entre les portes dorées des cieux et les feux éternels de l'enfer. Laure est soulagée de trouver Mme Rouillard disposée à administrer le sacrement à sa petite.

D'abord, la sage-femme recouvre la table d'un linge blanc digne de l'autel d'une église. Puis elle sort de son sac un cierge qu'elle allume, une croix en bois et deux burettes, l'une contenant de l'eau bénite, réputée venir de Venise, et l'autre de l'huile. Ensuite, elle remplit un bol en fer-blanc d'un peu de l'eau que lui a procurée Mme Tardif le soir de la naissance. Elle y ajoute quelques gouttes d'eau bénite.

Laure enveloppe le bébé dans le linge blanc. Elle est reconnaissante de pouvoir faire au moins une chose pour cette petite dont l'avenir est si incertain. Elle sera élevée en forêt par des sauvages. Qui lui apprendra à vivre en chrétienne, à prier Jésus, Marie, les anges et les saints ? Peut-être cet unique rituel, la bénédiction des femmes qui l'ont mise au monde, en sécurité, forte et en bonne santé, suffira-t-il à combler toute une vie d'absence. Grâce à cette brève cérémonie, peut-être l'Esprit Saint, dont on dit qu'il entre dans l'âme des bébés le jour de leur baptême, protégera-t-il la fille de Laure jusqu'à la fin de ses jours. Ici-bas, la pauvre créature n'aura pas de parrain ni de marraine pour veiller sur elle.

— Quel prénom as-tu choisi pour elle ?

Mme Rouillard, qui est tant de choses, a pris la voix d'un prêtre.

— J'aimerais l'appeler Luce.

Le prénom lui est venu pendant que, dans l'obscurité de la cabane, elle alternait entre sommeil et veille. C'est le mot latin qui désigne la lumière. Au cours des dernières nuits, tandis qu'elle serrait le minuscule enfant contre sa poitrine, les ténèbres qui ont si souvent menacé d'envelopper Laure se sont en quelque sorte illuminées. La douce silhouette du bébé a irradié une lueur aussi forte et constante que la lune ou les étoiles dans le ciel nocturne. De plus, Madeleine aimait sainte Luce. À Syracuse, au temps des Romains, on l'avait torturée à mort pour avoir refusé de renoncer à son vœu de chasteté perpétuelle malgré l'empressement d'un prétendant. Il est donc parfaitement raisonnable qu'à partir de la Sainte-Luce, en décembre, les journées d'hiver recommencent à s'allonger.

Mme Rouillard approuve le choix d'un geste de la tête. Elle oint le bébé avec l'huile et demande à Laure de lui tremper la tête dans l'eau du bol.

— En l'absence d'un parrain et d'une marraine, nous allons demander à sainte Luce et à Marie de veiller sur cette enfant tout au long de la nouvelle vie vers laquelle nous la conduirons demain.

Laure demande aussi à l'esprit de Madeleine de veiller sur sa fille. Déjà, les fantômes montent la garde auprès de l'enfant.

Après la cérémonie, Mme Rouillard range le contenu de son autel de fortune. Voyant la frayeur de Laure, elle dit :

— Tu sais, Luce sera peut-être très heureuse chez les sauvages. Si je l'ai baptisée, c'est surtout par prudence. En Alsace, d'où je viens, certains croient qu'il existe un paradis juste pour les enfants et qu'aucun enfant n'est jeté en enfer.

Laure sait gré à Mme Rouillard de ses bonnes paroles. Pourquoi, en effet, une fille serait-elle punie pour les péchés de sa mère ?

Déjà, Mme Rouillard a réuni le manteau de Laure et le sac de souvenirs destinés au bébé, et elle a placé des mocassins devant elle. Elles doivent partir sans tarder pour pouvoir être de retour au matin.

Lorsque le soleil se lèvera sur la Pointe-aux-Trembles, le bébé de Laure sera mort. C'est du moins ce qu'elles diront à Mme Tardif et aux autres. Mme Rouillard a promis de prendre Laure avec elle dans son auberge de Ville-Marie. Là, en attendant de se marier de nouveau, Laure s'occupera de la taverne et aidera Mme Rouillard à accoucher les mères des environs. La cabane de Mathurin sera laissée à elle-même, abandonnée à la neige et à la pluie, démolie par des colons, un morceau à la fois, ou habitée par d'autres jeunes mariés venus tenter leur chance dans l'établissement.

Laure recouvre Luce de multiples couches de vêtement, a soin de manipuler avec délicatesse ses membres menus. Puis elle prend le linge ayant servi au baptême et demande à Mme Rouillard de l'utiliser pour attacher le bébé à sa poitrine. Laure supplie les esprits qui veillent sur la cabane en cette nuit de lui pardonner ce qu'elle s'apprête à faire.

23

Mme Rouillard est pragmatique et rapide. Sans perdre un instant, elle empile dans un coin de la cabane les objets que Mme Tardif a jugés précieux : les peaux à moitié pourries, le fusil, un chaudron, quelques ustensiles, la malle de Laure. Elle dit qu'elles reviendront chercher ces effets une fois que le bébé aura « disparu ».

— Mieux vaut y aller, insiste-t-elle d'une voix à la fois douce et ferme.

La petite blottie contre elle, Laure se remémore une fois de plus l'affection que, enfant, elle avait pour son père, qui chantait pour elle des chansons douces dans la nuit de Paris, son adoration pour Mme d'Aulnay, sa vieille maîtresse si bonne, les liens d'amitié qui l'unissaient à Madeleine. Mais, par rapport à ceux que lui inspire cet être nouveau, ces sentiments sont aussi dilués que le bouillon de la Salpêtrière. En comparaison de cette tendresse inédite, même les nuits d'été qu'elle a passées dans les bras de Deskaheh lui semblent souillées et violentes. Bébé, Luce est pure, encore épargnée par les sales histoires de la vie.

Laure sait qu'elle ne peut pas garder le bébé. Mme Rouillard le lui a expliqué. C'est le seul moyen de sauver la mère et l'enfant. Mais comment serrer son nourrisson dans ses bras pour la dernière fois ? Comment ordonner à ses seins de mettre un terme à leurs libations ? Comment endiguer un corps devenu liquide ? L'acte que Laure s'apprête à accomplir a rouvert toutes ses plaies. Dans ses entrailles, elle sent un vide profond et déconcertant.

Devant l'appartement de Mme d'Aulnay, Laure, petite, a vu, poussant des notes plaintives, une chatte chercher dans les moindres recoins ses chatons qu'on avait noyés. Laure regrette à présent de ne pas pouvoir émettre le même son.

C'est une nuit de la fin du printemps. La terre est humide, détrempée par endroits. Dans ce pays, les nuits sont toujours froides, même l'été, quand les jours sont de vraies fournaises. Jamais Laure n'aurait osé s'aventurer en pleine noirceur sur les sentiers qui bordent le fleuve. Mais Mme Rouillard est là, devant, qui guide ses pas, une torche à la main, la démarche assurée. C'est son idée, après tout. Laure a beau devoir la vie à cette femme, il est difficile de manifester de la gratitude pour une offrande de cette nature.

Pendant qu'elles avancent dans la forêt, Laure chante pour le bébé serré contre son ventre. Elle tient désespérément à offrir à Luce un amour comparable à celui qu'elle-même ressentait pour son père lorsque, dans les ruelles sales de Paris où ils se cachaient de la police, il la lançait au-dessus de sa tête. Mais Laure ne garde de son père aucun objet à transmettre à sa fille. Que des fragments des chansons, filtrées par les années, qui ont marqué de façon indélébile son esprit de fillette de huit ans. Les mots se dispersent dans l'air frisquet, aussi insignifiants, dans cette vaste forêt, que le *Te Deum* qu'elle a entendu le jour de son arrivée à Ville-Marie.

Mme Rouillard pose la main sur le bras de Laure, réclame le silence.

Elles entrent dans les bois et l'établissement est derrière eux. Au matin, Laure sera une veuve sans enfants de la Pointe-aux-Trembles. Les arbres sans fin du Canada avalent toute trace de sa vie.

Au bout de quelques heures de marche, les deux femmes atteignent l'endroit où elles ont rendez-vous avec Deskaheh. C'est une clairière qui s'ouvre au milieu du sentier de la forêt, une brèche dans les arbres. Les négociants s'y arrêtent souvent pour faire du feu, manger, se reposer un moment avant de poursuivre leur route vers l'ouest, vers Ville-Marie et au-delà. Deskaheh est déjà là qui attend, assis sur un rocher au bord du fleuve en compagnie d'une Algonquine. Laure constate avec satisfaction qu'il s'agit non pas de la jeune sauvage enceinte qu'elle a vue l'été dernier, mais d'une femme légèrement plus âgée, au visage dur, intelligent. Mme Rouillard baisse la tête et plisse les yeux pour observer la femme d'un air inquisiteur. Deskaheh ne regarde ni Laure ni le bébé, mais il salue Mme Rouillard avec prudence.

Il n'y a pas grand-chose à dire, et d'ailleurs la conversation est difficile. Seul Deskaheh parle les deux langues, mais il garde le silence. Tout doit se faire rapidement. Des sauvages ont déjà kidnappé des enfants français. Quelques-uns ont même grandi parmi eux et, pour cette raison, ne sont plus tout à fait dignes de confiance. Mais

Laure n'a jamais entendu parler d'une femme se débarrassant ainsi de son bébé. Il ne fait aucun doute que le gouverneur, le roi et ses conseillers préféreraient noyer Luce dans le fleuve plutôt que de la céder, forte et en bonne santé, à ces gens, même s'ils sont des alliés et que certains d'entre eux ont appris à prier à leur manière le Dieu des chrétiens.

L'Algonquine rompt le silence et pose à Deskaheh des questions sur Laure. Il répond d'une voix murmurante. Apparemment peu impressionnée, la femme s'avance vers Laure et tourne autour d'elle. D'un air dégoûté, elle frotte entre ses doigts les cheveux en bataille de la Française, qui lui arrivent au cou. Mais elle semble satisfaite de la largeur de ses épaules et de la droiture de sa colonne vertébrale. Elle examine son visage en palpant ses joues, puis elle remonte ses lèvres pour voir ses dents. Pendant l'examen, Laure serre le bébé contre sa poitrine.

Après, l'Algonquine se retourne vers Deskaheh et lui dit quelque chose dans leur langue. Laure s'imagine qu'elle lui déclare qu'il a créé cet enfant avec une bête, une créature sale et laide. Les femmes sauvages se moquent des Françaises qui, prisonnières de leur foyer, isolées des autres colons, donnent naissance à une douzaine d'enfants. Les autorités françaises ne comprennent pas pourquoi les sauvages doivent consulter les femmes de leur village avant de participer à une bataille, échanger des fourrures ou discuter de la religion chrétienne.

Bien sûr, Laure ignore ce que Deskaheh a raconté à cette femme au sujet des origines de l'enfant. Peut-être n'a-t-il pas avoué en être le père. Peut-être n'en est-il pas lui-même convaincu. C'est Mme Rouillard qui a retrouvé Deskaheh grâce à ses relations à Ville-Marie et qui, Dieu sait comment, l'a persuadé de venir chercher l'enfant pour l'élever parmi les siens.

— Ne t'en fais pas, lui dit la sage-femme. Luce s'intégrera parfaitement. Les sauvages attachent plus de valeur aux bébés qu'à l'or. Souvent, ils me disent qu'ils aiment tous les enfants, et pas seulement ceux qu'ils ont mis au monde.

Lorsque la femme indique qu'elle veut lui prendre Luce, Laure laisse entendre un son à mi-chemin entre le grondement et le gémissement. Ce moment, elle l'attendait. Pourtant, elle n'a pas pu s'y préparer. La douleur qu'elle ressent dépasse toutes celles qu'elle a connues jusque-là. Ni la perte de son père ni même la mort de Madeleine ne l'ont prémunie contre pareille souffrance. Seul un jésuite dont on arrache le cœur pourrait la comprendre.

Mme Rouillard défait le nœud dans le dos de Laure. Le lien se relâche et Laure tient dans ses bras l'enfant libérée. Soutenue par Mme Rouillard, elle tend la petite à la femme, qui attend avec une curiosité avide. L'Algonquine regarde le bébé, repousse la couverture pour l'examiner à la lueur de la lune, puis fait signe à Mme Rouillard d'approcher la torche. Elle aborde l'acquisition du bébé comme s'il s'agissait de se procurer des perles ou des casseroles. Quel genre de vie Luce aura-t-elle au milieu de ces gens ?

Luttant de toutes ses forces, Laure se retient de reprendre sa fille. Mais elle ne saurait la protéger du froid et des autres désagréments que promet l'avenir. Le bébé vagit et Laure sent sa poitrine se contracter. Les yeux que Deskaheh pose sur elle sont empreints de tendresse ; bien qu'il ne puisse empêcher cette femme plus âgée de tâter et de palper la petite, il tente avec délicatesse de l'arrêter en s'approchant et en la touchant à son tour. Il regarde Laure comme il l'a fait aux funérailles de Madeleine. Elle serre les bras contre sa poitrine, aucun son ne sort de sa bouche, ni prière ni cri animal. Si Dieu ne peut empêcher cela, qui donc surgira de la forêt pour lui venir en aide ?

Le bébé pleure avec force et la femme semble s'en réjouir. Elle hoche la tête et se tourne vers Mme Rouillard, l'instigatrice de l'échange. Elle jette un coup d'œil dans le sac qu'elles ont apporté, en sort le livre et les rouleaux de papier. Puis elle remet le tout à l'intérieur, tend le sac à Deskaheh et reprend son inspection de la petite. Lorsque l'étrange femme ouvre sa veste et la place contre son sein, Luce cesse aussitôt de pleurer. C'est la première fois qu'elle goûte au lait de sa nouvelle famille. Laure se détourne.

— Elle veut savoir ce que tu exiges en échange, déclare Deskaheh. En échange du bébé.

Laure n'attendait pas cette question. Il lui demande combien elle veut pour sa fille. Sa douleur est si grande qu'elle en reste muette.

Mme Rouillard, qui a dit à Laure avoir vu des bébés quitter ce monde et y entrer dans des conditions beaucoup plus difficiles, est fin prête à marchander. Elle a remarqué les yeux protecteurs du père et donne une fois de plus à Laure l'assurance que c'est la seule solution. Elle répond à Deskaheh qu'elle veut deux peaux, l'une de renard, l'autre de vison, et un peu de tabac, comme convenu. Mme Rouillard dit à Laure qu'elle lui donnera ces articles à leur départ. Ils marqueront le début de sa nouvelle vie.

« Nouvelle vie ? » L'idée même lui paraît impossible.

Avant de poursuivre son chemin, Laure ajoutera-t-elle cette transaction, le don de sa fille, à la liste de ses pertes ?

Mme Rouillard hoche la tête. Oui, c'est possible. Le temps atténuera même cette agonie.

Laure est une déesse de pierre sculptée par des larmes de sel, une femme qui a traversé l'océan sans se noyer. Issue des profondeurs, intacte, elle a gagné des rives nouvelles. Au contraire de nombreuses autres, qui ont échoué, elle a survécu, malgré elle, illustration vivante des rêves absurdes des hommes du roi, qui arrachent des filles affamées de leur lit d'hôpital pour les transplanter dans des bois gelés. Son corps est le manuscrit sur lequel ils tracent les grandes lignes de leur projet : dix mille personnes en 1680 et des milliers de plus par la suite. Le roi récompense le mari des femmes qui ont dix enfants, douze enfants et plus. Plus de bébés naîtront ici que partout ailleurs. Sur les rives du fleuve, les villages pousseront comme des tiges de maïs. Les sauvages, les Iroquois y compris, s'agenouilleront devant l'autel des dizaines d'églises qu'on érigera dans ce Nouveau Monde. Les cales des bateaux qui rentrent en France seront remplies de peaux et de récits louant la prospérité du nouveau pays. Maintenant que des enfants français naissent et grandissent dans ce lieu où, pendant des siècles, on n'a fait qu'affamer et mutiler les prêtres et les commerçants qui remontaient le fleuve, tout devient possible.

Sauf que la fille de Laure, celle qu'on examine à la lueur de la lune, n'est pas telle qu'ils la voudraient. Elle vaut moins qu'une peau de loup. Ce bébé fait de Laure une désobéissante, une femme qui crache sur les rêves du roi. Celle que les marins redoutent. Celle qu'ils brûlent comme sorcière pour avoir forniqué avec un sauvage ennemi, pour avoir tué son mari et abandonné la chair de sa chair. Mais qui peut la détruire puisque c'est elle qui guide les navires, elle dont la douce houle ou la rage écumante détermine qui parviendra de l'autre côté, elle qui décide si la précieuse colonie vivra ou mourra ?

Laure reste immobile le plus longtemps possible en regardant Deskaheh et la femme s'éloigner sur le sentier d'un pas vif. Ils marchent serrés l'un contre l'autre, le bébé blotti entre eux. Enfin, lorsqu'ils sont loin déjà, Mme Rouillard et elle se mettent en route. Elles iront d'abord à Ville-Marie. Mme Rouillard tient à ce que Laure oublie sa vie à la Pointe-aux-Trembles.

— Tu es encore jeune, dit-elle. Tu as le temps de t'acclimater.

Sur le sentier, Laure suit Mme Rouillard, et ses pieds s'accrochent aux pierres et aux racines qu'ils évitaient avec aisance quand Luce se pressait contre sa poitrine. Le soleil se lève derrière elles et elles n'ont plus besoin de la torche pour éclairer la voie. Laure voudrait courir, rattraper Deskaheh et l'Algonquine, récupérer Luce, ou au moins la voir une dernière fois. Au lieu de cela, elle rejoint la femme qui l'a délivrée du bébé et qui la conduit maintenant chez elle. Ensemble, elles trouveront à Laure un nouveau prétendant.

Bientôt, Laure sera l'épouse de quelqu'un, mais, pour le moment, elle oublie la rive du fleuve et ses établissements naissants. Elle se souvient plutôt de l'endroit d'où elle vient. Elle retourne vers la mer.

NOTES HISTORIQUES

À l'instar de la plupart des personnages historiques, les filles du roi sont pour une large part des figures de légende. Au Canada français, leur histoire, sous forme justement de légende, est très connue. Enfant, je croyais que ces mères fondatrices, envoyées par Louis XIV, avaient d'abord rencontré le roi à l'occasion d'un grand bal d'adieu donné à Paris, que, quand elles étaient arrivées à Québec, vêtues de leurs plus belles robes, on les avait accueillies à bras ouverts. Selon la légende toujours, elles avaient ensuite accompli un modeste acte d'héroïsme féminin en épousant les courageux pionniers des rivières et des forêts où pullulaient les animaux à fourrure, puis en leur donnant des enfants. Ce n'est que des années plus tard que j'ai commencé à réfléchir à ces Françaises envoyées au Canada. Ayant moi-même vécu dans un pays étranger pendant quelques années et étant à moitié canadienne française, j'ai voulu en savoir plus sur ce qu'avaient ressenti les pionnières françaises venues au Canada plus d'un siècle avant que Susanna Moodie écrive *Roughing it in the Bush.*

Entre 1663 et 1673, on envoya au Canada quelque huit cents Françaises pour servir de femmes aux hommes qui s'y trouvaient déjà, surtout des négociants en fourrures et des soldats. Sur les détails de la vie des filles du roi, les données historiques sont toutefois très limitées. L'essentiel de ce qu'on sait à leur sujet se trouve dans les recherches menées par l'historien Yves Landry, lesquelles se fondent sur les contrats de mariage et les certificats de décès que contiennent les archives des paroisses québécoises. Pour en tirer un roman, je devais rendre vivantes ces données démographiques. Je voulais savoir comment ces femmes étaient venues au Canada. Avaient-elles décidé de faire le voyage ? Les avait-on entassées de force dans des bateaux, comme certains historiens le laissaient entendre ? Et, par-dessus tout, qu'avaient-elles pensé, à leur arrivée, de ce nouveau pays sauvage et de ses habitants, les Européens comme les autochtones ? Laquelle, par ailleurs, serait ma protagoniste ? Sans doute chacune d'elles avait-elle une histoire digne d'être racontée.

En lisant les comptes rendus du XVIIe siècle, j'ai compris que mes impressions d'enfance, où je voyais les filles du roi comme d'élégantes dames en robe de bal, devaient être révisées. Dans ses lettres, Marie de l'Incarnation, ursuline du XVIIe siècle, qualifie de « racaille » ces femmes venues de France, les déclare vulgaires et fauteuses de troubles. Bien sûr, la religieuse, qui vivait cloîtrée, a vraisemblablement eu peu d'interactions avec les filles du roi et commente sans doute leur apparence et leurs origines toutes modestes. Patricia Simpson, dans la biographie en deux tomes qu'elle consacre à Marguerite Bourgeoys, fait observer que cette femme, elle-même une légende au Canada français, avait ses propres problèmes à titre de religieuse non cloîtrée et que c'est pour cette raison qu'elle a bien accueilli les filles du roi. À leur arrivée, elle les a logées à Ville-Marie et les a initiées aux arts ménagers essentiels, en plus de les aider, suppose-t-on, à trouver un mari. C'est également à Marguerite Bourgeoys qu'on doit le titre de « filles du roi ». On ne doit pas y voir la marque de liens éventuels avec la famille royale. Il s'agit plutôt d'une référence à l'expression « enfants du roi », utilisée au XVIIe siècle pour désigner les orphelins dont les frais de subsistance étaient à la charge du souverain. Les filles du roi étaient pour la plupart pauvres, le plus souvent de jeunes orphelines, mais ont-elles choisi de venir au Canada ? Ont-elles été heureuses d'abandonner leurs misérables conditions de vie et de traverser l'océan pour trouver un mari, comme on le croit souvent ?

Les historiens, y compris Yves Landry, s'entendent pour dire qu'au moins le tiers des filles du roi sont venues de la Salpêtrière de Paris. Michel Foucault considère la Salpêtrière comme l'un des principaux établissements qui, au XVIIe siècle, servaient à l'incarcération de masse des pauvres de Paris. Marthe Henry, médecin qui a écrit dans les années 1920, illustre les conditions de vie à la Salpêtrière : de longues heures de travail, un régime de famine et des journées remplies de prières et de messes en latin. Dans un livre plus récent, intitulé *Femmes opprimées à la Salpêtrière de Paris (1656-1791)*, Jean-Pierre Carrez mentionne que des femmes considérées comme des voleuses ou des prostituées ont été envoyées en Amérique, surtout en Louisiane, ce qui équivalait à un bannissement. Même s'il ne reste en France aucun document hospitalier rendant compte de l'envoi de femmes au Canada, rien ne permet de croire que ces dernières aient eu un statut social bien différent. En France, les filles du roi, après avoir vivoté dans une abjecte pauvreté urbaine, auraient fini à la Salpêtrière pour de menus larcins, pour vagabondage et, parfois, pour des crimes plus graves.

Dans un coin méconnu de Paris, on peut encore voir la structure originale de la Salpêtrière, un hôpital moderne situé non loin de la gare d'Austerlitz. À l'occasion de mon séjour à Paris, j'ai visité la Salpêtrière à quelques reprises. Sans doute, à l'époque, cette imposante construction en pierre, avec, au centre, sa magnifique chapelle couronnée d'une coupole, offrait-elle un contraste saisissant avec ses environs : des milliers de femmes pauvres crevaient de faim entre ses murs. J'ai également compris la véritable descente aux Enfers qu'ont connue ces femmes : quitter Paris, avec ses rituels, ses médecins, ses marchés, ses voitures à chevaux et ses nobles, se diriger de nuit vers la Seine, escortées par des soldats, et entrer dans la cale d'un navire en bois pour entreprendre une traversée océanique qui durerait des mois. Je n'arrive pas à concevoir qu'on ait pu entreprendre avec espoir ou enthousiasme une aventure aussi terrible et périlleuse. À mon avis, nous imaginons nos ancêtres comme des héros inébranlables parce que, autrement, leurs vies, compte tenu de leur misère, du fait qu'ils n'avaient pas envie de partir et des épreuves qu'ils ont connues à leur arrivée, nous paraîtraient par trop injustes, voire cruelles.

Ma protagoniste m'a été inspirée par une brève note biographique lue dans les archives : elle concernait Madeleine Fabrecque, jeune femme morte d'épuisement, semble-t-il, peu après son débarquement en Nouvelle-France. Je me suis demandé si la valeur de ces femmes ne tenait qu'à leur contribution démographique. Les choix qu'elles ont faits, leurs trajectoires de vie ont-ils de l'importance ? En fin de compte, j'ai décidé de créer une femme fictive, peut-être même mythologique, pour le personnage central de mon roman. Il était important que Laure survive, comme la majorité de ces femmes, et qu'elle finisse par s'adapter à la vie dans la colonie, mais peut-être pas à titre d'épouse et de mère soumise à un vaste dessein. Peut-être y eut-il, parmi les filles du roi, des femmes heureuses d'échapper à la pauvreté qu'elles avaient connue en France. On peut concevoir que le mariage, fût-ce avec un bizarre homme des bois, était parfois vu comme une occasion unique. Mais, par le truchement du personnage de Laure Beauséjour, je voulais faire contrepoids au grand récit historique des filles du roi en tant que mères fondatrices.

Je serais fière que figure dans mon arbre généalogique cette femme assoiffée de justice et lucide quant aux choix qui s'offrent à elle, même si elle s'accroche parfois à de pures chimères qui ne servent qu'à mettre sa vie en danger. À certains égards, Laure est égoïste, mais comment ces femmes auraient-elles pu survivre et donner naissance à l'Amérique du Nord française sans se montrer vives et fortes, voire, par moments, dures ?

REMERCIEMENTS

Le roman a vu le jour sous forme d'un projet de mémoire de maîtrise à l'université York de Toronto. Je remercie mes directeurs, Jane Couchman et Roberto Perin, et plus particulièrement Susan Swan, de m'avoir conseillé de prendre le parti de la légèreté et de ne jamais perdre de vue la création malgré toutes les recherches que j'entreprenais. Je dois beaucoup au soutien et aux commentaires précieux du groupe que j'ai rencontré en 2006 à l'atelier d'été de la Humber School for Writers : Hélène Montpetit, Rita Greer, Wayne Robbins, David Hughes et Elizabeth Brooks. Je dois aussi beaucoup à mon mentor, Joseph Boyden, qui m'a encouragée et conseillé de suivre l'histoire « dans la durée ».

Je tiens à remercier mon amie et agente, Samantha Haywood, dont l'enthousiasme m'a poussée à poursuivre ma tâche. Chez Penguin Canada, j'aimerais remercier Nicole Winstanley, Sandra Tooze, Barbara Bower et, en particulier, Adrienne Kerr, pour sa lumineuse perspicacité, sa patience et son approche tout en douceur de la révision, ainsi que Shaun Oakey, correcteur autonome.

Je dois beaucoup aux membres du personnel d'un certain nombre de services d'archives de Toronto, Montréal et Paris, et je dois remercier tout particulièrement les archivistes de l'Assistance publique des Hôpitaux de Paris, ainsi que Patricia Simpson qui, en plein cœur de l'hiver montréalais, a gentiment accepté de me rencontrer pour parler de la vie et de l'époque de Marguerite Bourgeoys.

Pour l'aide financière dont j'ai bénéficié durant la recherche et la rédaction du roman, je remercie le Conseil de recherches en sciences humaines du Canada, le gouvernement de l'Ontario, l'université York et la Humber School for Writers.

J'ai aussi contracté une dette de gratitude envers ma famille et mes amis, qui m'ont infatigablement demandé quand mon roman serait enfin publié, en particulier mes parents, Joanne et Edmond Desrochers, qui auraient adoré voir cette histoire prendre la forme d'un livre, Joe et Cécile, Ross et Rose Dioso ainsi que Cathy et Richard Nucci. Un merci tout particulier à Anne et Dave Black, qui m'ont donné l'idée de m'intéresser à l'histoire des Canadiens français, m'ont aidée à persévérer et m'ont fourni certains des meilleurs commentaires critiques auxquels j'ai eu droit. Mais je dois par-dessus tout remercier mon mari, Rod Dioso, dont l'amour et les encouragements ont rendu possible ma vie d'écriture.

Enfin, je veux remercier Cynthia Varadan et Marlene Sagada, de la Riverdale Community Midwives Clinic de Toronto, de m'avoir révélé ce dont les femmes sont vraiment capables. Trois jours après l'acceptation de mon manuscrit, j'ai donné naissance à un garçon qui m'inspire des histoires sans fin, même s'il me laisse très peu de temps pour les raconter.

Cet ouvrage a été imprimé en utilisant des papiers composés de fibres naturelles, renouvelables, recyclables et fabriquées à partir de bois issus de forêts qui adoptent un système d'aménagement durable. En outre, les fournisseurs de papier s'inscrivent dans une démarche de certification environnementale reconnue.

Achevé d'imprimer en septembre 2022
par CPI Bussière
À Saint-Amand-Montrond (18)
Dépôt légal : octobre 2022
N° d'impression : 2065661
Imprimé en France